Nora Noé, geb. 1952 in Mannheim, war nach dem Germanistik- und Kunststudium zunächst als Lehrerin tätig. Danach leitete sie 20 Jahre den Kunst- und Kulturbereich der Volkshochschule Karlsruhe. Seit 2009 arbeitet sie freiberuflich als Schriftstellerin. 2006 erschien ihr erster Roman *Wer einmal einen Priester küsst,* 2007 *Mitten im Jungbusch,* 2009 *Zwischen Jungbusch und Filsbach* und 2011 ihr Krimi *Tod im Jungbusch.* Neben Beiträgen in mehreren Anthologien schrieb sie auch das Theaterstück *Nierentisch & Caprifischer,* das seit 2010 mit großen Erfolg läuft. Nora Noé lebt und arbeitet in Mexiko und Mannheim, wo sie auch auf den Spuren ihrer Mannheim-Romane literarische Exkursionen durch die Stadtteile anbietet. Weitere Informationen zur Autorin unter *www.noranoe.de*

Nora Noé

Heim nach Mannheim

Lindemanns  Bibliothek

Lindemanns Bibliothek
Literatur und Kunst im Info Verlag

Herausgegeben von
Thomas Lindemann

Bibliografische Information der Deutschen Nationalbibliothek
Die Deutsche Nationalbibliothek verzeichnet diese Publikation in der
Deutschen Nationalbibliografie; detaillierte bibliografische Daten
sind im Internet über http://dnb.dnb.de abrufbar.

© 2. Auflage 2013 · Info Verlag GmbH
Käppelestraße 10 · 76131 Karlsruhe
www.infoverlag.de

Lindemanns Bibliothek · Band 173
ISBN 978-3-88190-700-2

„Doch wie anders sah die Straße aus, denn dort wo jahrelang Hitlerfahnen im Wind geweht hatten, flatterten nun überall große weiße Tücher, so als hätten die Frauen des Dorfes alle gleichzeitig ihre Bettlaken gewaschen und zum Trocknen aus dem Fenster gehängt."

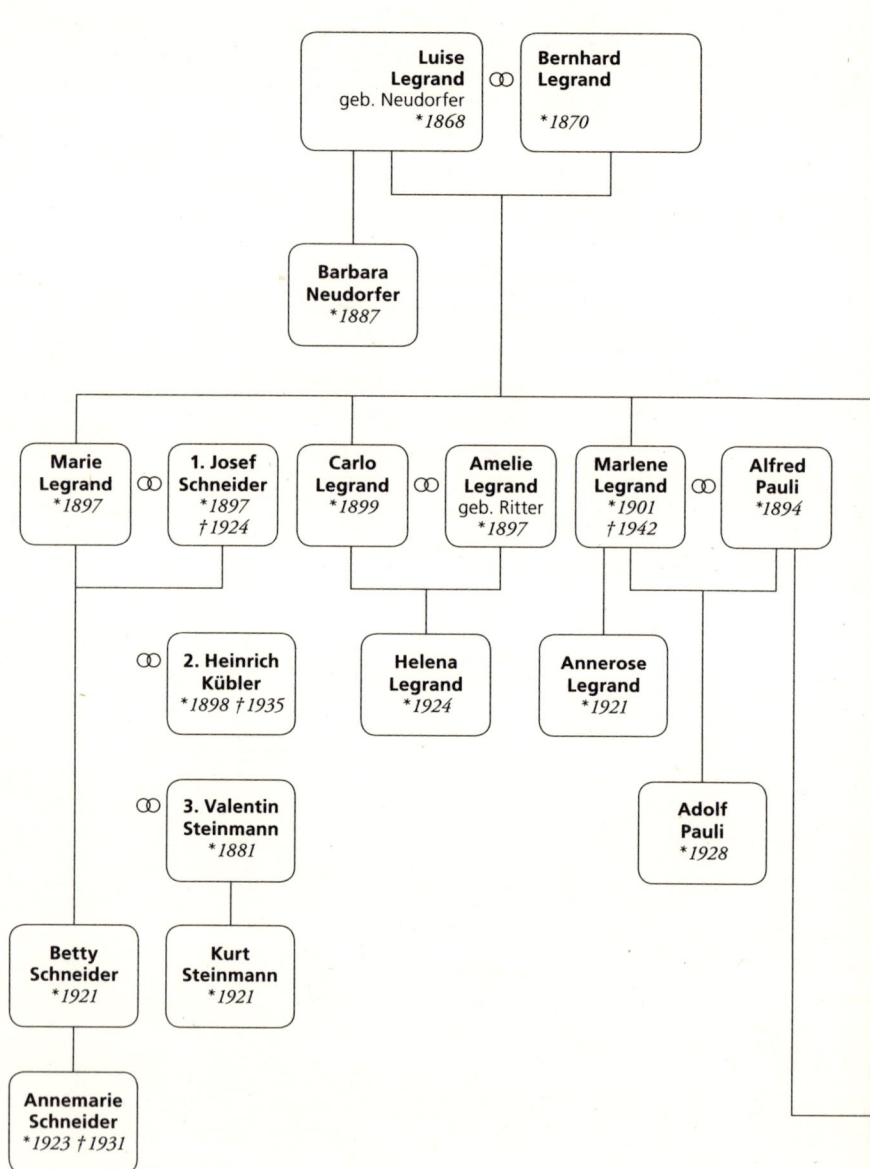

Stammbaum der Familie Legrand
bis Ende 1947

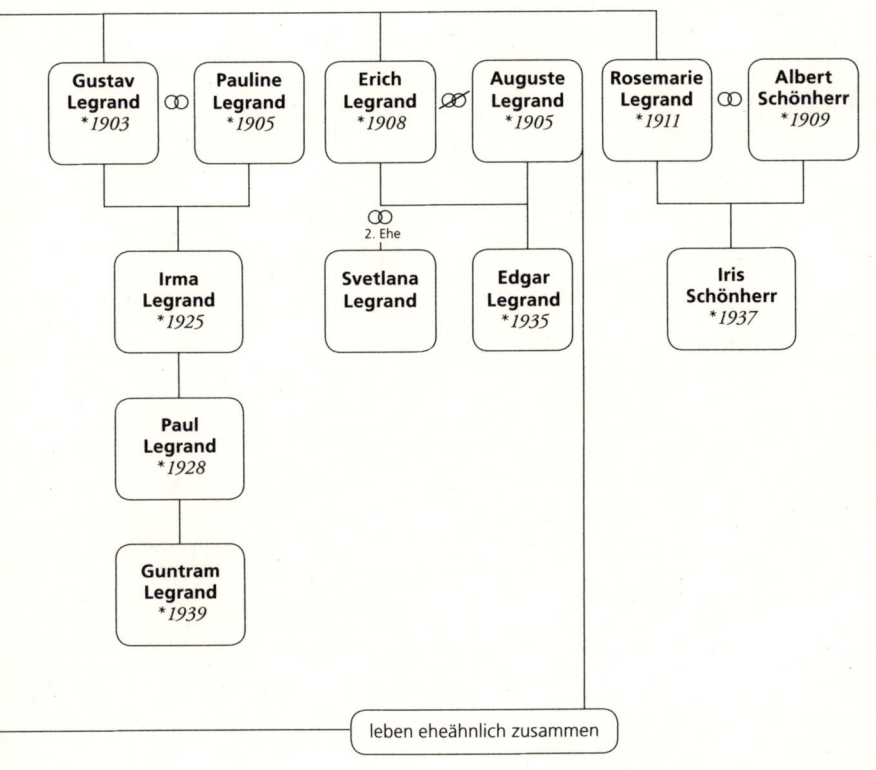

| Gustav Legrand *1903 | ⚭ | Pauline Legrand *1905 | | Erich Legrand *1908 | ⚮ | Auguste Legrand *1905 | | Rosemarie Legrand *1911 | ⚭ | Albert Schönherr *1909 |

⚭
2. Ehe

| Irma Legrand *1925 | | Svetlana Legrand | | Edgar Legrand *1935 | | Iris Schönherr *1937 |

Paul Legrand *1928

Guntram Legrand *1939

leben eheähnlich zusammen

Mannheim 1947

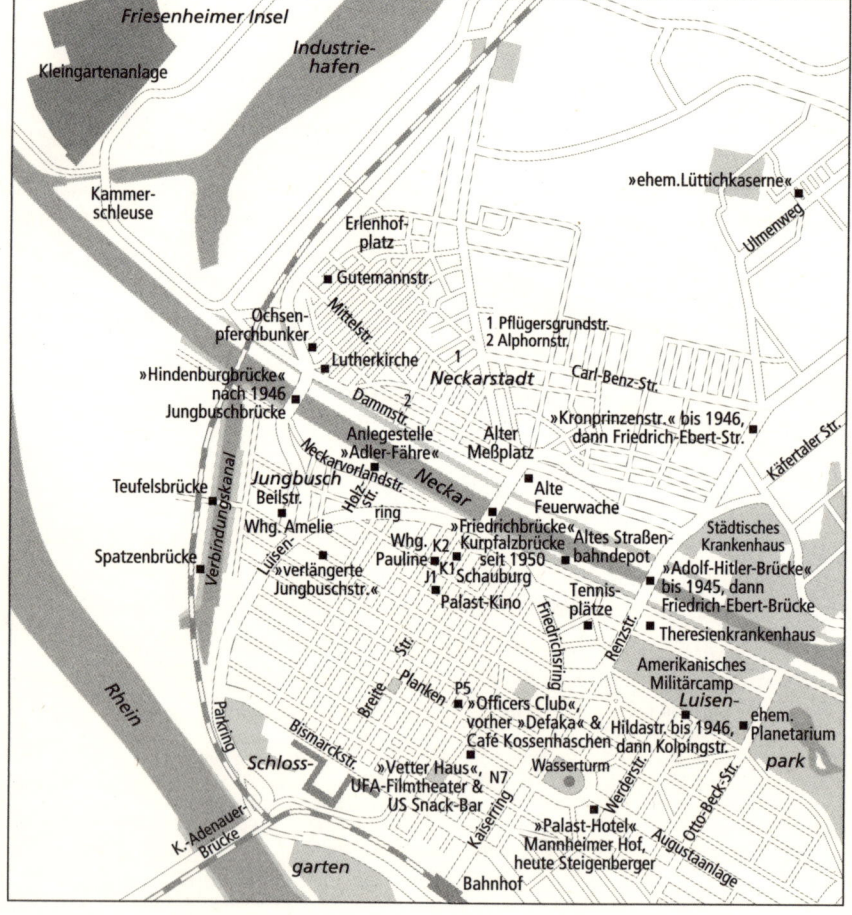

1

Der Lautsprecher dröhnte ohrenbetäubend, sein Gehäuse schepperte, so dass man hätte meinen können, er würde jeden Augenblick unter den schrillen Klängen zerbersten. Militärmärsche wechselten sich mit nicht enden wollenden Parolen ab, gebrüllt in unbarmherzigem Ton, einschüchternd, furchterregend, bedrohlich. Obwohl kaum einer von ihnen dieser Sprache mächtig war, begriffen sie doch intuitiv die grausame Bedeutung der Worte. Täglich ab den frühen Morgenstunden begannen draußen in der Dunkelheit die Kommandos erbarmungslos auf sie einzuhämmern wie spitze Hagelkörner.

Am Anfang waren sie auf ihren hölzernen Pritschen hochgeschreckt, einige mit weit aufgerissenen Augen und am ganzen Leibe zitternd. Andere wiederum hatten sich die Ohren zugehalten oder ihren Kopf zwischen den Armen vergraben, waren schweigend dagesessen wie paralysiert.

Geschrien hatte nur einer – der Ulrich. Und das auch nur ein einziges Mal.

Damals war der Kommandant in seinem dicken grauen Wollmantel, mit schwarzen Lederstiefeln und einer Fellmütze bekleidet, hereingestürmt, hatte mit seinem Maschinengewehr im Anschlag wild herumgefuchtelt und Ulrich unmissverständlich signalisiert, sich auszuziehen. Und der hatte nicht gewagt, sich dagegen aufzulehnen, angesichts des nervösen Fingers des Russen am Abzug der Waffe.

Frierend war er nackt in der Mitte der Baracke gestanden. Der Russe hatte ihn erniedrigt, vielleicht würde er sich damit zufrieden geben ... Die Hoffnung stirbt zuletzt! – Doch der hatte ihn bei minus 30 Grad hinaus ins Freie gejagt. Bevor die Tür ins Schloss gefallen war, hatte Ulrich sich ein letztes Mal umgewandt und mit einer nicht zu beschreibenden Angst in die Augen seiner Kameraden geblickt. Die jedoch waren hilflos zurückgeblieben, mit der Gewissheit im Herzen, dass ihr Kamerad nicht lebend zurückkehren würde.

In all den vielen Jahren war Ulrich nur einer von unzähligen Kameraden gewesen, die ihre Heimat nie mehr wiedersehen würden. Fast jeden Morgen wurden in der Nacht verstorbene Mitgefangene aus den Baracken geschleppt. Alte, Schwache, Sensible hielten die Lagerbedingungen nicht lange durch. Erschöpfung und Unterernährung waren die häufigste Todesursache, aber auch Skorbut, Ruhr oder Typhus grassierten im Lager.

„Pack an, Franzos!", hatte Johann ihn aufgefordert, als eines Morgens der „Rote", wie alle ihn wegen seiner Haarfarbe genannt hatten, tot neben ihm auf der Holzpritsche gelegen war. Fast alle hatten hier einen Spitznamen. Ihn hatten sie von Anfang an „Franzos" gerufen wegen seines Nachnamens, obwohl er doch Deutscher war und aus Mannheim kam.

Sie hatten den „Roten" entkleidet und alles Verwertbare untereinander verteilt. Zuerst hatten sie die trockene Scheibe Brot unter seinem Kopfkissen gegessen: jeder einen kleinen Bissen. Der „Schwob", er stammte von der Alb, hatte dann sein Hemd bekommen, der „Kleine" die Hose, für den „Alten" hatte man die Unterhose in Streifen gerissen und ihm die offenen Beine verbunden und der „Professor", er war vor dem Krieg Lehrer gewesen, hatte sich das Unterhemd des „Roten" um seinen Kopf gewickelt. Wahrscheinlich bedingt durch die Kälte hatte er schon seit Monaten Nervenschmerzen im ganzen Gesicht. Er selbst hatte sich mit Johann die zerlöcherten Socken und Handschuhe geteilt oder besser gesagt das, was von ihnen noch übrig war.

Am Anfang hatte er Skrupel gehabt. Er war sich vorgekommen wie ein Leichenfledderer. Doch Johann hatte gemeint: „Da, wo der jetzt ist, braucht er keine Klamotten mehr!"

Sie hatten den nackten toten Körper, bei dem bereits die Totenstarre eingesetzt hatte, hinausgetragen und ihn irgendwo im Schnee abgelegt. Begraben konnten sie ihn nicht, denn der Boden war gefroren. Aber das war auch nicht nötig. Die Wölfe würden das erledigen.

Dank seiner guten körperlichen Verfassung hatte der „Franzos" bis jetzt überlebt. Er konnte es manchmal selbst nicht glauben, denn er war einer von denen, die sich am längsten in russischer Kriegsgefangenschaft befanden. Nun zahlte es sich aus, dass er ein Leben lang Kraftsport getrieben hatte. Er war zwar nicht sehr groß, aber athletisch und muskulös. Und so hatte er die Sklavenarbeit, zu der ihn die Sowjets verurteilt hatten, besser ertragen können als so manch anderer.

Er war allerdings auch nicht von Anfang an in Sibirien gewesen. Als er den Russen Ende September 1941 in Kiew in die Hände gefallen war, hatten sie ihn zunächst in ein Lager in der Nähe von Moskau verschleppt. Nach Kriegsende wurde ihm dann der Prozess gemacht und man verurteilte ihn wie all die anderen zu 25 Jahren Straflager. Die Verhandlung hatte damals nur wenige Minuten gedauert. Dem stalinistischen Regime kamen die deutschen Kriegsgefangenen wie gerufen. Die Sowjets hatten kein Interesse daran, sie zum Tode zu verurteilen, aber sie bei Schwerstarbeit in giftigen Bleiminen, einsturzgefährdeten Stollen, Steinbrüchen oder im Moor einzusetzen, war für sie von großem Nutzen. Die Gefangenen sollten dabei helfen, den Sowjetstaat aufzubauen.

Als man ihn dann eines Tages mit über hundert anderen Kameraden in einen Eisenbahnwaggon trieb, worin sie wochenlang eingepfercht wie die Ölsardinen in Richtung Sibirien fuhren, hatte er die Hoffnung fast aufgegeben, noch jemals nach Deutschland zurückzukehren. Bis dahin hatte er stets geglaubt, dass er bald nach Kriegsende wieder nach Hause entlassen würde. Doch die Räder des Zuges waren unbarmherzig nach Osten gerollt, hatten ihn mehrere tausend Kilometer von Europa weggetragen, tiefer und tiefer hinein in die unendliche Schneewüste Nordasiens bis nach Sibirien. Er und Millionen seiner Kameraden würden die

Zeche für alle bezahlen. Geradestehen für das Inferno, das Hitler-Deutschland über die Welt gebracht hatte.

Im Gegensatz zu seinen Geschwistern hatte er sich nie für Politik interessiert. Er hatte es auch stets umgehen können, in die NSDAP einzutreten. Seine Welt war immer der Kraftsport und sein Motorrad gewesen, das hatte sich auch damals nach seiner Heirat nicht geändert. Im Gegenteil, er war um jede Minute froh gewesen, die er nicht an der Seite seiner Frau verbringen musste. Dieser Frau, die er nie geliebt hatte. Im Gegenteil! Sie war ihm von Anfang an zuwider gewesen. Und wenn sie ihn damals nicht erpresst hätte, wäre er niemals ihr Mann geworden. Aber er hatte keine andere Wahl gehabt. Sie hätte ihn, ohne mit der Wimper zu zucken, ans Messer geliefert, wenn er sich geweigert hätte.

Der einzige Lichtblick dieser Verbindung war sein Sohn gewesen, den sie ihm 1935 geschenkt hatte. Der Junge hatte ihn ein wenig versöhnlicher gestimmt. Bei dem Gedanken an ihn legte sich ein Lächeln um seinen Mund. Im nächsten Monat würde er 13 werden. Er hatte ihn das letzte Mal im Herbst 1939 gesehen, da war er knapp vier Jahre alt gewesen. Er würde ihn gar nicht mehr wiedererkennen, nach so vielen Jahren. Er wäre ein Fremder für ihn. Hoffentlich hatte der Junge den Krieg gut überstanden. Und nicht nur er, auch seine Familie. Was wohl aus ihnen geworden war? Vielleicht lebten seine alten Eltern überhaupt nicht mehr? Und seine Schwestern und die vielen kleinen Nichten? Ob sie diesen fürchterlichen Krieg wohl unbeschadet überlebt hatten?

Die Kameraden, die gegen Ende des Krieges ins Lager gekommen waren, hatten immer wieder von den grauenhaften Bombenangriffen der Engländer und Amerikaner auf deutsche Städte berichtet. Der Kurt aus Ludwigshafen hatte ihm erzählt, dass Mannheim der vielen Industrieanlagen und des großen Hafens wegen besonders oft angegriffen worden sei. Vielleicht war ja ein Teil seiner Familie gar nicht mehr am Leben? Im Bombenhagel gestorben, unter Trümmern begraben? Und was war aus seinen Brüdern geworden? Wohin der Krieg sie wohl verschlagen hatte? Ob sie noch lebten? Vielleicht waren sie längst zu Hause bei der Familie? Oder vielleicht so wie er in irgendeinem russischen Kriegsgefangenenlager? Angeblich gab es um die viertausend Lager, über das ganze Sowjetreich verstreut.

Am Anfang hatte er einmal versucht, einem der Wärter klar zu machen, dass er kein Anhänger von Hitler gewesen sei und er gezwungen worden war, in den Krieg zu ziehen. Aber dieses Unterfangen hatte ihn einen Schneidezahn gekostet. Denn anstatt ihn anzuhören, hatte ihm der Russe den Gewehrkolben ins Gesicht geschlagen und hasserfüllt in gebrochenem Deutsch geschrien: „Du Deutsch, du Nazi! Meine Familie, Stalingrad! Alle tot!"

Es interessierte hier niemanden, ob er in der Partei gewesen war oder nicht. Er war für Deutschland in den Krieg gezogen und würde hier wie alle anderen Kriegsgefangenen stellvertretend für das ganze deutsche Volk Wiedergutmachung leisten müssen für das, was Deutschland dem russischen Volk angetan hatte. Die Rechnung war jedoch unbezahlbar. Denn was ist der Preis für 20 Millionen Tote ...?

Aber gerade als er endgültig jede Hoffnung aufgegeben hatte, dieser eisigen Hölle noch jemals entrinnen zu können, geschahen plötzlich Dinge, die seine Situation grundlegend veränderten und seinem Schicksal eine ganz andere Wendung geben sollten.

Anfang 1949 wurde Valentin Tschetverenko zum neuen Lagerkommandanten ernannt. Seinen Vorgänger Oleg Jascheroff hatte man in einer Nacht- und Nebelaktion abberufen. Er hatte das Lager mit eiserner Hand geführt, was zunächst durchaus im Sinne seiner Vorgesetzten in Irkutsk gewesen war. Als sich jedoch zeigte, dass die Zahl der Todesfälle im Lager überdurchschnittlich hoch war und stetig anstieg, musste schnell Abhilfe geschaffen werden, denn die Arbeitskräfte wurden im Bleibergwerk gebraucht. Tote nutzten den Sowjets nichts.

Jascheroff war eindeutig zu weit gegangen. Nicht nur, dass er die Zwangsarbeiter Tag und Nacht in den Schachtanlagen „Rotes Banner", „Bolschewik" und „Revolution" schuften ließ und sie in bis 1.700 Meter Tiefe bei manchmal 35 Grad Hitze kilometerweit in die Stollen trieb, darüber hinaus hatte er auch ihre Verpflegung auf ein Minimum reduziert. Meist gab es nur morgens eine Brotration für jeden Gefangenen und danach nur noch eine wässrige Suppe, die nur zu oft aus angefaulten Kartoffeln, matschigem Kohl und alten gelben Rüben oder Roterüben bestand. Aber das war nicht alles gewesen. Um die Prämie zu bekommen, die es für jedes Schuldeingeständnis eines Gefangenen gab, hatte Jascheroff auch nicht vor Folter zurückgeschreckt. Zusammen mit seinen Schergen hatte er immer wieder versucht, dieses den Gefangenen auf Teufel komm raus abzupressen. Dabei war ihm jedes Mittel recht gewesen und beim Ersinnen von wirksamen Foltermethoden hatte er eine außergewöhnliche Kreativität entwickelt.

Besonders gefürchtet war unter den Gefangenen im Winter der „Eiskarzer" gewesen, der aus einer unbeheizten Bretterbude bestand, in den man den jeweiligen Delinquenten unbekleidet einsperrte. Die meisten gestanden nach kurzer Zeit alles, was man von ihnen hören wollte. Die wenigen, die sich nicht davon einschüchtern ließen, bezahlten das zumeist mit ihrem Leben. Nicht viel anders erging es denen, die man im Sommer dem sogenannten „Mückenfraß" aussetzte, indem man sie in Gebieten, in denen eine unerträgliche Stechmückenplage herrschte, nackt an Bäume band. Die Geständnisrate war erklärlicherweise auch hier äußerst hoch.

Der neue Lagerkommandant Valentin Tschetverenko hatte auf der Militärschule in Minsk studiert und kam aus einer kultivierten Leningrader Familie. Er hatte mehrere Sprachen gelernt, unter anderem Französisch und Deutsch. Er war darüber hinaus sportlich und hatte ein Faible für Motorräder. Darum zog er es auch vor, statt eines Militärjeeps ein Motorrad zu benutzen.

Kurz nach seiner Versetzung im Frühsommer 1949 hatte er einen schweren Motorradunfall erlitten, von dem er sich nur langsam erholte. Es würde ihm darum in den kommenden Monaten unmöglich sein, das Motorrad allein zu steuern. Und so ließ er unter den Gefangenen nach einem erfahrenen und zuverlässigen Fahrer suchen, der ihn im Beiwagen chauffieren sollte.

Bald schon fiel seine Wahl auf den Gefangenen, den sie „Franzos" nannten. Im ersten Augenblick war der nicht sehr glücklich darüber. Er befürchtete, dass der neue Lagerkommandant in Wirklichkeit andere Ziele verfolgte und ihm möglicherweise eine Falle stellen wollte, um ihm ein Schuldeingeständnis abzuzwingen. Nach den Erfahrungen mit Jascheroff war dies nur wahrscheinlich. Er musste jedoch schon bald seine Meinung revidieren. Auch wenn Tschetverenko während den manchmal stundenlangen Fahrten meist kein Wort sprach, so behandelte er ihn doch anständig. Mit der Zeit entstand sogar so etwas wie eine Beziehung zwischen den beiden so unterschiedlichen Männern. Der Russe schätzte die Zurückhaltung und Bescheidenheit des Kriegsgefangenen und bewunderte seine Kraft sowie sein handwerkliches Geschick. Er hatte ein paar Mal das Motorrad repariert und auch verschiedene Tischler- und Schreinerarbeiten in der Schreibstube der Lagerkommandantur erledigt. Am meisten beeindruckte ihn jedoch sein Durchhaltevermögen und dass der Deutsche nach über acht Jahren trotz allem sein freundliches Wesen nicht verloren hatte.

Der Franzos wiederum war dem Russen unendlich dankbar, dass er zu ihm anständig war und ihn niemals zu demütigen versuchte. Rachegedanken waren Tschetverenko in der Tat fremd, er begegnete dem Kriegsgefangenen mit Distanz und Fairness.

Bald wurde dem Franzos klar, dass er das „große Los" gezogen hatte, denn es war ihm in den acht Jahren seiner Gefangenschaft nie besser ergangen. Zum ersten Mal war da jemand, der ihn als Mensch behandelte. Es traf ihn darum auch wie ein Schlag, als er Mitte Dezember erfuhr, dass Tschetverenko die Kommandantur zum Ende des Jahres wieder abgeben würde. Er hatte sich für die Leitung der Sowchose Berija beworben, die über 4.000 Kilometer entfernt in der Nähe des Kaspischen Meeres lag.

An diesem Morgen brach für ihn eine Welt zusammen. Wer weiß, was für ein Lagerleiter nachkommen würde? Bestimmt würden sie ihn wieder zurück in den Schacht schicken.

Trübe Gedanken überkamen ihn. Wollte er überhaupt noch weiterleben? Wozu? Es war doch sowieso alles sinnlos. Sie hatten ihn 1945 zu 25 Jahren verurteilt. Er würde also bis 1970 hier schuften müssen. Dann wäre er 62, sofern er dieses Alter überhaupt je

15

erreichen würde. Sein Leben wäre vorbei. Noch weitere 20 Jahre in dieser Hölle, das würde er nicht ertragen.

Plötzlich war jedoch einer der Wachsoldaten vor ihm gestanden und hatte ihn zur Schreibstube hinausgeschickt. Mit einer Kopfbewegung hatte er ihm signalisiert, dass er zur Schreibstube gehen sollte.

Langsam öffnete er die schwere Tür. Tschetverenko saß hinter seinem Schreibtisch. Er gab ihm zu verstehen, sich zu setzen. Den Wachposten schickte er hinaus. Der Franzos blickte unter sich, während Tschetverenko noch immer mit einem Federhalter auf ein Blatt schrieb. Nichts als das Kratzen der spitzen Feder auf dem groben Papier war zu vernehmen.

Nach einer Weile hob er den Kopf und schaute ihm in die Augen.

„Hör zu, Deutscher!", er war der Einzige, der ihn „Deutscher" und nicht „Franzos" nannte, „ich will nicht lange drum herum reden. Ich habe hier ein Dokument, wenn du willst, kann ich es unterzeichnen. Da, wo ich hingehe, nach Aserbaidschan, brauchen sie gute Handwerker. Ein Brigadekommando soll eine neue Siedlung für die Landarbeiter bauen. Ich habe gedacht, vielleicht magst du ja mitkommen? Allerdings geht es morgen schon los. Du musst dich also gleich entscheiden."

Der „Franzos" glaubte seinen Ohren nicht zu trauen. Vielleicht träumte er das ja alles nur? Vielleicht spielte ihm sein Gehirn gerade einen bösen Streich und das schreckliche Erwachen käme jeden Augenblick.

„Also, sag schon. Ja oder Nein?" Der Russe blickte ihn ungeduldig an.

„Ja, ja! Natürlich komme ich mit. Danke. Vielen Dank! Spasiba!"

Der Russe verzog den Mund. Eine Art Lächeln. „Morgen früh um fünf Uhr bist du hier!" Er winkte mit der Hand in Richtung Tür und signalisierte ihm auf diese Weise, dass er gehen könne. Als er draußen stand, liefen ihm die Tränen herunter. Es war das erste Mal, dass er in all den Jahren weinte.

Sie waren fast zwei Wochen unterwegs. Durch die eisige Kälte kamen sie nur langsam vorwärts. Mitunter waren ganze Schienenstränge eingefroren und der Zug stand die ganze Nacht auf freiem Feld, bevor er am nächsten Tag weiterfahren konnte. Doch all das war nichts im Vergleich zu dem Viehwaggon, in dem man ihn und seine Kameraden vier Jahre zuvor ins Lager transportiert hatte, denn jetzt saß er in einem Abteil mit Sitzen und Fenstern, aber vor allem bewegte sich der Zug Minute um Minute weiter nach Westen. Zum ersten Mal sah er die Landschaft an sich vorbeirauschen und bekam einen Eindruck von den verschiedenen Regionen und der Natur dieses riesigen Landes. Allerdings sahen die Gebäude trostlos aus. Einfache Hütten, meist heruntergekommen. Am meisten erschreckten ihn die Männer und Frauen auf den Bahnhöfen der kleinen Dörfer. Sie bettelten ihn um Brot an. Ihn, der doch selbst nichts hatte. Die Menschen sahen armselig aus, schlecht gekleidet, ihre Gesichter waren vom Hunger gezeichnet. Es schien, als sei der Segen der Sowjetunion noch nicht bei ihnen angekommen.

In der Sowchose ging es den Menschen jedoch besser. Als sie dort ankamen, wurde er in einer Landarbeitersiedlung untergebracht, wo er sich einen kleinen Raum mit den drei ältesten Söhnen einer Familie teilte. Die Wohnverhältnisse waren beengt. Alles war einfach und karg. Doch ihm erschien es luxuriös. Und erst das Essen! Frischgebackenes Brot und ein dicker Eintopf aus guten Kartoffeln und Kohl, in dem sogar ein paar fette Fleischbrocken schwammen. Welch ein Festmahl!

Als er an diesem Abend zum ersten Mal nach mehr als zehn Jahren wieder in einem sauberen Bett mit einer Matratze, einem Kissen und genügend Decken gegen die Kälte lag, glaubte er, im Paradies zu sein.

In den beiden folgenden Jahren wurde aus dem Franzos ein anderer Mensch. Die Kriegsjahre, Stalingrad, die frühe Gefangennahme und die verheerenden Erfahrungen in den Arbeitslagern hatten tiefe Narben in seiner Seele hinterlassen. Die Zeit in der Sowchose hingegen bewirkte eine Veränderung in seinem Bewusstsein. Die Menschen, mit denen er nun schon seit geraumer Zeit zusammenlebte, mit denen er arbeitete, mit denen er Freud und Leid teilte, wurden ihm immer vertrauter, wurden seine neue

Familie. Und auch die Landarbeiter, die ihm am Anfang mit einer gehörigen Portion Misstrauen begegnet waren und ihn nur aufgenommen hatten, weil Valentin Tschetverenko sich für ihn verwendet hatte, erkannten mehr und mehr sein aufrichtiges und friedfertiges Wesen und sein angenehmes Gemüt. Bald schon luden ihn seine Zimmergenossen Dimitri, Alexander und Grigori abends nach der Arbeit zu einem Wodka ein, manchmal waren es auch zwei, und sie teilten ihre Zigaretten mit ihm. An den Sonntagen gesellte sich dann auch der Rest der Familie dazu. Auf diese Weise lernte er Svetlana, die jüngere Schwester seiner Zimmergenossen kennen.

Irgendwann war der Mann aus Deutschland einer von ihnen. Was ehemals unüberbrückbar zwischen ihnen gestanden hatte, war nicht mehr von Bedeutung. Aus Erzfeinden waren nach und nach Freunde geworden.

Doch es war nicht nur seine Liebenswürdigkeit und Freundlichkeit, sondern auch seine Ausdauer, sein Fleiß und vor allem seine Bemühung, sich an sie und ihre Lebensgewohnheiten anzupassen, die diese Annäherung begünstigte. So begann er die russische Sprache und die kyrillische Schrift zu lernen und fand in Svetlana eine geduldige Lehrerin. Sie verbrachte jede freie Minute damit, ihm das Schreiben und Lesen der einzelnen Zeichen und die Wörter und ihre Aussprache beizubringen. Sie war tatsächlich Lehrerin, sie unterrichtete die Kinder der Sowchose und war darüber hinaus aktives Parteimitglied.

Er ließ sich gerne von ihr unterrichten, denn die hübsche junge Frau mit ihren langen schwarzen Zöpfen und ihren dunklen Augen, in der er zunächst nur eine Schwester gesehen hatte, eroberte nach und nach sein Herz. Und obwohl sie fast seine Tochter und er ihr Vater hätte sein können, fühlten sie sich doch immer mehr zueinander hingezogen. Svetlana war nicht nur hübsch, sondern auch gescheit, aber vor allem war sie eine glühende Verfechterin der kommunistischen Ideologie. Sie träumte von einer besseren und vor allem gerechteren Welt und ließ keine Gelegenheit aus, andere bekehren zu wollen. In dem Mann aus Deutschland fand sie ein williges Opfer, dem sie immer wieder die Bedeutung des

Klassenkampfes erläuterte und ihm die Notwendigkeit der Weltrevolution, vor allem aber auch die Dringlichkeit der Überwindung des Imperialismus klarzumachen versuchte. Das, was sie sagte, fiel bei ihm auf fruchtbaren Boden und so wurde aus einem ehemals unpolitischen Mann nach und nach ein überzeugter Kommunist. Bald waren die beiden unzertrennlich, denn neben dem Band der Liebe war es auch die gemeinsame Weltanschauung und ihr fast schon euphorischer Idealismus, der sie vereinte.

„Was würdest du tun, wenn sie dich vorzeitig aus der Gefangenschaft entlassen würden?", fragte Svetlana ihn an einem Sonntag im August 1952, als sie eng umschlungen auf der kleinen Wiese hinter dem großen Sonnenblumenfeld lagen.

Schweigend blickte er in den blauen Himmel und schaute den Vogelschwärmen nach, die weit oben ihre Kreise zogen. Sie sammelten sich zum Flug nach Westen, um dem bevorstehenden Winter zu entfliehen.

„Warum antwortest du mir nicht?" Die Verunsicherung in ihrer Stimme war unüberhörbar.

Er atmete tief durch. „Warum fragst du mich nach Dingen, die sowieso nie eintreten. Ich bin zu 25 Jahren verurteilt, selbst wenn sie mich begnadigen würden, käme ich wahrscheinlich frühestens nach 18 Jahren frei, also 1963." Nach einer Weile fuhr er fort: „Aber wieso fragst du mich überhaupt so etwas?"

Er richtete sich auf und schaute zu Svetlana, die noch immer im Gras lag.

Sie wandte den Kopf zur Seite.

Er beugte sich über sie, nahm ihr Kinn zwischen Daumen und Zeigefinger und zog es zu sich, so dass sie ihn unweigerlich ansehen musste. Sie hatte Tränen in den Augen.

„Du weinst?" Er hielt inne. „Was weißt du, was ich nicht weiß?"

Nach einigem Zögern antwortete sie leise: „Ich habe zufällig mitbekommen, dass eine vorzeitige Begnadigung der Kriegsgefangenen im Gespräch ist und dass man damit beginnen will, euch zu repatriieren."

„Was? – Woher weißt du das? – Wo hast du das gehört?" Er richtete sich auf. Sein Herz begann wie wild in seiner Brust zu pochen. Er hatte schon lange die Hoffnung aufgegeben, dass die Sowjets jemals eine vorzeitige Entlassung der Kriegsgefangenen in Erwägung ziehen könnten. „Du musst dich irren, sicher hast du dich verhört." Erneut legte er sich nieder. Er versuchte langsam wieder zur Ruhe zu kommen. Sie musste sich geirrt haben. So viele Jahre lang hatte er sich gewünscht, dass ein Wunder geschehen möge und sie ihn, vielleicht wegen guter Führung, freilassen würden, aber es hatte in den ganzen Jahren keinerlei Anzeichen für eine solche Maßnahme gegeben.

Wieder ein freier Mann zu sein, wie sehr er sich danach sehnte! Doch er durfte sich nicht beklagen, denn auch wenn er noch immer als Zwangsarbeiter auf der Baustelle arbeiten musste, so waren seine Lebensumstände doch mehr als erträglich und die Liebe Swetlanas entschädigte ihn für so vieles andere. In den Armen dieser wunderbaren jungen Frau zu liegen empfand er als Geschenk, nie zuvor war er so geliebt worden und nie zuvor hatte er eine Frau so sehr geliebt.

Indes hatte Svetlana sich nicht verhört. Zwei Wochen später ließ ihn Valentin Tschetverenko in die Kommandantur rufen.

„Ich habe mich für dich eingesetzt. Im nächsten Monat sind es zehn Jahre, dass du für die Verbrechen, die dein Volk uns zugefügt hat, Wiedergutmachung geleistet hast. Durch deine Arbeitskraft hast du beim Aufbau der Sowjetunion mitgeholfen. Außerdem ist mir zu Ohren gekommen, dass du anscheinend begriffen hast, dass dem Kommunismus die Zukunft gehört. Solche Leute wie dich brauchen wir, vor allem auch, um in Europa die kommunistische Weltrevolution vorzubereiten. Darum habe ich deine Entlassung beantragt, Genosse. – Ich darf dich doch so nennen?" Ein leichtes Grinsen legte sich für einen kurzen Augenblick um seinen Mund. „Meinem Antrag wurde stattgegeben. Du wirst im nächsten Monat dem Roten Kreuz übergeben, das wird deine Rückführung in die Heimat veranlassen." Ohne eine Antwort abzuwarten, meinte Tschetverenko: „Du kannst jetzt gehen!"

Fast mechanisch setzte er einen Fuß vor den anderen, während er zurück ins Dorf ging. Eigentlich hätte er vor Freude schreien müssen, tanzen, springen, jubeln ...

Doch nichts von alledem. Endlich würde er nach Hause kommen. Seine Familie wiedersehen, seine Eltern und Geschwister, seinen Sohn ... Plötzlich ergriff ihn eine tiefe Unruhe und Sorgenfalten legten sich auf seine Seele. Sein Sohn, 17 Jahre war der mittlerweile, ein junger Mann – ein fremder Mann, der vaterlos aufgewachsen war und sich wahrscheinlich längst mit dem Tod seines Vaters abgefunden hatte. Und seine Frau! Diese Frau, die er nie geliebt hatte, mit der er jedoch verheiratet war und von der er sich wahrscheinlich nie würde lossagen können. Sie würde ihn bis an sein Lebensende erpressen. Wollte er wirklich in diese Ehe zurückkehren? Und wollte er all die Menschen, die ihm hier in den letzten Jahren ans Herz gewachsen waren, verlassen? Er würde sie wahrscheinlich nie wiedersehen. Aber vor allem Svetlana. – Vielleicht würde sie ja mit ihm nach Deutschland kommen? Doch wäre sie bereit, alles in Russland aufzugeben? Ihr Land, ihre Familie, ihre Freunde, ihren Beruf? – Und selbst wenn sie mitkäme, dann müsste er sich daheim scheiden lassen. Aber seine Frau würde nie und nimmer einwilligen. Und überhaupt – wahrscheinlich würde Svetlana gar nicht ausreisen dürfen. Sie würde es vielleicht auch gar nicht wollen. Sie war davon überzeugt, hier weiter am Aufbau der Sowjetunion mithelfen zu müssen. Nie und nimmer würde sie mit ihm nach Deutschland gehen, in dieses fremde Land. „Dieses fremde Land!" Er sprach die Worte leise vor sich hin. Selbst ihm würde die Heimat fremd sein. Er war im Herbst 1939 als 30-Jähriger in den Krieg gezogen. 13 Jahre waren seither vergangen. Das Deutschland, das ihm vertraut gewesen war, gab es schon lange nicht mehr. Er würde zurückkehren in ein unbekanntes Land, in dem nichts mehr so war wie zuvor.

Und wieder überkam ihn eine undefinierbare Angst und ein Unbehagen stieg in ihm hoch. Die anfängliche Freude wich immer mehr einer tiefen Nachdenklichkeit, die ihn mehr und mehr zermürbte. Wenn er es recht bedachte, was sprach eigentlich dafür, in die Heimat zurückzukehren? Wahrscheinlich hatten sich schon alle mit seinem Tod abgefunden. Vielleicht war es ja besser, die Toten ruhen zu lassen?

Als er an diesem Abend in das Dorf zurückkehrte, wartete Svetlana schon voller Ungeduld auf ihn.

„Und, was hat Tschetverenko von dir gewollt?" Die Art, wie sie fragte, verriet, dass sie die Antwort nur zu genau wusste.

„Er will mich dem Roten Kreuz übergeben, im nächsten Monat. Sie sollen mich zurück nach Deutschland bringen", erklärte er ruhig.

Svetlana senkte den Blick. „Schon im nächsten Monat?"

Er ging auf sie zu und schloss sie in die Arme.

„Ich kann es kaum erwarten, wieder ein freier Mann zu sein, nach so vielen Jahren der Zwangsarbeit. Kannst du das verstehen?"

Sie nickte unmerklich, während er sie noch immer in seinen Armen hielt.

Eine ganze Weile standen sie eng umschlungen zusammen, ohne miteinander zu sprechen.

Dann ergriff er erneut das Wort: „Ich habe mich entschlossen, nach meiner Entlassung nicht nach Deutschland zurückzugehen. Ich möchte hier bleiben, hier bei dir und mit dir zusammen als freier Mann glücklich werden."

Sie lockerte die Umarmung und schaute ihn mit großen erstaunten Augen an.

„Und wie denkst du darüber, Genossin?" Er lächelte. Es war das Lächeln eines Mannes, der einen langen mühevollen Weg hinter sich hatte und endlich angekommen zu sein schien.

Sie antwortete ihm mit einem innigen Kuss.

2

„Eine traurige, aber auch schöne Geschichte, doch ich verstehe nicht ganz, warum du mir die erzählst und vor allem, was sie mit dem Jungbusch zu tun hat." Robert Baumgärtner schaute Charlotte Kühn fragend an.

Die lächelte. „Wirklich nicht? – Hast du tatsächlich keine Ahnung, wer dieser Mann, den sie ‚Franzos' nannten, gewesen sein könnte?"

Robert dachte nach. „Na ja, wahrscheinlich war es ein Legrand, einer aus deiner Familie. Lass mich mal nachdenken. – Gewichtheber, Motorradfahrer, unglücklich verheiratet." In seinem Gehirn ratterte es.

„Du meinst jetzt aber nicht Erich Legrand, oder?"

Charlotte nickte.

„Aber ich dachte, der ist in Stalingrad umgekommen?"

„Ja, das dachte meine Familie auch, zumindest am Anfang, weil wohl einer seiner Kameraden das so berichtet hatte. Aber später gab es dann auch anders lautende Aussagen von anderen Kameraden, wie zum Beispiel, er sei in Gefangenschaft gekommen oder er sei übergelaufen, so dass es doch eine begründete Hoffnung gab, er könne überlebt haben", erklärte Charlotte nun etwas ausführlicher. „Licht ist eigentlich erst in die Sache gekommen, als ein gewisser Kurt Scharmann, einer der sogenannten Spätestheimkehrer, auf dem Mannheimer Bahnhof auf meine Großmutter zuging. Die Frauen der Familie hatten sich nämlich immer, wenn russische Heimkehrer ankamen, mit einem Bild von Onkel Erich auf den Bahnsteig gestellt und die Ankömmlinge gefragt, ob sie ihn kannten. Und dieser Kurt Scharmann hatte ihn auf dem Foto erkannt und war sich ziemlich sicher gewesen, dass Onkel Erich noch lebte. Er gab meiner Großmutter den Tipp, ihm einen Brief in die Sowchose Berija bei Navahi in der Sowjetrepublik Aserbaidschan am Kaspischen Meer zu schreiben. Den Brief hat dann zwar nicht meine Großmutter Amelie, sondern mein Großvater Carlo an seinen kleinen Bruder geschrieben. Und ein halbes Jahr später kam tatsächlich eine Antwort. Du musst wissen, die beiden Brüder hatten stets ein sehr inniges Verhältnis zueinander gehabt und so hat Onkel Erich meinem Großvater alles anvertraut, was ihm seit 1939 widerfahren war. Er hat ihn damals jedoch gebeten, all das für sich zu behalten und ihm gestanden, dass er wieder geheiratet habe, was im Grunde genommen Bigamie war, da die Ehe mit Auguste ja noch immer bestand. Weiter hatte er meinem Großvater mitgeteilt, dass er stolzer Vater von zwei wunderschönen kleinen Töchtern und sehr glücklich mit seiner Frau sei."

„Ja, und wie hat dein Großvater darauf reagiert?", fragte Robert erstaunt.

„Richtig, denke ich, denn er hat es damals niemandem außer seiner Frau und seiner Tochter unter dem Siegel der Verschwiegenheit erzählt. Auch ich weiß es erst seit ein paar Jahren."

„Und denkst du, dass das seiner Frau gegenüber und vor allem auch seinem Sohn gegenüber in Ordnung war?" Robert wirkte nachdenklich.

„Sieh mal, Auguste hatte Erich bereits viele Jahre zuvor für tot erklären lassen und außerdem war sie bereits seit längerer Zeit mit diesem widerlichen Alfred, du erinnerst dich doch, diesem Schiffer liiert. Und Onkel Erichs Sohn, der Edgar, hat sich nie wirklich dafür interessiert, was aus seinem Vater geworden ist. Wie sollte er auch? Er war ein kleiner Junge! Insofern denke ich, hat Onkel Erich gut daran getan, in Russland ein neues Leben zu beginnen."

„Leicht war das sicher nicht, denn die Lebensumstände in der Sowjetunion in den 50er-Jahren waren ja auch alles andere als rosig", warf Robert ein.

„Sicherlich hast du da recht, aber nach dem, was Erich vorher mitgemacht hatte, wird er es nicht so empfunden haben und die Entwicklung im aufstrebenden Nachkriegsdeutschland hatte er ja sowieso nicht mitbekommen."

„Da hast du allerdings auch wieder recht. Man kann nur etwas entbehren, von dem man weiß, dass es existiert." Er lachte.

„Genauso ist es und darum brauche ich jetzt auch dringend einen Kaffee und ein gutes Stück Kuchen", erwiderte Charlotte.

Eine halbe Stunde später saßen sie im Café Buschgalerie bei einem Kaffee und einer „Dalbergschnitte".

„Klasse, Rita, die ist wieder unglaublich lecker", meinte Charlotte, während sie mit ihrer Kuchengabel genüsslich die letzten Sahnereste auf ihrem Teller zusammenkratzte.

„Wenn du wüscht, wann isch die gebacke hab. Mitte in der Nacht, nachdemm die letschte Gäst hier naus sin", erklärte ihr Rita, der man schon ein wenig ansah, dass sie sich mal wieder die Nacht um die Ohren geschlagen hatte.

Robert bestellte sich noch einen Kaffee. „So, jetzt möchte ich aber wissen, wie es den anderen Mitgliedern deiner Familie nach dem Krieg ergangen ist."

Er schaute sie erwartungsvoll an.

„Da ist tatsächlich sehr viel passiert. Ich weiß gar nicht, wo ich anfangen soll." Sie schaute ihn ein wenig ratlos an. „Was würdest du denn gerne zuerst hören?"

„Ich denke, am besten du berichtest zunächst über die, mit denen du beim letzten Mal aufgehört hast."

Charlotte musste kurz nachdenken. „Du meinst mit meiner Großmutter Amelie und meiner Mutter Helena. – Also gut." Sie nahm einen Schluck Kaffee und dann begann sie zu erzählen.

3

Helena würde von Rimbach aus mit Katharina nach Mannheim radeln. Amelie sollte zunächst im Odenwald bei Agathe bleiben.

„Lass mich mitkommen, Helena. Ich kann dich doch nicht allein nach Mannheim fahren lassen." Amelie versuchte sich im Bett umzudrehen, aber es war ihr nicht möglich, denn jedes Mal fuhr es ihr ins Kreuz.

„Dieser verdammte Ischias! Ausgerechnet jetzt muss ich das kriegen!"

„Mama, du kannst nicht mit uns fahren. Weißt du, wie weit das ist? Das sind fast 30 Kilometer. Das schaffst du niemals."

Amelie sah es schließlich ein, dass es keinen Sinn hatte. Sie konnte sich ja kaum zum Plumpsklo auf dem Hof schleppen. Aber sie mussten unbedingt nach Mannheim zurück. Über ein Monat war bereits seit der Kapitulation Mannheims vergangen und nachdem die amerikanische Militärregierung nun erlaubt hatte, dass die Bürger in ihre Stadt zurückkehren dürften, gab es keinen Grund, noch länger zu warten. Wenn ihr Haus zerstört war, mussten sie versuchen, sofern nicht alles zerschlagen oder verbrannt war, das eine oder andere aus den Trümmern zu retten. Sollte es nicht getroffen worden sein, war es umso wichtiger, rechtzeitig vor Ort zu sein, um die Wohnung vor Dieben und Plünderern zu schützen.

„Welchen Weg wollt ihr denn überhaupt nehmen?" Amelie blickte die beiden über den Rand ihrer Brillengläser nachdenklich an.

„Mach dir nicht so viele Sorgen, Amelie." Katharina schüttelte den Kopf, um ihre Worte zu unterstreichen. „Wir packen das schon, zuerst fahren wir morgen die Weschnitz entlang bis Birkenau und dann runter nach Weinheim. Da laufen die Räder fast wie von selbst, sogar die unserer alten Drahtesel!" Sie lächelte. „Ich kenne die Strecke in- und auswendig", versicherte sie. „Wenn alles gut geht, sind wir in vier bis fünf Stunden daheim."

„Aber ihr müsst aufpassen, besonders du, Helena. Denn selbst wenn das Haus noch steht, sind die meisten Nachbarn bestimmt noch nicht zurückgekehrt. Ihr dürft nicht vergessen, mehr als die Hälfte der Mannheimer ist evakuiert und die Amerikaner und Engländer haben die ganzen Arbeitslager aufgemacht. Tausende von Russen, Polen, Italiener, Franzosen, Holländer und wer weiß, wo sie sonst noch herkommen, laufen jetzt alle frei rum und werden sich rächen wollen. Nach allem, was man ihnen die ganzen Jahre hier angetan hat, muss man jetzt mit dem Schlimmsten rechnen. Mein Gott, ich mag gar nicht daran denken. Wenn ich mir vorstelle, dass du einem von denen in die Hände fallen könntest, nicht auszudenken, was die mit dir anstellen. – Helena, Katharina, wollt ihr nicht doch noch ein paar Tage warten, bis ich mich wieder rühren kann. Dann können wir doch alle zusammen fahren?" Amelie gab nicht so leicht auf.

Nun meldete sich Helena erneut zu Wort. „Mama, in den nächsten Tagen werde ich volljährig. Du brauchst dir keine Sorgen machen, ich verspreche dir, ich werde auf mich aufpassen. Und in ein paar Tagen kommst du ja sowieso mit Agathe nach."

„Abgesehen davon bin ich schließlich auch noch da", versuchte Katharina sie zu beruhigen, „ich verspreche dir, ich werde mit Helena zuerst in den Jungbusch fahren und nachsehen, ob euer Haus noch steht. Meinst du wirklich, ich lasse zu, dass deine Tochter allein in den Straßen herumirrt und nicht weiß, wo sie hin soll. Wenn ihr ausgebombt seid, wird Helena selbstverständlich mit mir nach Feudenheim kommen und kann erst mal bei mir wohnen."

„Sofern dein Haus noch steht", gab Agathe zu bedenken, „du weißt ja, wie schnell das bei mir gegangen ist, als die Bombe in J runterkam. Innerhalb von ein paar Stunden stand ich vor dem Nichts."

„Das kannst du doch gar nicht vergleichen, Schwesterherz! Die meisten Bomben sind über den Quadraten und dem Lindenhof abgeworfen worden. Feudenheim ist insgesamt ganz glimpflich davongekommen." Katharina ließ sich nicht so leicht beirren. „Außerdem mag ich nicht länger diskutieren. Wir haben morgen einen schweren Tag vor uns. Ich gehe jetzt ins Bett, damit ich ausgeschlafen bin. Wir müssen nämlich in aller Früh aufbrechen, damit wir auf jeden Fall vor der Sperrstunde in Mannheim sind", und zu Amelie gewandt fügte sie abschließend hinzu: „Und du schaust nun, dass du gesund wirst und kommst so schnell wie möglich mit Agathe nach. Lass uns nur mal machen!" Mit diesen Worten verließ sie das Zimmer.

Amelie hatte die ganze Nacht Alpträume. Sie sah sich im brennenden Dachstuhl ihres Hauses stehen inmitten eines Flammenmeeres. Um sie herum zischte, toste und knallte es, während sich ein Bombenhagel über die Stadt ergoss. Ganz Mannheim brannte. Auch wenn der Krieg in ihrer Gegend schon seit mehreren Wochen beendet war, so fand er in ihrem Kopf und ihren Träumen noch immer statt. Dieser grausame Krieg würde sie und viele andere jedoch noch lange verfolgen, vielleicht sogar bis ans Lebensende.

*

Amelie und Helena waren Ende Februar 1945 noch immer in der mittlerweile ziemlich entvölkerten Stadt. Amelie hatte schon seit Monaten auf die Kapitulation gehofft, da es doch mehr als offensichtlich war, dass Deutschland diesen verdammten Krieg nicht gewinnen konnte. Die da oben mussten doch endlich kapieren, dass es keinen Sinn machte, noch mehr Menschen zu verheizen. Doch die Regierung hatte stattdessen in den letzten Monaten alles mobilisiert, was Beine hatte, alle Männer zwischen 16 und 60 waren bewaffnet und ins Feld geschickt worden. Unerfahrene Kinder und untaugliche Greise sollten den Karren aus dem Dreck ziehen. So ein Wahnsinn! Als ob sie nicht wüssten, dass das Kriegsende dadurch nur unnötig herausgezögert und die Männer für nichts und wieder nichts sterben würden. Doch obwohl jeder vernünftige Mensch dies erkannt hatte, musste man sich tunlichst hüten, es laut zu äußern, denn noch immer gab es nicht wenige, die fanatisch an den Endsieg glaubten. Bestärkt wurden sie durch das immer wieder auflebende Gerücht, die Regierung habe eine „Geheimwaffe" entwickelt, die kurz vor dem Einsatz stünde und das Ruder herumreißen würde. Fast zeitgleich war an alle Zweifler die Warnung ergangen, dass Defätisten ohne Gnade erschossen würden. All das bestärkte die Linientreuen in ihrer Überzeugung, dass der Endsieg letztendlich doch noch kommen würde. Sie wollten es nicht wahrhaben, dass das NS-Regime am Ende war. Sie hatten von dem System profitiert und wollten sich gar nicht vorstellen, was bei einer Niederlage passieren könnte, wenn die Sieger sie zur Rechenschaft ziehen würden.

Der größte Teil der Bevölkerung versank jedoch ob dieser Bedrohung durch die eigene Regierung noch tiefer in Verunsicherung und Existenzangst. Sie wussten in diesen Tagen nicht mehr, wer die größere Gefahr für Leib und Leben darstellte, die SS oder die herannahenden feindlichen Truppen.

Am 1. März erfolgte ein weiterer schwerer Großangriff auf Mannheim. Wieder wurden die Bürger der Stadt über dreieinhalb Stunden in Angst und Schrecken versetzt. Anschließend fegten orkanartige Feuerstürme durch ganze Straßenzüge, so als wollten sie noch das Wenige zunichtemachen, was die Bomben verfehlt hatten. Da schließlich gab Amelie die Hoffnung endgültig auf, das Kriegsende in Mannheim zu erleben. Gleichzeitig beunruhigten sie die Flugblätter, die die Alliierten zunehmend abwarfen und in denen sie die Zivilbevölkerung aufforderten, die Städte umgehend zu verlassen. Den letzten Ausschlag gab jedoch die Schlagzeile des „Hakenkreuzbanners" am 28. Februar 1945. „Im Geiste Friedrichs des Großen bekennen wir: Es gibt nur Tod oder Sieg für uns." Das war eine klare Ansage. Hitler würde sie alle mit ins Verderben reißen. Nicht aufhören, bis die Alliierten Deutschland platt gemacht hätten. Sie mussten sofort raus aus der Stadt! – Und so war sie am nächsten Morgen mit Helena aufgebrochen.

Sie hatten ihre alten Räder vom Keller nach oben getragen und die Reifen aufgepumpt. Gott sei Dank hielten die Schläuche, obwohl die Fahrräder ansonsten in einem fürchterlichen Zustand waren: Die Speichen waren angerostet und die Lenker so verbogen, dass sie kaum die Spur halten konnten. Die Fahrt war anstrengend, die ständige Angst vor Tieffliegern, besonders auf dem freien Feld, wo kein Baum und kein Strauch stand, hinter denen man hätte in Deckung gehen können, veranlasste sie bis zur Erschöpfung in die Pedale zu treten.

Die letzte Etappe war weniger gefährlich, weil das Dickicht des Waldes sie schützte, dafür mussten sie aber nicht geringe Steigungen überwinden, des Öfteren blieb ihnen nichts anderes übrig als abzusteigen und ihre Räder zu schieben. Darüber hinaus war auf der gesamten Strecke erhöhte Vorsicht geboten, denn die Straßen waren in einem miserablen Zustand. Zahllose Schlaglöcher und Bombentrichter erschwerten das Vorankommen. Mitunter taten sich ganze Gräben auf, als ob ein Erdbeben den Boden aufgerissen hätte. Trotzdem erreichten sie vor Anbruch der Dunkelheit ihr Ziel. Erschöpft, aber froh, unversehrt angekommen zu sein, waren sie Katharina und Agathe am Abend um den Hals gefallen. Die Schwestern hatten für Amelie und Helena ein Zimmer vorbereitet und sie gastfreundlich aufgenommen, so wie sie es ihnen im letzten Herbst versprochen hatten. Alles war sehr bescheiden. Katharina und Agathe hatten selbst nicht viel, lediglich das, was ihr kleiner Gemüsegarten hergab. Trotzdem teilten sie alles mit Amelie und Helena. Auch wenn keine richtig satt wurde, so hatten sie doch genug um zu überleben.

In Rimbach kamen Amelie und Helena langsam ein wenig zur Ruhe. Endlich keine Sirenen mehr, kein Fliegeralarm, der sie mitten in der Nacht aufschreckte. Kein panischer Dauerlauf in den Neckarvorlandbunker, keine schweren Bombardements, die selbst die dicksten Gemäuer erbeben ließen. Und auch keine Angst mehr davor, den nächsten Angriff nicht zu überleben und wenn doch, vielleicht anschließend auf der Straße zu stehen.

Hier auf dem Land trat all das in den Hintergrund. Es gelang ihnen sogar, sich wieder an kleinen alltäglichen Dingen zu erfreuen. So genossen sie sonntagnachmittags den Kartoffelstreusel-kuchen, den Agathe am Tag zuvor gebacken hatte, so als wäre er die feinste Torte des Café Weller. Nur mit dem Eichelkaffee konnte sich Amelie einfach nicht anfreunden.

„Ich kann es kaum erwarten, irgendwann einmal wieder eine richtige Tasse Bohnenkaffee zu genießen", hatte sie wiederholt geäußert und seufzend die braune Brühe in ihrer Tasse ausgetrunken. Trotzdem kam gerade in solchen Situationen wie der sonntägli-chen Kaffeestunde so etwas wie „Normalität" auf. Wie sehr sie alle sich diese doch wünschten und das Kriegsende herbeisehnten.

Eine Sorge begleitete Amelie und Helena jedoch Tag und Nacht. Es war die Ungewissheit darüber, wie es Carlo wohl nach seiner Rückkehr nach Wiener Neustadt ergangen war, denn sie hatten seit Ende Januar nichts mehr von ihm gehört. Hoffentlich war er nicht den Russen in die Hände gefallen und hatte sich den west-lichen Alliierten stellen können. Mutter und Tochter beteten je-den Abend, dass sie bald wieder alle drei in Frieden vereint sein würden.

Obwohl sie sicher sein konnten, dass die Westmächte Südwest-deutschland besetzen würden, die, nachdem was man so hörte, weniger brutal mit der Bevölkerung verfuhren als die Russen, empfanden sie doch großes Unbehagen vor dem Augenblick ihres Einmarsches. Insbesondere die Frauen hofften, es würden die Ame-rikaner oder Engländer sein, denn auch vor den Franzosen fürch-teten sie sich, da eine große Anzahl der für Frankreich kämp-fenden Soldaten aus Marokko und Algerien stammten. Sie waren als heißblütige und wilde Burschen verschrien, vor der keine Frau sicher sein würde. Aber ganz egal, wer es letztendlich sein würde, so stand doch die beunruhigende Frage im Raum: Wie würden sie den Deutschen begegnen? Als Befreier, als Sieger, als Unter-werfer?

Es war ein wunderschöner Frühlingstag im April. Die ersten warmen Sonnenstrahlen schienen nach dem langen harten Win-ter auf die kalte deutsche Erde. Amelie und Helena arbeiteten in dem kleinen Garten hinter dem Haus. Da plötzlich horchte Helena auf.

„Was ist das, Mama? Hörst du das auch?"

Amelie blickte zu ihr hinüber und erhob sich langsam. Es war ein dumpfes Dröhnen, das von gegenüber, von dem kleinen Wäldchen am Fuße des Hügels herkam und das sich auf sie zuzubewegen schien.

„Was zum Teufel ist das?" Während Amelie ihre Tochter noch immer ungläubig anschaute, war zeitgleich ein heftiges Artilleriefeuer zu hören, durchmischt von zahlreichen Schüssen und Maschinengewehrsalven.

Fast im selben Augenblick öffnete sich ein Fenster im ersten Stock und Katharina rief zu ihnen herunter: „Endlich, sie kommen! Es sind die Amis, sie durchbrechen gerade die letzten Linien drüben im Wäldchen. Kommt rein, wir müssen überall unsere weißen Fahnen in die Fenster hängen, damit sie wissen, dass wir Frieden wollen und uns ergeben."

Schon Wochen zuvor hatten die Frauen heimlich alles für diesen Moment vorbereitet. Allerdings hatten sie die weißen Tücher in einer Truhe versteckt, damit keiner sie sehen würde. Man musste vorsichtig sein, konnte niemandem trauen.

Aber sie waren nicht die Einzigen gewesen, die sich für diesen Augenblick gewappnet hatten. Seit Tagen schon hatten zahlreiche Nachbarn intensiv in ihren Gärten gearbeitet, jedoch nicht, um die Erde umzugraben und die Beete für den Frühling vorzubereiten. Mit Schaufeln bewaffnet hatten sie tiefe Löcher gegraben, in die sie keine Samen streuten, sondern in denen sie ihre braune Vergangenheit versenkten. Alles, was den Nationalsozialismus verherrlichte, von kleinen Führerstatuen, militärischem Kinderspielzeug über Anstecknadeln und Abzeichen mit Hakenkreuzen bis hin zu Uniformen, Schusswaffen, Messern und Säbeln, alles wurde „beerdigt". Es durfte auf gar keinen Fall dem Feind in die Hände fallen. Armbinden mit Hakenkreuzen und Fotografien des Führers hatte man verbrannt und an ihrer Stelle einen „Röhrenden Hirsch" oder einen „Auerhahn" an die Wand gehängt. Nur noch die vergilbten Tapetenränder an den Seiten verrieten, dass an diesen Stellen einmal etwas ganz anderes geprangt hatte.

Aber Ränder gab es nicht nur an den Wänden, sondern auch in den Gesichtern mancher linientreuer Männer. So hatten der Ortsvorsteher und der Oberlehrer plötzlich einen weißen Streifen quer unter der Nase, denn sie hatten sich kurzerhand ihr Führerbärtchen über der Oberlippe abgeschabt.

Schnell zogen Amelie, Helena und die Schwestern alle möglichen weißen Laken und Tischdecken aus der Truhe heraus und drapierten sie überall an der Hausfassade.

„Endlich!" Katharina umarmte ihre Schwester. „Jetzt hat der Spuk ein Ende! In ein paar Stunden sind wir befreit!"

Agathe schaute ihre Schwester ungläubig an. „Ich weiß nicht, wo du dein Gottvertrauen hernimmst? – Und wenn sie uns alle erschießen?"

„Unsinn! Die Amerikaner werden uns nichts tun. Du weißt genau, dass ich immer heimlich die BBC höre, sie haben stets versichert, dass sie der Zivilbevölkerung nichts antun werden."

Mittlerweile hatten die Schießereien nachgelassen, dafür war das Dröhnen näher gekommen und immer lauter geworden.

„Sie kommen! Lasst uns hinausgehen und sie empfangen. Sie sollen sehen, dass wir nichts zu verbergen haben und uns freuen, dass sie uns befreien", Katharina war regelrecht euphorisch.

„Das kommt überhaupt nicht in Frage, dass Helena hinausgeht. Du bist wohl verrückt geworden!" Amelie würde auf gar keinen Fall zulassen, dass ihre Tochter den Schutz des Hauses verließe.

„Wir drei sind alt, von uns wollen die nichts", meinte Amelie weiter, „wir können getrost hinausgehen. Aber Helena bleibt hier in der Stube. Du kennst doch auch die Gräuelgeschichten vom Osten, was die Russen mit den Frauen gemacht haben. Die Amis sind zwar nicht die Russen, aber trotzdem sollte man keine schlafenden Hunde wecken."

Kurz darauf stand Amelie zusammen mit den Schwestern im Vorgarten, so wie viele ihrer Nachbarn auch. Doch wie anders sah die Straße aus, denn dort, wo zuvor jahrelang Hitlerfahnen im Wind geweht hatten, flatterten nun überall große weiße Tücher, so als hätten die Frauen des Dorfes alle gleichzeitig ihre Bettlaken gewaschen und zum Trocknen aus dem Fenster gehängt.

Alle blickten gespannt zu der Stelle am Ortsrand, wo die Hauptstraße eine große Kurve machte. Noch war nur dieses immer lauter werdende dumpfe Grollen zu hören, dieses unheimliche schleifende Geräusch, das immer näher auf sie zukam und das ihnen nun doch bekannt vorkam. Es war unverkennbar das Mahlen der Panzerketten auf dem Straßenbelag, nur waren es dieses Mal keine Wehrmachtspanzer, sondern die der US-Army. Und da war auch schon das erste Kanonenrohr zu sehen. Kurz darauf bog das ganze Fahrzeug um die Ecke. Bald bevölkerten Dutzende von Panzern die Straße, begleitet von unzähligen Jeeps, auf denen amerikanische Soldaten mit Maschinengewehren im Anschlag saßen. Die Männer hatten ernste, fast starre Gesichter. Sie zeigten keinerlei Regung. Zahlreiche Soldaten marschierten zu Fuß die Straße entlang. Sie trugen Stiefel mit dicken Profilsohlen und waren bis an die Zähne bewaffnet. Der Einmarsch wirkte sehr martialisch.

Trotzdem zog Katharina ihr weißes Taschentuch heraus und winkte den Truppen zu, senkte jedoch schnell den Arm, als sie die argwöhnischen Blicke einiger Amerikaner sah. Anscheinend trauten sie dem Frieden nicht und waren auf der Hut, weil sie noch immer Heckenschützen in den Ortschaften vermuteten.

Die meisten Dorfbewohner reagierten auf die Amerikaner mit großer innerer Anspannung. In vielen Gesichtern spiegelte sich eine tiefe Verunsicherung. Einige wirkten verzagt und verstört, andere wieder in sich gekehrt und voller Scham, wieder andere hatten nur Angst. Manche konnten den Anblick der Einmarschierenden nicht ertragen und zogen sich in ihre Häuser zurück. Nicht wenige hatten Tränen in den Augen, kaum einer lächelte. Unter den älteren Kindern waren einige, die auf die Soldaten voller Trotz und Ablehnung blickten und keinen Hehl aus ihrer Abneigung machten. Sie waren im Nationalsozialismus groß und in seinem Geist erzogen worden. Sie konnten gar nicht anders als die Männer zu hassen, die nun ihr ganzes Weltbild zu Fall brachten.

So unterschiedlich jeder Einzelne auch reagierte, so hatten sie doch eines gemeinsam: Keiner redete auch nur ein einziges Wort. Die Stille wurde nur von dem metallenen Rasseln der Panzer und dem gleichförmigen Marschieren der Soldaten gestört.

Plötzlich wurde die Sprachlosigkeit unterbrochen, denn das kleine Mädchen vom Haus gegenüber lief in einem unbeobachteten Moment mitten auf die Straße. „Ute!" Die Mutter hatte noch versucht, die Kleine festzuhalten, aber sie war ihr entwischt. Sie stellte sich einem der Soldaten in den Weg, worauf dieser tatsächlich stehen blieb. Mit großen Augen schaute sie ihn an. Sie hatte noch nie zuvor einen so großen schwarzen Mann gesehen.

Alle rings herum hielten für einen Augenblick den Atem an. Wie würde der Amerikaner reagieren?

„Der Neger sieht ja wirklich zum Fürchten aus", flüsterte Agathe ihrer Schwester zu.

„So ein Quatsch! Du glaubst doch nicht etwa die Schauermärchen, die sie über Neger erzählen!" Katharina war davon überzeugt, dass das alles Unsinn war, was man sich über die dunkelhäutigen Amerikaner erzählte. „Das sind genauso Menschen wie wir!"

Und als würde er sogleich den Beweis für Katharinas Aussage erbringen wollen, beugte sich der große dunkle Mann zu dem kleinen Mädchen hinunter und während sich ein breites Lächeln um seinen Mund legte, der sein riesiges weißes Gebiss blinken ließ, reichte er der Kleinen ein Stück Schokolade mit den Worten: „Here, my little girl."

„Danke!" Die Kleine strahlte über das ganze Gesicht. Sie freute sich wie ein Schneekönig und rannte glückselig zurück zu ihrer Mutter, die sie erleichtert in die Arme schloss.

Obwohl der Amerikaner sich gleich wieder in seinen Trupp einreihte und sein Lächeln sofort erstarb, als er mit all den anderen, ohne eine Miene zu verziehen, weitermarschierte, hatte dieses kleine Ereignis doch eine große Wirkung gehabt, denn es hatte den Menschen ein wenig die Angst vor den fremden Soldaten genommen.

*

Am nächsten Morgen fuhren Helena und Katharina in aller Herrgottsfrühe los. Als sie nach einer halben Stunde in die Hauptzufahrtsstraße einbogen, herrschte dort ein fürchterliches Durcheinander, denn sie waren natürlich nicht die Einzigen, die aufgebrochen waren. Man hatte das Gefühl, Gott und die Welt waren auf den Füßen. Es war die reinste Völkerwanderung! Und fast alle bewegten sich in Richtung Mannheim. Nur wenige hatten so wie sie Fahrräder. Die meisten waren zu Fuß unterwegs. Viele Frauen hatten sich ihre Kopftücher turbanartig um den Kopf geschlungen. Sie schleppten prall gefüllte Rucksäcke mit sich und hatten oft ein Kleinkind auf dem Arm und ein anderes an der Hand. Manche schoben auch überladene Kinderwagen vor sich her, was jedoch sehr mühselig war, weil die Räder stets irgendwo hängen blieben. Alte Leute quälten sich mit schweren Koffern, in denen sich ihr letztes Hab und Gut befand, mit letzter Kraft die Straße entlang. Wieder andere fuhren zusammengepfercht in überfüllten Pferdewägen. Manche zogen Leiterwägen hinter sich her, vollgeladen mit Habseligkeiten oder schwachen, kranken Familienmitgliedern, die sich darin zusammengekauert hatten. Halbwüchsige marschierten in zerschlissenen Hosen und Jacken allein oder in kleinen Gruppen in Richtung Rheinebene. Und immer wieder begegnete man Kindern mit verdreckten Gesichtern, die orientierungslos durch die Gegend irrten und nach ihren Müttern schrien.

Überall sah man Verletzte: Männer mit durchgebluteten weißen Kopfverbänden, mit dem Arm in der Schlinge oder welche, die sich auf Krücken mühsam vorwärts schleppten. Sie alle waren deutsche Soldaten, die sich ihrer Uniformen und Waffen entledigt hatten. Aber es gab auch Menschen, deren Verletzungen zunächst gar nicht offensichtlich waren. Erst bei näherem Hinsehen konnte man einen irren Glanz in ihren Augen entdecken, in diesen Augen, die durch einen hindurch ins Nichts schauten und die erahnen ließen, dass dieser Mensch den Verstand verloren hatte. Dass sein Körper nur hatte überleben können, weil Geist und Seele ins Nichts geflüchtet waren, in eine Welt, wo er nichts mehr fühlen musste und es keine Seelenqualen mehr gab.

„Ist das schrecklich. Was hat dieser Krieg nur aus uns gemacht!" Helena war fassungslos von all dem, was sich da vor ihren Augen abspielte. Ihr selbst ging es zwar auch nicht gut, aber viele andere waren in einem noch miserableren Zustand.

Katharina nahm das alles genauso mit. Trotzdem bekümmerte sie am meisten, dass sie nicht richtig vorwärtskamen. Darum meinte sie nach einer Weile: „Hör zu, Helena, ich kenne noch einen anderen Weg, lass uns den nehmen! Der ist zwar ein bisschen weiter, aber da können wir ungehindert fahren und vor allem müssen wir uns nicht noch länger dieses ganze Elend ansehen."

Aber da sollte sich Katharina irren. Anscheinend kannte tatsächlich kaum jemand diesen Weg, denn keine Menschenseele begegnete ihnen. Helena radelte in kurzem Abstand hinter Katharina her und schaute stets zu Boden, denn die Straße war in einem miserablen Zustand. Trotzdem kamen sie hier besser voran. Schließlich bog Katharina in eine schmale Allee ein. Rechts und links waren Birken gepflanzt, in deren zarten Blättern ein leichter Wind säuselte. Plötzlich bremste Katharina abrupt und schrie auf. Helena erschrak und wäre beinahe auf ihr Hinterrad gefahren. Sie blickte nach oben und erschauderte. Ihr versagte die Stimme. An den Bäumen am Straßenrand baumelten mehrere menschliche Körper. Es waren die Leichen von Männern, die Schilder um den Hals trugen, auf denen „Vaterlandsverräter" oder „Ich bin ein Feigling" zu lesen war. Die Toten waren in einem fürchterlichen Zustand, da die Verwesung schon fortgeschritten war und sich anscheinend auch Vögel an ihnen zu schaffen gemacht hatten. Vermutlich hingen sie schon eine ganze Weile hier und niemand hatte sie bisher entdeckt.

Die beiden Frauen schoben ihre Räder neben sich her. Beide waren nicht fähig weiterzufahren.

„Was sind das für Menschen? Wer hat ihnen das angetan?" Helena wandte sich entsetzt ab, sie ertrug diesen Anblick kaum. Dann plötzlich wurde ihr schlecht. Sie drehte sich schnell zur Seite und im selben Moment übergab sie sich.

Katharina hatte indessen ihr Rad gehalten. Nach einer Weile meinte sie: „Und, geht's wieder?"

Helena nickte, fügte jedoch sogleich hinzu: „ Aber ich kann da nicht vorbeigehen, das schaffe ich nicht. Lass uns bitte umkehren!"

Katharina hielt sie jedoch am Ärmel ihrer Strickweste fest. „Hiergeblieben, Helena! Wir müssen weiter, da hilft alles nichts.

Bleib hinter mir und schau zu Boden", forderte sie Helena auf. Dann durchschritten sie gemeinsam die Allee.

Am Ende blieb Katharina noch einmal stehen. Sie wandte sich um. „Für mich sind diese Männer Helden. Ich vermute, es waren Soldaten, die diesen schmutzigen Krieg nicht mehr fortführen wollten – Deserteure, Fahnenflüchtige. Auf jeden Fall mutige Männer, die sich diesem Wahnsinn widersetzen wollten. Aber in den Augen dieser verdammten Nazis waren es Vaterlandsverräter und Feiglinge. Darum mussten sie ihr Leben lassen. Für diese armen Kerle sind unsere Befreier zu spät gekommen."

Katharina und Helena fuhren über Neuostheim und die Augusta-Anlage in Richtung Innenstadt. Der Anblick, den Mannheim bot, war niederschmetternd. Wenn überhaupt noch etwas stand, dann war es meist nur die Fassade, die aus dem Boden ragte, das Innere war ausgebrannt und eingestürzt. Ruinen erhoben sich wie düstere Momente der Zerstörung gen Himmel. Die Stadt wirkte wie ein ausgemergeltes Gerippe, wie ein Skelett, dann wieder wie ein bizarres Bühnenbild, wie der Vorgarten zur Hölle.

Die Frauen radelten im Zickzack durch eine skurrile Landschaft von Steinhügeln, vorbei an in sich zusammengefallenen Gebäuden und einem Meer von Geröllhaufen. In der Mitte der Straßen hatte man überall Schienen verlegt, auf denen Loren hin- und hergeschoben wurden. In ihnen sollte nach und nach der Schutt aus der Stadt abtransportiert werden.

Egal, wo man hinschaute, überall nur Trümmer und Verwüstung. Alles, was Mannheim ausgemacht hatte, gab es nicht mehr oder war so stark in Mitleidenschaft gezogen, dass es kaum wiederzuerkennen war. Der Wasserturm und seine Anlage waren schwer beschädigt. In den Planken stand fast kein Haus mehr, so dass man von P 7 bis P 1 durch die Quadrate hindurchschauen konnte.

Sie mussten immer wieder bremsen und absteigen. Hier auf den Planken waren auch zahlreiche amerikanische Jeeps mit bewaffneten Soldaten unterwegs. Patrouillen, die versuchten, so etwas wie eine öffentliche Ordnung aufrecht zu erhalten. Da sie mitunter viel zu schnell fuhren, stellten sie für alle anderen eine nicht unbeträchtliche Gefahr dar, denn man musste ihnen ständig ausweichen, um im wahrsten Sinne des Wortes nicht unter die Räder zu kommen.

„Komm, lass uns durch eine der Seitenstraßen rüber in die Fressgasse fahren, da geht's möglicherweise besser voran und es ist sicherer."

Katharina hatte recht, hier waren tatsächlich kaum Militärfahrzeuge unterwegs. Trotzdem mussten sie nach wie vor unzählige Löcher umfahren und verletzten oder erschöpften Menschen ausweichen, die ihnen entgegentorkelten, oder Kindern, die am Boden im Dreck wühlten und nach „Schätzen" suchten. Für sie war die ganze Stadt ein großer abenteuerlicher Spielplatz, in dem es Unglaubliches zu entdecken gab.

Es war auf der Höhe von Q 3, als Katharina plötzlich einen Satz von ihrem Fahrrad machte. Sie ließ es einfach fallen und rannte hinüber zur anderen Straßenseite, wo zwei Kinder, ein kleines Mädchen und sein noch jüngerer Bruder auf dem Trottoir saßen und mit einem dieser „Schätze" spielten. Während Katharina auf die beiden zulief, schrie sie aus Leibeskräften: „Um Gottes Willen, nehmt der Kleinen die Pistole ab!" Aber die Leute um sie herum begriffen gar nicht gleich, was sie wollte. Katharina stürzte sich regelrecht auf das Mädchen und schlug ihr mit letzter Kraft die Waffe aus der Hand. Ein Schuss löste sich. – Die Kugel knallte ins Nichts, während die Pistole in hohem Bogen durch die Luft flog und ein paar Meter weiter klirrend zu Boden fiel.

Kreischend und wild gestikulierend eilte im selben Moment die Mutter der beiden Kinder aus einem Hauseingang herbei. Sie riss ihren Sohn an sich und begann zu jammern. „Peterle, mei liewes Peterle." Sie wiegte den Dreijährigen in ihren Armen, der durch den lauten Knall, den der Schuss verursacht hatte, wie gelähmt war. Das kleine Mädchen war ebenfalls erschrocken und wusste gar nicht, wie ihm geschah. Es begann laut zu weinen. Es verstand nicht, warum die fremde Frau ihm das schöne Spielzeug aus der Hand geschlagen hatte und ihre Mutter sich nun wie wild gebärdete. Sie schaute ihre Mutter schluchzend an und hoffte, dass sie auch getröstet würde. Doch das Gegenteil war der Fall, denn die Mutter gab ihr eine schallende Ohrfeige. „Wie oft hab isch dir Dreckschpatz schun gsacht, du sollschd kä främde Sache olange, die uf de Strooß rumligge. Awer du konnschd jo net häre, du Dunnerkeil, du elender!", brüllte sie ihre Tochter an. „Du hättschd beinah dein Bruda umgebrochd."

Mittlerweile war Helena herübergekommen und hatte die beiden Fahrräder am Straßenrand abgestellt. Sie hatte Mitleid mit dem weinenden Mädchen, das kaum älter als sein Bruder war.

„Komm mal her!" Helena schloss die Kleine in ihre Arme und streichelte ihr übers Haar. „Ist doch alles gut!"

„Wart du bloß ab, bis ma im Bunka sin, mei liewi Aldi, dann kriegschd dei Fäng!", drohte die Mutter.

„Na, jetzt beruhigen Sie sich mal!" Katharina versuchte die Frau zu beschwichtigen. „Es ist ja nichts passiert. Ihre Tochter hat doch gar nicht gewusst, dass das eine Waffe ist, die ist doch noch viel zu klein. Was können die Kinder dafür, dass alle Erwachsenen langsam durchdrehen. Schuld haben unsere Soldaten, die einfach ihre Waffen und ihren ganzen Kram irgendwo hinschmeißen."

„Ah jo, Sie hawwe jo rescht", lenkte die Frau nun ein, die sich mittlerweile ein wenig beruhigt hatte und zu ihrer Tochter gewandt nun meinte: „Alla, dann kumm halt mol her, du aldi Orschel!" Sie nahm die Kleine ebenfalls in den Arm. Katharinas Worte hatten ihre Wirkung nicht verfehlt.

Katharina und Helena radelten weiter bis zur Breiten Straße. Auch hier nur Trümmer. Man konnte bis zum Paradeplatz blicken. Das schöne Alte Kaufhaus war ausgebrannt und fast gänzlich zerstört. Lediglich der Turm in der Mitte stand noch teilweise. Den ehemals schönen Fassadenschmuck, der teilweise einem griechischen Tempel nachempfunden war, konnte man noch erahnen. Oberhalb des Gebälks schien der Turm jedoch wie abgeschnitten zu sein. Nur die Uhren, die nach allen Himmelsrichtungen zeigten, ragten noch heraus. Sie waren stehen geblieben, jede in einem anderen Augenblick, denn sie zeigten alle verschiedene Uhrzeiten an, so als wollten sie die schwersten Stunden für die Mannheimer für immer in Erinnerung halten.

Am Marktplatz sah es nicht besser aus! In G 2 waren alle Häuser bis auf ein einziges zerbombt worden. Es ragte heraus wie der letzte Zahn im Gebiss eines Greises. Auch hier konnte man von G 1 bis G 7 durch die Quadrate hindurch bis hinauf zum Luisenring schauen.

Als sie schließlich in die Jungbuschstraße hineinfuhren, schlug Helenas Herz höher. Sie wurde immer unruhiger. Hoffentlich stand das Haus noch, in dem sie wohnten. Obwohl sich zahlreiche Schuttberge auf der Straße erhoben, hatte Helena den Eindruck, dass der Jungbusch viel weniger in Mitleidenschaft gezogen war als die Innenstadt. Auch hier sah man unzählige ausgebrannte Dachstühle, trotzdem waren im Gegensatz zur Stadtmitte nur wenige Häuser gänzlich eingestürzt. Im Zentrum gab es in manchen Quadraten mitunter nur noch zwei bis drei Gebäude auf einer Straßenseite. Der Rest war dem Erdboden gleich gemacht worden. Aber auch der Jungbusch wirkte trostlos. Ein paar wenige Menschen überquerten die Straße, dunkle, traurige Gestalten, Schatten ihrer selbst. Unter ihnen war jedoch niemand, den Helena kannte. Der Stadtteil, in dem über Jahrzehnte das Leben pulsiert hatte, wirkte wie ausgestorben.

„Anscheinend sind die meisten tatsächlich noch nicht zurückgekehrt", meinte Helena ein wenig beunruhigt.

„Ich denke, viele sind auch einfach nicht mehr auf der Straße, weil es schon bald dunkel wird", entgegnete Katharina. „Und wir müssen uns jetzt auch ein bisschen beeilen, denn ab 19 Uhr ist Sperrstunde."

Katharina war vor bis an die Ecke geradelt und blickte nun in die Beilstraße hinein. Kurz darauf drehte sie sich freudestrahlend um und winkte der ängstlich dreinschauenden Helena zu.

„Komm her und sieh selbst! Ich habe es doch gewusst, euer Haus und all die anderen ringsum stehen noch, sogar einige Dachstühle scheinen unversehrt. Das grenzt wirklich an ein Wunder."

Helena atmete auf. Tränen der Erleichterung liefen ihr über die Wangen. Sie schickte ein Stoßgebet zum Himmel, während sie in die Beilstraße einbog.

Katharina begleitete sie noch bis an die Haustür.

„So, jetzt muss ich mich aber sputen. Du weißt ja, wenn irgendetwas ist, du kannst dich jederzeit bei mir melden." Sie drückte Helena einen schnellen Kuss auf die Wange und als diese im Hausgang verschwunden war, setzte sie sich wieder auf ihr Fahrrad und fuhr los.

Allerdings schaffte es Katharina nicht bis nach Hause, denn sie hatte nicht bedacht, dass die deutsche Wehrmacht kurz vor der Kapitulation sämtliche Brücken gesprengt hatte und sie darum erst einmal herausfinden musste, wo sie, um nach Feudenheim zu kommen, auf die andere Neckarseite übersetzen konnte. Da es mittlerweile dunkel war und die Sperrstunde bevorstand, übernachtete sie in einem Keller in der Schwetzinger Vorstadt, denn zurück in die Beilstraße hätte sie es nicht mehr geschafft. Sie würde sich am nächsten Tag erkundigen, ob die Amerikaner provisorische Stege über den Neckar errichtet hatten oder wo es Fährdienste gab.

Helena stellte ihr Rad im Hof ab und lief hinauf in den zweiten Stock zu ihrer Wohnung. Der Hausgang war kalt und düster und irgendwie auch unheimlich, denn es war totenstill. Nichts wies darauf hin, dass sich noch jemand im Haus befand. Da die Treppenhausbeleuchtung nicht funktionierte, kostete es sie etwas Geduld, bis der Schlüssel endlich richtig im Schloss steckte. Das Schloss schien unversehrt zu sein. Nichts wies darauf hin, dass sich jemand an ihm zu schaffen gemacht hatte. Schließlich sprang die Tür auf. Schnell schlüpfte sie hinein und schloss die Tür fest hinter sich zu. Hier in der Wohnung fühlte sie sich sicher.

Helena drehte den schwarzen Lichtschalter in der kleinen Diele um. Sie hatte es schon befürchtet, nichts rührte sich und auch in den anderen Räumen blieb es dunkel. Anscheinend war keine einzige Glühbirne verschont geblieben. Sie erinnerte sich, dass ihre Mutter in der Schublade des Küchenschranks mehrere weiße Stearinkerzen und Streichhölzer hatte, da es in den letzten Kriegsjahren immer wieder zu zeitweiligen Stromausfällen gekommen war.

Kurz darauf lief Helena mit der Kerze in der Hand durch die einzelnen Räume.

Es schien so, als ob tatsächlich niemand hier eingedrungen war. Trotzdem sah die Wohnung ziemlich mitgenommen aus. Überall war der Verputz von den Wänden gerieselt und hatte über alle Möbel und den Boden eine dicke weiße Staubschicht verteilt. Ein paar Stühle und Amelies schöne Kredenz waren umgestürzt. Das ganze Geschirr, das sich darin befunden hatte, lag nun zusammen mit einigen Porzellanfigürchen, die Helena stets liebevoll auf ihr drapiert hatte, in einem großen Scherbenhaufen davor. Wahrscheinlich war die Kredenz dem letzten schweren Bombenangriff im März zum Opfer gefallen. Auch einige von Carlos Ölbildern und die kleine Kuckucksuhr in der Küche waren zu Boden gegangen.

Helena inspizierte die Fenster und wunderte sich sehr, dass nur die Scheiben in der Küche und im Schlafzimmer zerborsten waren. Die im Wohnzimmer hatten, warum auch immer, gehalten. Sie hatten sich in den letzten Jahren daran gewöhnt, dass sie nach jedem Bombenangriff den Glaser bestellen mussten. Helena zog ein paar größere Stücke Karton hinter dem Küchenschrank hervor. Ihre Mutter hatte sie schon vor längerer Zeit zugeschnitten, um sie, bis die neuen Scheiben wieder eingesetzt würden, in die Fensteröffnungen zu stecken.

Obwohl es schon Mai war, konnten die Nächte noch immer ziemlich kühl sein. Die Kartons würden die kalte Luft wenigstens ein bisschen abhalten. Helena beschloss, die Nacht auf der Chaiselongue im Wohnzimmer zu verbringen, denn hier war es am wärmsten. Sie holte sich den flauschigen Morgenrock ihrer Mutter aus dem Schlafzimmer und die dicken schwarzen Wollsocken ihres Vaters. Sie streifte alles über. Dann nahm sie die Kerze und setzte sich dick eingemummelt an den Wohnzimmertisch.

Es war das erste Mal seit langer Zeit, dass sie alleine war und auch das erste Mal, dass sie ungestört ihren Gedanken nachhängen konnte. Endlich war der Krieg vorbei, dieser furchtbare Krieg! Sechs lange Jahre hatte er gewütet und er hatte ihr ganzes Leben und das ihrer Familie verändert. Onkel Gustav und Onkel Erich waren in Russland vermisst. Ob sie überhaupt noch lebten?

Und Papa? Der wäre beinahe nicht mehr zu ihnen zurückgekommen wegen dieser Frau in Wiener Neustadt. Wie hatte er nur

Mama so wehtun können? Mama, die ihn doch über alles liebte und die ihm trotzdem oder vielleicht auch gerade deshalb verziehen hatte. Als er dann plötzlich beim letzten Weihnachtsfest im Bunker aufgetaucht war, hatten sie gar nicht anders gekonnt, als Milde walten zu lassen. Sie waren so erleichtert gewesen, dass er zurückgekehrt war. Und er hatte so elend ausgesehen, so bemitleidenswert. Wie hätten sie ihn da im Stich lassen können? Und so hatte auch sie sich mit ihrem Vater ausgesöhnt, aber vergessen würde Helena nie, was er ihnen zugemutet hatte.

Fünfzehn war sie gewesen, als der Krieg ausgebrochen war, noch ein halbes Kind! Aber der Krieg hatte sie erwachsen werden lassen, sie zur Frau gemacht. Damals im Mädchenschulhof der K 5-Schule hatte sie sich zum ersten Mal in ihrem Leben verliebt. Gino war ihre ganz große Liebe gewesen. Wo er jetzt wohl war? Jetzt, wo der Krieg vorbei war. Daheim in Neapel? Vielleicht war er ja längst verheiratet mit einer schönen Italienerin. Sie lächelte. Sie wäre damals mit ihm durchgebrannt. Aber dann war alles anders gekommen und wer weiß, vielleicht war es ja so besser gewesen. Aber es hatte lange gedauert, bis sie den schlimmsten Kummer um ihn überwunden hatte. Trotzdem tat es noch immer weh. Als ihr dann Ewald begegnete, hoffte sie Gino ganz vergessen zu können. – Ewald, mit dem sie sich verlobt hatte und den sie auch geheiratet hätte! Bei dem Gedanken an ihn begann sie leise zu weinen. Warum hatte er so früh sterben müssen? Warum er? Ewald war ein so feiner Mensch gewesen. Das Leben war so ungerecht! „Gefallen für Deutschland" war damals auf dem Briefumschlag gestanden. „Gefallen für nichts und wieder nichts", flüsterte Helena vor sich hin.

Wie ihr Leben wohl weitergehen würde? Ob sie sich überhaupt noch einmal verlieben könnte? Es gab ja kaum noch junge Männer in ihrem Alter. Viele ihrer Schulkameraden waren gefallen und unzählige vermisst. Keiner wusste, ob sie jemals nach Hause zurückkehren würden.

Plötzlich wurde sie durch lautes Reden und Grölen aus ihren Gedanken gerissen. Der Lärm kam aus dem Treppenhaus. Helena erschrak fürchterlich und blies reflexartig die Kerze aus. Auf Zehenspitzen schlich sie hinaus in die kleine Diele. Sie schaute zur Abschlusstür und konnte durch das Milchglas im oberen Teil erkennen, dass von draußen der Lichtstrahl einer Taschenlampe auf ihre Tür fiel. Anscheinend ging jemand die Treppe hoch. Dem Getrappel der Schritte nach mussten es mehrere Personen sein. Wer das bloß war und wo sie hinwollten?

Plötzlich rüttelte jemand vehement am Knauf ihrer Abschlusstür. Helena blieb fast das Herz stehen. Sie wagte kaum zu atmen, drückte sich mit dem Rücken an die Wand und starrte mit weit aufgerissenen Augen zur Tür. Wieder rüttelte es an der Tür und gleich darauf fing jemand an zu fluchen. Es war eindeutig die Stimme eines Mannes und es war eine Sprache, die Helena nicht kannte. Die Worte klangen wie Russisch oder Polnisch, vielleicht war es auch Tschechisch. Plötzlich erklang eine zweite Stimme, wieder war es die eines Mannes, nur dieses Mal war sie wesentlich tiefer. Helena verstand erneut kein einziges Wort. Nur die Art, wie die beiden miteinander sprachen, ließ erkennen, dass sie wohl einiges getrunken hatten.

Helena wurde von Todesangst befallen. Die Befürchtungen ihrer Mutter schienen sich zu bewahrheiten. Das waren mit Sicherheit freigelassene Zwangsarbeiter aus dem Osten. Würde sie ihnen in die Hände fallen, wäre sie verloren. Sie war allein im Haus und niemand würde ihr zu Hilfe kommen. Was um Himmels Willen sollte sie bloß tun?

Sie hatte nicht lange Zeit, um darüber nachzudenken. Sie wusste, dass sie sich wehren würde, auch wenn sie bei einer direkten Konfrontation keine Chance gegen die beiden haben würde. Sollten sie die Tür einschlagen, bräuchte sie irgendetwas, um sich zu verteidigen. Das große Brotmesser im Küchenschrank fiel ihr ein. Sie würde es holen und es in die Tasche des Morgenmantels stecken. Trotzdem wollte sie sich verstecken. Am besten würde sie wohl unter das Ehebett ihrer Eltern kriechen. Schließlich wussten die Männer ja nicht, dass sie in der Wohnung war. Vielleicht würden die beiden sie nicht bemerken und irgendwann wieder abziehen.

Als jemand erneut an der Tür zerrte und dann einer der Männer sogar gegen die Tür trat, huschte sie lautlos hinüber zur Küchentür. Gerade wollte sie das Messer holen, als plötzlich eine dritte Stimme erklang.

„He, Jungs, das ist doch nicht meine Wohnung, könnt ihr nicht lesen. Da steht dick und fett am Klingelschild ‚Legrand'. Ihr müsst euren Hintern schon noch zwei Stockwerke weiter nach oben bewegen. Ich habe euch doch gesagt, meine Bude ist unterm Dach. Ihr wisst doch, ihr Süßen, ohne Fleiß kein Preis!" Die Frau lachte schallend und ging weiter. Sie schien hohe Absätze zu tragen, denn das typische Klappern war auf den Terrazzostufen klar erkennbar. An den Schatten hinter dem Milchglas konnte Helena nun ausmachen, dass die beiden Männer sich sogleich umdrehten und ihr nach oben folgten.

Helena atmete auf. Zusammen mit dem Klappern der Stöckelschuhe und dem unverkennbaren Rhythmus beim Gehen konnte das nur Lotte Jürgens sein, die unterm Dach wohnte und die alle aufgrund ihrer zahlreichen Herrenbesuche nur die „flotte Lotte" nannten.

Die „flotte Lotte" war sich anscheinend treu geblieben. Sie ging wohl noch immer zumindest von Zeit zu Zeit demselben Gewerbe nach, nur dass sie die Auswahl ihrer Kunden den Anforderungen der Zeit angepasst hatte.

Helena holte das Bettzeug aus dem Schlafzimmer und ließ sich erleichtert auf der Chaiselongue nieder. Sie hatte im ersten Moment große Angst ausgestanden. Es war eben doch nicht so einfach, hier ganz allein zu sein. Hoffentlich würde ihre Mutter bald nachkommen.

Obwohl zwischen der Wohnung der „flotten Lotte" und der ihrigen zwei Stockwerke lagen, drang die laute Musik doch bis zu ihr nach unten. Vermutlich hatte die Jürgens ihren Plattenspieler angeworfen. Helena erkannte am Rhythmus, dass es amerikanische Musik sein musste. Sie wurde immer wieder von lautem Lachen und gelegentlichem Poltern unterbrochen.

Wie sich doch die Zeiten geändert hatten! Vor ein paar Wochen hätte niemand gewagt, diese Musik öffentlich zu hören, denn die „Negermusik", wie die Nazi-Regierung sie bezeichnete, hatte als „entartet" gegolten und war verboten gewesen. Doch jetzt war nichts mehr, wie es war. Was wohl die Zukunft bringen würde? Eigentlich konnte es doch nur besser werden, auch wenn die Zeiten hart waren. Jetzt müsste nur noch Papa aus dem Krieg heimkommen. Alles würde gut werden. Über diesen Gedanken schlief sie schließlich ein.

Als Helena am nächsten Morgen erwachte, beschloss sie in aller Frühe aus dem Haus zu gehen. Sie wollte auf jeden Fall vermeiden, dass die „flotte Lotte" und ihre Freunde mitbekamen, dass sie in ihrer Wohnung war, denn so ganz traute sie dem Frieden doch nicht. Trotzdem konnte sie sich hier nicht verschanzen; sie musste sich unbedingt etwas zu essen besorgen. Die wenigen Lebensmittel, die sie vom Odenwald mitgebracht hatte, waren fast aufgebraucht, vor allem aber benötigte sie frisches Trinkwasser.

Die Amerikaner hatten, unmittelbar nachdem sie Deutschland besetzt hatten, damit begonnen, eine provisorische Infrastruktur aufzubauen, denn das Land und seine Bewohner drohten im Chaos zu versinken. Darum errichteten sie an vielen Orten Versorgungsstützpunkte, um der Bevölkerung Nahrungsmittel zukommen zu lassen und sie mit dem Dringendsten zu versorgen. So hatte beispielsweise die 3. Division der 7. US-Armee Lebensmittel aus Armeebeständen unter den Deutschen verteilt.

Als Helena nun zu einer Stelle in der Schwetzinger Vorstadt kam, wo Grundnahrungsmittel ausgegeben wurden, warteten dort schon unzählige Mannheimer. In langen Schlangen standen sie vor den Tischen. Als Helena schließlich an der Reihe war, händigte ihr ein Amerikaner eine Dose mit Bohnen, Mais und Erbsen aus und zwei Tüten mit Instantsuppe. Der Soldat sprach kein Wort und schaute sie nur flüchtig an. Er war bewusst auf Abstand bedacht, denn das Fraternisierungsgebot duldete keinerlei Kontakt zur deutschen Zivilbevölkerung. Die Soldaten waren verpflichtet worden, es strikt zu beachten. Allerdings hatten sie sich angesichts der vielen notleidenden Kinder schon sehr früh nicht daran gehalten. Was konnten die kleinen deutschen Jungen und Mädchen für das, was die Erwachsenen angerichtet hatten? Sie waren genauso zu Opfern geworden, zu Opfern dieses unseligen Krieges, den das grausame NS-Regime angezettelt hatte.

Helena schleppte die Nahrungsmittel vorsichtig in ihre Wohnung. Im Haus war alles ruhig. Dann ging sie mit ihrem Wassereimer zum Hydranten an der Teufelsbrücke. Wieder musste sie sich anstellen, wenngleich die Schlange der Wartenden hier wesentlich kürzer war. Während sie so dastand, blickte sie hinüber in die Hafenstraße 58 und 60, wo einstmals ihre Großeltern Luise und Bernhard Legrand gewohnt hatten und wo die Schlosser-Oma ihren Kolonialwarenladen gehabt hatte. Mittlerweile waren beide Häuser dem Erdboden gleich. Sie hatten den Krieg nicht überstanden. Gott sei Dank waren ihre Großeltern rechtzeitig mit Tante Rosemarie und Iris nach Mosbach zu der Großtante Adele gefahren. Und auch ihre Cousine Annerose war gut beraten gewesen, ihnen ein paar Monate später zu folgen. Sie wären alle ausgebombt, im schlimmsten Fall vielleicht sogar unter den Trümmern begraben worden.

Wie es ihren Verwandten wohl ergangen war? In Mosbach und auch an der Mosel, wo ihre andere Cousine Betty mit ihrer Mutter Marie und Onkel Valentin bei dessen Familie Zuflucht gefunden hatten? Sie alle fehlten ihr sehr, besonders Annerose und Betty. Die vermisste sie am meisten. Und natürlich auch ihre Cousine Irma, die sich mit ihrer Mutter Pauline und ihren Brüdern Paul und Guntram noch immer auf einem Bauernhof in Reimersweiler im Elsass aufhielt. Mosbach, Elsass, Mosel, Rimbach, Wiener Neustadt, Russland – die Familie hatte es in alle Himmelsrichtungen verschlagen. Hoffentlich würden sie sich bald gesund wiedersehen.

Als sie mit ihrem vollen Wassereimer die Hafenstraße überquerte, blickte sie nochmals hinüber zu der Stelle, wo ihre Großeltern und die Schlosser-Oma einst gewohnt hatten. Da sah sie plötzlich, dass aus dem Schutthaufen der Hausnummer 58, dort, wo sich einst das Kolonialwarengeschäft befunden hatte, ein unscheinbares Holzkreuz herausragte.

Helena stellte ihren Eimer ab. Vorsichtig kletterte sie den kleinen Geröllhügel hinauf. Sie erschrak zutiefst, als sie die Inschrift auf dem Kreuz las:

Anna Schlosser geb. Kaufmann
* 24.03.1872
† 01.03.1945

„Die arme Schlosser-Oma", flüsterte Helena vor sich hin und wischte sich mit dem Ärmel ihrer Strickjacke die Tränen ab. Sie war anscheinend bei dem fürchterlichen Großangriff Anfang März ums Leben gekommen. Amelie und Helena hatten sie noch Ende Februar besucht und sich, bevor sie nach Rimbach aufgebrochen waren, von ihr verabschiedet.

Helena seufzte. Die Schlosser-Oma hatte Mannheim unter gar keinen Umständen verlassen wollen. Und darin war sie keine Ausnahme gewesen. Nicht wenige ältere Leute hatten sich standhaft geweigert, aufs Land zu gehen. Sie erinnerte sich, dass Onkel Alfred seine Mutter mit in die Pfalz nach Bad Kreuznach hatte mitnehmen wollen, wo er mit Auguste und Edgar bei einem Freund untergekommen war. Auch wenn Alfred ein miserabler Ehemann und Vater gewesen war, so hatte er doch stets ein inniges Verhältnis zu seiner Mutter gehabt. Aber die hatte ihren kleinen Kolonialwarenladen partout nicht aufgeben wollen, weil sie befürchtete, er würde geplündert werden. Und nun war sie mit ihm da unten begraben. Irgendwann, wenn sie die Trümmer beseitigen würden, fänden sie auch ihren Leichnam. Aber das konnte noch dauern.

Niedergeschlagen machte sich Helena mit ihrem Wassereimer auf den Weg nach Hause. Die Schlosser-Oma war eine so liebenswerte alte Frau gewesen. Eine Bilderbuchoma, wie sie sich immer eine gewünscht hatte. Vielleicht so ähnlich wie die Mutter ihrer Mutter aus Fürstenwalde, die sie niemals gekannt hatte, weil sie schon so früh gestorben war. Auf jeden Fall war die Schlosser-Oma das krasse Gegenteil ihrer kaltherzigen Großmutter Luise gewesen.

Als sie in ihr Haus in der Beilstraße zurückkehrte, begegnete Helena erneut niemandem, worüber sie heilfroh war. Sie packte das Lebensmittelpäckchen aus und legte ihre Schätze in den Küchenschrank. Das Wasser füllte sie in die Milchkanne und verschiedene Kochtöpfe um.

Jetzt bei Tageslicht wurde sie erst richtig gewahr, in welchem chaotischen Zustand sich die Wohnung tatsächlich befand. Durch die Erschütterungen war doch vieles zu Schaden gekommen. Aber das war alles zu verschmerzen. Hauptsache, sie hatten noch ein Dach über dem Kopf und bis Mama aus dem Odenwald käme, würde sie versuchen, die Wohnung aufzuräumen und zu putzen, so dass alles ein bisschen wohnlicher aussehen würde.

Plötzlich fiel ihr ein, dass unten im Keller noch ein großer Bottich mit Schmierseife stehen musste, damit würde sie den Dreck sicher einigermaßen wegkriegen. Obwohl es ihr bei dem Gedanken, in den Keller hinabzusteigen, ein bisschen unwohl war, überwand sie ihre Ängste. Sie öffnete die Wohnungstür und lauschte ins Treppenhaus. Nichts war zu hören. Anscheinend hatten sich die Freunde der „flotten Lotte" wieder verzogen. Sie konnte also beruhigt hinuntergehen.

Wie oft sie diese Treppe zusammen mit den anderen Hausbewohnern voller Panik hinuntergerannt war, dachte sie beim Hinabsteigen. Ihr fiel die Situation ein, als sie hier unten festgesessen hatten und nicht mehr rauskonnten, weil eine Gasleitung geplatzt war. Bei der Vorstellung, wie damals Tante Marie in dem Mauerloch zum Nachbarkeller stecken geblieben war, musste sie heute sogar grinsen, obwohl das damals alles andere als lustig gewesen war.

Sie stellte die Kerze auf ein Mauersims, die sie von oben mitgebracht hatte, denn hier unten gab es auch kein Licht, weil ebenfalls sämtliche Glühbirnen zerborsten waren. Es war stockdunkel. Sie rückte eine alte Kartoffelkiste zur Seite und tastete mit ihren Händen nach dem Bottich. Hier irgendwo musste er stehen. Gerade als sie ihn ertastet hatte, fiel plötzlich der grelle Lichtstrahl einer Taschenlampe in den Keller und leuchtete ihr direkt ins Gesicht. Helena hielt sich den Unterarm vor die Augen und blinzelte in Richtung Kellertür, war jedoch so geblendet, dass sie absolut nichts und niemanden erkennen konnte.

„Wen wir haben da?", fragte jemand in gebrochenem Deutsch mit tiefer Stimme.

„Du bist aber süße Käfer", meinte nun ein zweiter mit einem starken Akzent.

Helena erstarrte. Das waren zweifellos die beiden, die heute Nacht vor ihrer Abschlusstür randaliert hatten.

Sie wagte nicht, ihnen zu antworten. Was sollte sie bloß tun? Die Kerle verstellten die Kellertür, sie würde nicht an ihnen vorbeikommen.

„Los, du kommen raus!", forderte sie nun der mit der Taschenlampe in schroffem Ton auf.

„Dalli, dalli!", fügte der andere hinzu.

Für einen Augenblick dachte sie an die Kohlenschaufel, die neben ihr stand, aber das würde ihr nichts nützen, im Gegenteil, damit würde sie alles noch schlimmer machen. Vielleicht wollten sie ja gar nichts von ihr und würden sie in Ruhe lassen. Sie musste versuchen, sie zu beschwichtigen.

Langsam kam sie aus der Ecke des Kellers und schritt langsam auf die Tür zu. Der mit der Taschenlampe leuchtete nun zu Boden, so dass sich Helenas Augen langsam an die Dunkelheit gewöhnten und sie die Umrisse der Männer erkennen konnte. Beide trugen gestreifte Anzüge. Schlafanzüge, nein, Sträflingsanzüge. Der Kleinere von beiden hatte eine Schiebermütze auf und war ziemlich schmächtig, der andere war wesentlich größer und schien auch kräftiger zu sein. Er war es, der sie mit der Taschenlampe angeleuchtet hatte.

„Auf, mach schon, du kommen raus!", herrschte er sie erneut an. Langsam näherte sie sich ihnen. Als sie nur noch einen Meter von ihnen entfernt war, packte der mit der Schiebermütze sie plötzlich am Handgelenk und zog sie in den Kellergang.

Helena entfuhr ein Schrei, denn die Hand des Mannes hatte sie wie eine eiserne Klammer umfasst. Er drückte so fest zu, dass sie dachte, er wolle ihr den Arm zerquetschen. Obwohl er so schmächtig war, hatte er eine unglaubliche Kraft in den Händen.

„Au, lass mich sofort los!"

„Du mir gar nix befehlen! Du Krieg verloren. Du machen, was ich sage!", befahl er ihr, während er gleichzeitig ihre Taille umfasste und sie an sich zog. Er versuchte ihr einen Kuss zu geben. Doch Helena wehrte sich vehement und biss ihm in die Unterlippe.

Für einen Moment ließ er von ihr ab.

„Ich dir wohl nicht gut genug!" Er lachte hämisch. „Deutsche Fräulein immer noch so stolz! Aber ich dir zeigen, wer jetzt Sagen hat!" Erneut packte er sie und gab ihr einen Stoß, so dass sie rücklings auf einen kleinen Kohlenhaufen fiel. Dann trat er nach vorne und machte Anstalten, seinen Hosenladen zu öffnen.

Jetzt war alles aus! Helena begann zu schluchzen.

Doch just in diesem Moment wurde der mit der Schiebermütze zurückgerissen und zur Seite geschleudert. Er landete in einem Stapel aufgeschichtetem Holz, das über ihm zusammenfiel. Er stöhnte und fluchte und schrie seinen Kumpan in seiner Muttersprache an. Der brüllte schroff zurück. Dann packte der Große Helena am Arm, zog sie hoch und während er die Kellertür freigab, meinte er zu ihr:

„Du jetzt gehen in Wohnung und machen Tür zu! Verstehen!"

Helena ließ sich das nicht zweimal sagen und rannte so schnell sie konnte die Treppe hinauf, obwohl ihr Rücken wie Feuer brannte, denn der Sturz auf die Kohlen hatte unglaublich wehgetan. Sie stürmte in die Wohnung und verbarrikadierte die Tür von innen, indem sie die kleine Kommode davor schob. Dann sank sie heulend zu Boden. Sie weinte vor Schmerzen, aber mehr noch vor Erleichterung und dankte dem lieben Gott, dass der eine der beiden Männer ein Einsehen gehabt hatte und sie vor dem anderen beschützt hatte. Wer weiß, was der sonst mit ihr angestellt hätte.

Zwei Stunden später klopfte es laut an der Abschlusstür. Helena erschrak zu Tode. Hoffentlich war das nicht noch einmal der mit der Schiebermütze! Sie würde auf keinen Fall zur Tür gehen. Der war zu allem fähig.

Wieder klopfte jemand am oberen Teil der Tür heftig gegen die Scheiben.

Schließlich nahm Helena ihren ganzen Mut zusammen und rief vom anderen Ende der Diele: „Hau bloß ab! Sonst mache ich das Fenster auf und schreie um Hilfe. Dann kommt die Militärpolizei und du bist dran, du Schwein. Mach bloß, dass du wegkommst!" Obwohl Helena laut brüllte, war die Angst in ihrer Stimme unüberhörbar.

„Helena, komm schon, beruhige dich! Ich bin es, deine Nachbarin. Lotte Jürgens! Lass mich rein!"

„Ich mach nicht auf! Sie sind an allem schuld! Sie haben dieses Gesindel in unser Haus gelassen!", sprudelte es aus Helena heraus.

„Jetzt mach aber mal halblang, Helena! Das ist nicht so, wie du denkst! Jetzt mach mir die Tür auf und lass es dir erklären! Niemand tut dir was. Ich versichere es dir."

Helena zögerte. Sie hielt nicht viel von Lotte Jürgens und war ihr in der Vergangenheit eher aus dem Weg gegangen. Doch jetzt in dieser Situation blieb ihr wohl gar nichts anders übrig, als sich in irgendeiner Form mit ihr zu arrangieren.

„Und Sie sind auch wirklich allein?", fragte sie misstrauisch, als sie sich langsam der Tür näherte.

„Natürlich bin ich allein. Was denkst du denn?! Jetzt mach aber endlich auf und stell dich nicht so an!" Lotte Jürgens schien ungeduldig zu werden.

Schließlich schob Helena die kleine Kommode zur Seite und öffnete vorsichtig die Tür.

Frau Jürgens trat ein. „Das, was da unten im Keller passiert ist, das musst du nicht so ernst nehmen", begann sie.

„Nicht so ernst nehmen?! Das ist alles, was Sie dazu zu sagen haben? Was sind Sie bloß für ein Mensch? – Der eine von den beiden wollte sich an mir vergehen!" Helena war noch immer verstört, gleichzeitig überkam sie eine maßlose Wut darüber, wie Frau Jürgens den Vorfall herunterzuspielen versuchte.

Diese wiederum spürte Helenas Empörung und versuchte einzulenken. „Hör zu", sie stockte einen Augenblick, suchte nach den richtigen Worten, dann fuhr sie fort, „ der Tomislaw, der ist ein Hitzkopf. Der wollte dir doch nur Angst machen. Natürlich hätte er das nicht tun dürfen. Aber du musst das auch irgendwie verstehen ..."

„Ich muss gar nichts verstehen! Ich werde dieses Schwein bei der Militärpolizei anzeigen. Wie kommen Sie überhaupt dazu, solche Leute in unser Haus zu holen?"

Frau Jürgens schüttelte den Kopf. „Ich habe die beiden nicht ins Haus geholt. Die waren schon da, als ich vor einer Woche zurückkam. Sie hatten sich unten im Luftschutzraum eingerichtet. Die wussten halt auch nicht, wo sie hin sollten."

„Jetzt tun Sie bloß nicht so, als wäre Ihnen das unangenehm gewesen. Ich habe doch gehört, wie Sie heute Nacht mit denen draußen im Hausgang gelacht und gegrölt und sich mit denen amüsiert haben. Die waren doch die ganze Zeit oben bei Ihnen!" Helena nahm kein Blatt vor den Mund.

„Nun aber mal langsam, mein Fräulein! Das geht dich gar nichts an, wen ich in meine Wohnung mitnehme, verstanden! Ich lasse mir von dir Rotznase keine Vorschriften machen, dass das mal gleich klar ist." Lotte Jürgens schlug nun einen schärferen Ton an.

„Was fällt Ihnen ein, so mit mir zu reden! Sie sind auch nicht besser als die! Sie gehen jetzt wohl besser und lassen mich zufrieden. Aber meine Anzeige werde ich machen, da können Sie Gift drauf nehmen. Das lasse ich mir von Ihren ‚Freunden' nicht gefallen. Das werden die mir büßen." Helena würde nicht zulassen, dass die Männer ungeschoren davonkämen.

Lotte Jürgens legte ihre Stirn in Falten. „Das würde ich mir an deiner Stelle gründlich überlegen. Denn da steht dann Aussage gegen Aussage und ich könnte mir vorstellen, dass die Militärpolizei sich eher auf die Seite der Männer schlägt und denen mehr glaubt als dir!" Die Stimme von Frau Jürgens klang zwar überheblich, aber die Selbstsicherheit, mit der sie sprach, verunsicherte Helena.

„Und wieso sollte die Militärpolizei mir nicht glauben? Außerdem sind Sie meine Zeugin, Sie wissen doch auch, was die Kerle mir angetan haben!"

„Ich? Ich war doch gar nicht im Keller, ich habe nichts gesehen und nichts gehört. Mein Name ist Hase!" Sie lachte Helena fast schon ein wenig spöttisch an.

Das hätte sie sich denken können, dass die „flotte Lotte" sich gegen sie stellen würde. Trotz allem begriff Helena nicht, warum die Militärpolizei diesen abgerissenen Kerlen mehr glauben sollte als einem anständigen deutschen Mädchen, das sich noch nie etwas hatte zuschulden kommen lassen.

„Wer sind diese Männer überhaupt?", fragte Helena, die nun doch ein wenig verunsichert war. Sie wollte mehr über die beiden erfahren.

„Bogodan und Tomislaw sind Polacken. Zwangsarbeiter. Sie waren seit '44 in Sandhofen eingesperrt. Na ja, und die Amis haben sie und viele andere aus dem Lager befreit."

„Was für ein Lager denn?" Helena wusste gar nicht, wovon Frau Jürgens sprach.

„Ich habe auch nur mal flüchtig gehört, dass sich in Sandhofen ein Lager befinden solle. Ehrlich gesagt, hat es mich damals nicht großartig interessiert. Ich hatte ja nie was in Sandhofen zu tun. Und Scherereien wollte ich auch nicht bekommen. Die beiden haben mir erzählt, dass sie im Keller der Friedrich-Schule untergebracht waren und sie für Benz, Bopp und Reuther und den Lanz schuften mussten. Das waren ganz arme Schweine!"

„Das mag ja sein, aber trotzdem ..." Helena konnte ihren Satz nicht beenden, denn Lotte Jürgens ergriff erneut das Wort.

„Die wurden dort behandelt wie der letzte Dreck. Was die mir alles erzählt haben, das ist unglaublich. In Holzschuhen, damit sie nicht abhauen konnten, hat man sie früh morgens durch die Straßen gejagt, sie geprügelt und gequält und zu fressen haben sie auch nichts gekriegt! Kapierst du langsam, junges Fräulein?" Frau Jürgens Ton hatte sich geändert

„Aber warum waren sie denn eingesperrt? Wenn sie verurteilt wurden, müssen sie doch auch was angestellt haben?", forschte Helena weiter.

„Sag mal, bist du so doof oder tust du nur so? Die haben nichts angestellt, außer dass sie sich nicht von uns Deutschen versklaven lassen wollten. Die beiden haben mir berichtet, dass sie bei dem Aufstand im Warschauer Ghetto mit dabei waren, man sie geschnappt und hierher verschleppt hatte. Für unseren großen Führer waren die aus dem Osten doch sowieso alle Untermenschen. Sag mir jetzt bloß nicht, dass du auch davon noch nie etwas gehört hast! Oder hast du in der Schule so schlecht aufgepasst?"

Helena blickte zu Boden. Schmerzliche Erinnerungen stiegen in ihr hoch. Erinnerungen an Gino.

„Doch", meinte sie mit leiser Stimme, „ich weiß davon. Ich hatte einen Freund, aus Italien, er war Zwangsarbeiter, drüben in der K5-Schule."

„Na, sie mal einer an. Du bist ja doch nicht so hinterm Mond daheim, wie ich gedacht habe. Mutig, mutig, hätt ich dir gar nicht zugetraut. Aber dann müsstest du doch wissen, was diese Männer alles erdulden mussten.

„Das tut mir ja auch leid", erwiderte Helena nun fast trotzig, „aber dieser, wie heißt er noch mal?"

„Tomislaw."

„ ... dieser Tomislaw", fuhr Helena fort, „der ist einfach zu weit gegangen. Der kann mich doch nicht einfach überfallen und bedrohen. Ich habe ihm doch nichts getan. Ich kann doch nichts dafür, dass der im Lager war."

„Meinst du wirklich, das interessiert die Männer nach allem, was sie mitgemacht haben? Die wurden von uns Deutschen schlimmer behandelt als Tiere. Was müssen die für einen Hass auf uns haben? – Und außerdem vergisst du ganz, dass Bogodan trotz allem dazwischengegangen ist ..."

„Ja, Gott sei Dank!", unterbrach Helena sie.

„Also wie gesagt, an deiner Stelle würde ich mir das mit der Anzeige bei der Militärpolizei gründlich überlegen", fuhr Frau Jürgens fort. „Die reagieren unter Umständen ziemlich sauer, wenn eine Deutsche ausgerechnet einen anschwärzt, den wir jahrelang ausgebeutet und gequält haben. Das kommt bei den Amis gar nicht gut an."

„Aber ich habe niemanden gequält oder ausgebeutet. Und meine Eltern waren auch nicht in der Partei und waren keine Nazis!" Helena wehrte sich entschieden gegen diese Vorwürfe.

„Meinst du wirklich, das kümmert die Amis? Hör dich doch mal um. Wenn du sie heute hörst, da war doch keiner ein Nazi, niemand war für Hitler und es hat auch niemand etwas gewusst." Frau Jürgens Stimme klang zynisch, insbesondere als sie hinzufügte: „Ich war doch auch nicht anders."

„Aber wir waren doch wirklich nicht für den Hitler", versicherte Helena erneut.

„Also, von mir aus, dann geh hin zu den Amis, sag denen, dass du und deine Eltern nicht für den Hitler waren, du wirst schon sehen, wie weit du damit kommst. Mach doch grad, was du willst! Aber lass mich aus dem Spiel. Ich kann dir nur noch einmal sagen, erhoff dir nicht zu viel von der Militärpolizei. Seit die Amis die KZs aufgemacht haben, sind wir bei denen unten durch. Für die sind wir unberechenbare und unbelehrbare Nazis. Wir haben das Recht verwirkt, uns über irgendetwas zu beklagen."

Die drastische Wortwahl von Frau Jürgens stimmte Helena sehr nachdenklich. Einiges erschien ihr nun doch in einem anderen Licht.

„Mir tut das wirklich leid, dass die beiden so viel mitmachen mussten", erklärte Helena und fügte kurz darauf hinzu: „Gut, ich werde den mit der Schiebermütze nicht anzeigen, trotzdem hätte er mir das nicht antun dürfen. Mir tut jetzt noch alles weh."

„Tomislaw weiß mittlerweile auch, dass er einen großen Fehler begangen hat. Er hat es eingesehen, dass er zu weit gegangen ist und es tut ihm auch leid. Er ist kein schlechter Mensch. Weißt du übrigens, was Bogodan zu ihm gesagt hat, als er ihn von dir weggerissen hat?"

Helena schüttelte den Kopf.

„Er hat ihn gefragt, ob er eine genauso brutale Bestie wie die Deutschen sein möchte und sich wirklich die Hände an dir schmutzig machen will", erklärte ihr Lotte Jürgens ernst.

Helena hatte zugehört und begriffen. Aber nicht nur die Männer hatte sie verstanden, sondern auch Lotte Jürgens. Obwohl sie nun schon so lange mit der „flotten Lotte" unter einem Dach wohnte, hatte sie plötzlich Seiten an ihr entdeckt, die sie nie an ihr vermutet hätte. Sie erinnerte sich an die Septembernacht zwei Jahre zuvor, als sie alle bei diesem fürchterlichen Bombenangriff unten im Luftschutzkeller gesessen hatten. Lotte Jürgens hatte damals ziemlich hysterisch reagiert und unverhohlen ihre Todesangst gezeigt. Jeder hatte sie damals für unbeherrscht gehalten und sich über sie geärgert. Dabei war sie vielleicht die Einzige gewesen, die ihre wahren Gefühle nicht verborgen und zu ihnen gestanden hatte.

Diese Frau, die stets von allen im Haus hämisch belächelt worden war und auf die man immer wegen ihres Lebenswandels herabgeschaut hatte, besaß anscheinend, wenn es drauf ankam, mehr Courage als die meisten anderen Nachbarn.

„Und wie soll es jetzt weitergehen? Bleiben die beiden hier wohnen?", fragte Helena besorgt, denn der Gedanke, den Männern noch einmal begegnen zu müssen, machte ihr noch immer Angst.

„Pass auf, das Problem ist, dass die beiden nichts Gescheites anzuziehen haben. Ihre gestreiften Sträflingsklamotten sind in einem jämmerlichen Zustand, das hast du ja gesehen. Das sind so zwei arme Schlucker, die haben absolut nichts auf dem Arsch. Aber mir ist da eine Idee gekommen. Ich habe gesehen, dass ihr unten im Keller in einem Koffer noch ein paar gute Anzüge von deinem Vater aufbewahrt habt. Was hältst du denn davon, wenn du mir zwei davon für die beiden gibst? Vielleicht kann ich sie ja dann dazu bringen, früher nach Hause aufzubrechen."

Helena blickte sie etwas ratlos an. „Die Anzüge meines Vaters? – Aber ich kann doch nicht einfach seine guten Kleider verschenken. Die waren sehr teuer und auf die hat er immer großen Wert gelegt. Das kann ich unmöglich machen."

„Gut, dann eben nicht! War ja nur ein Vorschlag. Dann musst du halt noch eine Weile mit Bogodan und Tomislaw unter einem Dach leben. Ich kann's nicht ändern." Mit diesen Worten verabschiedete sich Frau Jürgens.

Ein paar Tage später sah man zwei Männer in Anzügen aus elegantem Tuch die Jungbuschstraße hinunterlaufen. Die beiden machten jedoch einen merkwürdigen Eindruck, denn der Anzug, den der eine Mann trug, spannte derart am Bauch, dass er die Jacke nicht zuknöpfen konnte, darüber hinaus hatte die Hose gewaltig Hochwasser. Sein Begleiter wirkte nicht besser, denn Jacke und Hose schlackerten an ihm herum und wurden an mehreren Stellen notdürftig mit ein paar Sicherheitsnadeln zusammengehalten.

Doch all das war im Grunde unwichtig. Wichtig war in diesem Augenblick nur, dass die beiden endlich als freie Männer ihre ersten Schritte in Richtung Heimat machten. Schritte in ein neues Leben.

4

Am 30. April 1945 war Helena Legrands 21. Geburtstag. Endlich volljährig! Endlich erwachsen! Als sie klein war, hatte sie sich diesen Tag immer als einen ganz besonderen vorgestellt. Ein großes Fest mit einer Geburtstagstorte, mit Geschenken und Musik. Ein Fest mit allen Verwandten und vor allem mit Mama und Papa. Stattdessen erwachte sie an diesem Morgen hungrig und allein auf der Chaiselongue. Trotzdem war sie nicht unglücklich, denn nach sechs Jahren Krieg war es ihr erster Geburtstag in Friedenszeiten.

Auch wenn Mannheim sich den Alliierten bereits vor einem Monat ergeben hatte, so gab es doch noch immer Landstriche in Deutschland, in denen heftig gekämpft wurde, denn der Führer hatte eine Kapitulation, gleich welcher Art, kategorisch abgelehnt.

Aber der 30. April 1945 war nicht nur ein besonderes Datum für Helena, er sollte auch in die Geschichte als der Tag eingehen, an dem Adolf Hitler sich das Leben nahm und somit der Weg für eine politische Lösung frei wurde. Denn der von Hitler testamentarisch bestimmte Reichspräsident und Oberbefehlshaber der Deutschen Wehrmacht, Karl Dönitz, willigte am 7. Mai 1945 schließlich in eine bedingungslose Kapitulation ein und ließ um 12.45 Uhr über den Reichssender Flensburg das Ende des Zweiten Weltkrieges verkünden.

In den folgenden Tagen und Wochen machten sich nun auch nach und nach die anderen Mitglieder der Familie Legrand auf den Heimweg. So wie die Kriegswirren sie einige Monate zuvor in alle Himmelsrichtungen verstreut hatten, zog sie die Gewissheit, dass nun endgültig alles vorbei war, wieder nach Hause.

Marie Steinmann, geborene Legrand, jammerte schon die ganze Zeit, seit sie in Cochem in den Zug gestiegen waren. „Was haben diese Vandalen uns nur angetan! Unser schönes Deutschland haben sie zerstört. Kein Stein ist mehr auf dem anderen. Grausame Bestien sind das! Der Führer hatte vollkommen recht, die Amis, Tommis und Franzosen, das ist genauso ein Gesindel wie die Untermenschen aus dem Osten! Die sind keinen Deut besser!", hatte sie schluchzend in ihr Taschentuch geklagt und noch hinzugefügt, „noch ein paar Wochen mehr und unser Führer hätte uns die Wunderwaffe geschenkt. Dann hätten wir denen den Garaus gemacht!"

„Halt endlich deinen dummen Mund! Du verstehst einen Scheißdreck von Politik", hatte Valentin in einer für ihn drastischen Sprache erwidert.

„Aber ..." Marie hob gerade an, ihm zu widersprechen. Doch Valentin fuhr ihr derart scharf über den Mund, dass sie sich nicht traute, weiter zu sprechen.

„Ich habe mir dein Gesabber lang genug angehört. Hast du dir mal überlegt, was ‚dein Führer' mit dieser ‚Wunderwaffe' angestellt hätte?" Erneut wollte sie etwas sagen, doch er ließ ihr keine Gelegenheit:

„Deine ‚Wunderwaffe' war nichts anderes als die Atombombe. Und die wollte er über Deutschland zünden! Aber das geht ja in dein Spatzenhirn nicht rein!"

„Aber das hätte er doch nie gemacht. Das war doch alles nur Feindpropaganda. Unser Führer hat uns doch geliebt, der hätte alles für sein Volk getan!" Maries Glaube war noch immer unerschütterlich.

„So, meine Liebe, dann möchte ich dich jetzt nochmals an die letzte Ansprache ‚unseres Führers' erinnern, die wir zusammen im Volksempfänger gehört haben. Erinnerst du dich an den Satz am Ende seiner Rede, wo er ins Mikrofon schreit, dass die Alliierten ein ‚schlafendes Deutschland' vorfinden werden? Ja oder nein?!"

„Ja!", stammelte Marie ein wenig zögerlich, „aber das hat er doch ganz anders gemeint."

„Erklär du mir nicht, was dieser Verbrecher gemeint hat. Der hätte uns alle gnadenlos über die Klinge springen lassen und nicht nur uns, sondern ganz Europa, vielleicht sogar die ganze Welt."

Valentin war schon, bevor er Marie geheiratet hatte, nicht sonderlich davon begeistert gewesen, wie sehr seine künftige Frau vom „Tausendjährigen Reich" schwärmte und den Führer verherrlichte. Für ihn war der Hitler eine gescheiterte Existenz, ein Asozialer und ein Blender, der aus dem Nichts aufgetaucht war und auch wieder im Nichts verschwinden würde. Er nahm Marie diesbezüglich nicht ernst. So sehr er sie liebte, so wenig hielt er doch von ihrem Urteilsvermögen. Darum war er auch in den ganzen Jahren ruhig geblieben und hatte sie schwätzen lassen. Für ihn verstand sie sowieso nichts von Politik. Er hatte damals bei ihrer Eheschließung lediglich darauf gedrängt, dass sie sich aus der NS-Frauenschaft fernhielt. Im Grunde wäre ihm ein Austritt am liebsten gewesen, aber das hätte möglicherweise unnötige Fragen aufgeworfen und Schwierigkeiten mit der Obrigkeit zur Folge gehabt.

Valentin Steinmann selbst war nie sehr politisch gewesen, er hatte es stets vorgezogen, sich aus allem rauszuhalten. Mit dieser Haltung war er immer gut gefahren. Die da oben machten ja sowieso, was sie wollten.

Doch dann war kurz nach ihrer Ankunft an der Mosel etwas geschehen, das ihn aus seiner Lethargie gerissen und ihn verändert hatte.

Als ehemaliger Beamter der Reichsbahn hatte er sich auch nach seiner Pensionierung noch immer für alles, was mit Zügen, Bahnstrecken, Eisenbahnbrücken und Tunnels zu tun hatte, interessiert. Schon immer hatte er sich den ‚Treiser Tunnel' ansehen wollen. Und so brach er an einem schönen Sonntagmorgen Anfang September 1944 in Richtung Bruttig auf, um von dort aus weiter zu der Ortschaft Treis zu wandern, nicht ahnend, was ihn dort erwarten würde.

*

Seit Valentin Steinmann um die Jahrhundertwende Cochem, wo er aufgewachsen war, verlassen hatte, war er nicht mehr in seine Heimat zurückgekehrt. Ab und zu fuhr sein Zug an der Mosel vorbei, aber die Zeit reichte nie zum Aussteigen. Später wurde er dann im Mannheimer Bahnhof eingesetzt, was ihm damals nicht unrecht war, denn er hatte seine Greta, ein echtes „Mannemer Mädl", kennengelernt und kurz darauf geheiratet. 1921 kam sein Sohn Kurt auf die Welt. Obwohl Greta 15 Jahre jünger war als er, führten sie eine harmonische Ehe und als sie dann 1935 erneut ein Kind erwartete, betrachteten sie das als Geschenk des Himmels. Doch Mutter und Kind starben bei der Geburt, so dass Valentin fortan sich und den 14-jährigen Kurt allein versorgen musste. Die beiden Männer kamen erstaunlich gut klar, trotzdem sehnte sich Valentin wieder nach einer Frau.

Schließlich begegnete er Marie, einer Witwe mit einer Tochter, die durch eine körperliche Behinderung gezeichnet war. Er fühlte sich gleich zu ihr hingezogen. Die 45-Jährige war zwar keine Schönheit, sie hatte einen leichten Silberblick und einiges an Übergewicht, aber sie war eine gute Hausfrau. Vor allem aber fühlte Valentin sich von ihr verstanden. Marie hatte selbst kein leichtes Leben gehabt. Sie hatte zwei Männer zu Grabe getragen, ihre kleine Tochter Annemarie war 1931 an der Schwindsucht gestorben und ihre große Tochter hatte sich mit fünf Jahren bei einem Unfall das Rückgrat gebrochen und hätte das beinahe nicht überlebt. Diese Frau hatte so viel mitgemacht, sie würde seinen Schmerz und seine Einsamkeit gut nachvollziehen können. Und so heiratete er Marie 1942 und zog zu ihr in die Beilstraße.

So ganz passte ihm das damals zwar nicht, ausgerechnet in den Jungbusch ziehen zu müssen, diesen Stadtteil, über den halb Mannheim etwas Abschätziges zu sagen wusste. Aber seine Einzimmerwohnung war für sie alle zu klein gewesen. Und schließlich würde auch Kurt irgendwann aus diesem unseligen Krieg zurückkehren und eine Bleibe brauchen. Wider Erwarten fühlte er sich in der Beilstraße sehr wohl, denn er merkte bald, wie dumm und ungerecht viele Geschichten waren, die man sich über den Jungbusch und seine Bewohner gemeinhin erzählte.

Als jedoch dann im Sommer 1944 die Bombenangriffe in Mannheim immer unerträglicher wurden, hatte er seinem Cousin Johann in Cochem einen Brief geschrieben und ihn darum gebeten, dass er ihm, seiner Frau und seiner Stieftochter für einige Zeit Zuflucht gewähren möge. Und so hatten sie Mannheim binnen kürzester Zeit verlassen.

*

Für Anfang September war es ein drückend heißer Tag und so beschloss Valentin, in Bruttig erst einmal einzukehren und sich bei einem kühlen Glas Moselwein ein wenig auszuruhen. Als er das Gasthaus in der Mitte des Ortes betrat, schlug ihm ein gewaltiger Geräuschpegel entgegen. Ein wildes Stimmengewirr, durchmischt von lautstarken Lachsalven. Er trat ein und wurde nun gewahr, dass es die Männergruppe am Stammtisch war, die sich köstlich zu amüsieren schien. Er setzte sich an einen kleinen Tisch in einer Ecke und bestellte sich einen Riesling.

„Mensch, hast du gesehen, was der eine Polacke für einen Pimmel hat?" Der rotgesichtige Mann in seiner prallsitzenden SS-Uniform nahm einen großen Schluck aus seinem Bierglas.

„Nichts im Vergleich zu dem Luxemburger, dem Wichser. Aber dem hab ich schön eine in die Eier getreten, der kann seinen Schwanz in Zukunft nur noch zum Pissen gebrauchen!" Er lachte schallend und die anderen fünf stimmten mit ein.

Ordinäres Pack, dachte Valentin bei sich. Wo war er hier bloß reingeraten? Er würde seinen Wein austrinken und dann machen, dass er hier wegkäme.

Der Wirt hatte anscheinend Valentins Gesichtsausdruck bemerkt und kam nun zu ihm rüber. „Da müssen Sie sich nichts dabei denken. Die Männer genießen ihren freien Vormittag. Wissen Sie, die machen eine harte Arbeit, drüben im Polacken-Lager. Das ist nicht so einfach, Hunderte von diesen Ratten zu bewachen. Die versuchen ständig abzuhauen, sind stinkfaul und klauen wie die Raben, fressen sogar das Gras vom Boden." Er lachte. Die Vorstellung schien ihn zu amüsieren. „Aber den Letzten ist das nicht gut bekommen, die haben sie nackt durchs Lager gejagt. Das war eine Mordsgaudi. Wir sind alle rüber und haben über den Zaun geschaut. Das war echt unterhaltsam", der Wirt lachte erneut. „So etwas sieht man nicht alle Tage!"

Valentin war entsetzt über das, was sich hier vor seinen Augen abspielte. Er hatte stets die Nähe zur SS gemieden, weil er sie für brutal und menschenverachtend hielt. Doch was sie hier schilderten, konnte er fast nicht glauben. Vielleicht war es ja auch reine Angabe. Die waren alle schwer angetrunken. In dem Zustand wurden sie ausfällig, laberten alles Mögliche. Aber es konnte auch wahr sein. Er betrachtete sie noch einmal aus den Augenwinkeln. Und als sein Blick schließlich auf das Gesicht des Hageren mit seinen tiefliegenden Augen fiel, um dessen Mund ein grausames, verschlagenes Grinsen spielte, war er sich fast sicher, dass die Männer das nicht erfunden hatten.

Valentin war das Ganze unheimlich. Er musste hier so schnell wie möglich raus. Bloß weg von diesen Irren.

„Noch 'n Schoppen?", fragte ihn der Wirt.

Valentin schüttelte den Kopf und legte eine Reichsmark auf den Tisch. „Stimmt so", und ehe der Wirt etwas sagen konnte, war Valentin verschwunden.

Draußen atmete er erst einmal tief durch. Sein Interesse am Treiser Tunnel hatte sich gelegt. Er würde zurück nach Cochem wandern und seinen Cousin fragen, was es mit all dem auf sich hatte.

Johann schaute ihn betroffen an. „Wenn du mir vorher gesagt hättest, wo du hinwillst, hätte ich dich gewarnt. Seit Anfang des Jahres haben die den Tunnel in eine Rüstungsfabrik umfunktioniert."

„Eine Rüstungsfabrik in einem Eisenbahntunnel?" Valentin begriff nicht.

Johann nickte. „Offiziell heißt sie ‚Zeisig', aber dahinter verbirgt sich ‚Bosch'. Die stellen da wichtige Flugzeugteile her. Besonders große Zündkerzen und so ein Zeug."

„Und woher weißt du das?", hakte Valentin nach.

„Ich habe doch mal für Bosch gearbeitet. Zu ein paar Kollegen hab ich bis heute Kontakt. Ehrlich gesagt, ich wüsste das alles lieber nicht. Was die mir alles erzählt haben, das ist unfassbar, nur furchtbar." Er winkte ab, dann fuhr er fort: „Da drin müssen Zwangsarbeiter aus Polen und Russland schuften und Luxemburger und Franzosen, die für die ‚Résistance' gekämpft haben. Auch sogenannte italienische ‚Militärinternierte' soll es geben. Das Projekt scheint denen da oben wichtig zu sein, denn sie haben Häftlinge aus allen möglichen Konzentrationslagern hierher gebracht, aus Natzweiler hier ganz in der Nähe im Elsass, aber auch aus Majdanek und Auschwitz."

Langsam wurde Valentin nun der Zusammenhang von dem, was ihm sein Cousin erzählte und dem, was er am Vormittag in Bruttig erlebt hatte, klar. „Ich habe heute Morgen ein paar ganz unglaubliche Dinge in der Wirtschaft gehört. Ich hoffe, dass die bloß aufgeschnitten haben, denn wenn das alles wirklich wahr ist ..." Valentin schüttelte bekümmert den Kopf.

„Das ist leider wahr. Man hört die grauenvollsten Dinge über die SS-Wachmannschaften. Die führen sich auf wie Herren über Leben und Tod, lassen die Gefangenen über Glasscherben laufen und jagen sie stundenlang nackt durch den Hof, dieses perverse Gesindel. Und das alles für Volk und Vaterland." Johanns Stimme klang bitter.

„Genau damit haben sie in der Kneipe geprahlt", bestätigte Valentin. „Kann man denn gar nichts dagegen tun? Das Lager liegt doch gar nicht weit weg von der Straße, die Bruttig und Treis miteinander verbindet. Die Leute in den beiden Ortschaften müssen das doch alles mitkriegen, das können diese Schweine doch gar nicht vermeiden?! Das kann man doch nicht einfach so hinnehmen. Da muss man doch etwas tun!" Obwohl Valentin sich meistens zurückhielt, rüttelte ihn diese Geschichte nun doch auf.

„Ich wusste gar nicht, dass du so ein Idealist bist", erwiderte nun Johann. „Oder soll ich eher sagen ‚Träumer'. Du hast mir doch vorhin erzählt, wie der Wirt reagiert hat. Der findet das sogar noch gut. Und da ist der nicht der Einzige. Im April haben einundzwanzig Polen und Russen zu fliehen versucht. Dreizehn hat die SS gleich eingefangen und auf die restlichen haben die Dorfbewohner Jagd gemacht. Sie haben sie gejagt wie die Hasen. Dass die ausgemergelten Flüchtlinge in ihren Sträflingsanzügen keine Chance hatten, brauche ich dir nicht weiter zu erklären." Johann lächelte zynisch. „So viel zum Thema Bevölkerung!"

Diese Geschichte hatte Valentin sehr nachdenklich gestimmt und etwas in ihm in Bewegung gesetzt. Und so hatte er damit begonnen, seine bisherige Haltung in Frage zu stellen. Zumindest in seinem direkten Umfeld wollte er gewisse Äußerungen nicht mehr dulden. Dies sollte zuerst seine Frau Marie zu spüren bekommen. Künftig würde er ihre regimefreundlichen Äußerungen nicht mehr unwidersprochen hinnehmen. Und so war es nur konsequent, dass er nun bei der Rückreise nach Mannheim weder Verständnis für ihr Wehklagen und ihr Selbstmitleid noch für das Schönreden des NS-Systems hatte.

„Hör endlich auf mit dem Singsang und schau der Realität in die Augen! Wir haben das gekriegt, was wir verdient haben", meinte er bitter. „Und wer weiß, was noch kommt."

„Aber Onkel Valentin, glaubst du denn, dass sich die anderen Völker jetzt alle an uns rächen?", fragte plötzlich Betty. Es war das erste Mal seit Stunden, dass sie sich zu Wort meldete.

Valentin zuckte mit den Schultern. Betty tat ihm leid. Er hatte das junge Mädchen nicht erschrecken wollen, zumal sie, im Gegensatz zu ihrer Mutter, niemals Sympathie für die NSDAP gezeigt hatte. Nur allzu oft hatte sie von linientreuen Parteimitgliedern zu spüren bekommen, dass man in ihr nur den Krüppel sah, unwertes Leben, weit entfernt von dem makellosen Menschenbild, das der Staat propagierte. Ein Zwerg mit Buckel hatte in dieser Volksgemeinschaft nichts verloren. Sie war darum auch von der Hitlerjugend ausgeschlossen und nie in den „Bund Deutscher Mädel" aufgenommen worden. Man hatte Betty zwölf Jahre lang ausgegrenzt. Doch nun nach dem Krieg würde alles anders sein. Man würde sie in Ruhe lassen und ihr vielleicht sogar den Neuanfang erleichtern, hoffte sie, um somit das Unrecht, das man ihr angetan hatte, wiedergutzumachen. Trotzdem war Betty nicht

glücklich, denn sie machte sich große Sorgen um Kurt, ihren Stiefbruder, Valentins Sohn aus erster Ehe. Seit er 1942 eingezogen
worden war, hatte sie in ständiger Angst gelebt, es könne ihm etwas zustoßen. In ihren Albträumen sah sie Kurt nachts alleine
durch die Sahara irren, zwischen den Skeletten gefallener Soldaten, deren Körperteile wie knöcherne Grabkreuze aus dem Wüs-
tensand ragten. Als ihrem Stiefvater dann Ende 1943 über das
Rote Kreuz mitgeteilt wurde, dass sein Sohn Kurt Steinmann sich
bereits seit dem 13. Mai in englischer Kriegsgefangenschaft befand und man ihn in ein Kriegsgefangenlager nach Ägypten gebracht hatte, war Betty beruhigt gewesen. Sie wusste nun, dass er
lebte. Irgendwann würde er wieder nach Hause kommen. Davon
war sie überzeugt.

„Denkst du denn, dass sich die Alliierten an den Kriegsgefangenen rächen werden, Onkel Valentin?" Betty schaute ihren Stiefvater ängstlich an.

„Ich weiß es nicht, mein Kind. Aber denkbar wäre es, nach dem,
was wir Deutschen alles angerichtet haben." Valentin seufzte und
schüttelte den Kopf: „Mein Gott, was haben wir da nur angestellt!"

„Jetzt mach mal einen Punkt, Valentin. Uns blieb doch gar
nichts anderes übrig. Wir mussten uns verteidigen gegen diese
Übermacht und vor allem mussten wir das Weltjudentum be-
kämpfen. Die sind schließlich an allem schuld."

„Hör endlich mit dieser Propagandascheiße auf, Marie! Ich
kann es nicht mehr hören", Valentin wurde allmählich wütend.
„Wir waren es doch, die in alle Länder eingefallen sind, wir haben doch Städte zerstört, Häuser geplündert. Männer, Frauen und
Kinder verschleppt, Menschen verfolgt und gequält, gemordet
und gebrandschatzt. Wie sollen wir das Blut an unseren Händen
jemals loswerden?" Die Verzweiflung, die in Valentins Stimme
mitschwang, war unüberhörbar.

„Aber was redest du denn da für ein Zeug?! So kenne ich dich
gar nicht. Hast du denn überhaupt keinen Stolz? Wie kannst du
nur so etwas sagen! So reden nur Vaterlandsverräter, Valentin!"
Marie konnte nicht fassen, was ihr Mann da von sich gab.

„Das hätte ich schon längst sagen sollen. Denn wenn nicht Unzählige so wie du dem Hitler hinterhergelaufen wären und wieder andere, so wie ich, ihren Mund aufgemacht hätten, dann wäre alles nicht so weit gekommen."

Marie wollte gerade erneut die Stimme erheben, doch Valentin kam ihr nochmals zuvor. „So, und jetzt will ich von dir keinen Mucks mehr hören, bis wir zu Hause sind, sonst steige ich mit Betty an der nächsten Haltestelle aus."

Valentin schaute Marie derart energisch an, dass sie sich nicht traute, auch nur noch ein Sterbenswörtchen zu äußern.

5

Pauline hatte das Landleben im Elsass restlos satt. „Isch hab die Nas gstriche voll", erklärte sie Anfang Juli 1945 ihrer Tochter Irma, „isch will widder heem nach Mannem! Deitsch redde un net so ä französisches Kauderwelsch, aber vor allem will isch widder in die Stadt. Des Landlewe is äfach nix fa misch. Morge hol isch mer bei de Franzose en Bassierschoi fa uns viere un dann nix wie heem!"

Es war nicht nur die schwere Arbeit auf dem Feld, das Kühemelken frühmorgens auf dem Hof und das Ausmisten des Schweinestalls, was ihr missfiel. Vielmehr war es auch die Sorge um ihre beiden Söhne.

Immer wieder hatte Pauline den beiden verboten, in dem Wäldchen nahe bei Reimersweiler herumzustreunen. Besonders ihrem Ältesten, dem 17-jährigen Paul, hatte sie ans Herz gelegt, auf dem Hof zu bleiben und vor allem auch auf seinen kleinen, sechs Jahre jüngeren Bruder Guntram gut aufzupassen. „Wenn dem Kläne was bassiert, hau isch disch rum wie en Danzknopp. Isch schlag disch windelweesch!", hatte sie ihm gedroht.

Aber Paul, der für sein Alter noch ein rechter Kindskopf war, hatte sich davon nicht beeindrucken lassen und war das Risiko eingegangen, obwohl er wusste, dass eine Abreibung von seiner Mutter es in sich hatte. Sie war temperamentvoll und wo sie hinschlug, blieb kein Auge trocken. Aber es war einfach öde, ständig den jüngeren Bruder hüten zu müssen, zumal der, obwohl er noch so klein war, auch stets zu allen möglichen Streichen aufgelegt war. „En Sack Fleeh zu hiete is äfacher, als uf disch ufzubasse", hatte er dem Kleinen mehr als einmal vorgeworfen. Doch da draußen, da lockte das Abenteuer. Und darum hatte er Guntram einfach mitgenommen und war mit den anderen Elsässer Buben im Wald herumgezogen, um nach weggeworfenen Gewehren deutscher Soldaten und nach Munition zu suchen. Es machte so viel Spaß, auch mal ein bisschen Krieg spielen zu dürfen. Sie ballerten tollkühn und ausgelassen mit den Gewehren zwischen den Bäumen herum und zielten auf alles, was sich bewegte. Sie fühlten sich wie Helden.

Pauline begriff schließlich, dass sie ihre Söhne nicht mehr im Griff hatte und ihren Übermut nicht zügeln konnte. Zweifellos fehlte den beiden Jungs der Vater. Aber der war bei der Belagerung von Stalingrad in russische Kriegsgefangenschaft geraten. Schon kurz vor Kriegsende hatte das Rote Kreuz Pauline benachrichtigt. Gustav würde so schnell nicht nach Hause kommen. Und ob er die Gefangenschaft überhaupt überleben würde, das stand in den Sternen. Immer wieder drangen Nachrichten aus Russland über die furchtbaren Zustände in den sowjetischen Kriegsgefangenenlagern zu ihnen, die nichts Gutes verhießen. Pauline war sich darum nicht sicher, ob sie Gustav jemals lebend wiedersehen würde.

Zwei Tage später packten Pauline und Irma einen Leiterwagen voll mit ein paar Essensvorräten, Kleidern und Decken. Guntram setzten sie obendrauf und drückten ihm einen kleinen Käfig mit drei Legehennen in den Arm. Dann zogen sie los in Richtung Mannheim. Mit ein bisschen Glück würden sie in einer Woche zu Hause sein.

„Mensch, is des ä Hitz!" Pauline wischte sich die schweißtriefende Stirn ab. Sie hielt die Schwüle fast nicht mehr aus. „Isch bin färdisch wie ä Rieb! Zieh du mol ä bissel den Leiterwache!" Sie drückte Irma die Deichsel in die Hand.

„Lass uns doch mal eine Pause machen, Mama. Es ist so heiß und drückend. Jetzt in der Mittagszeit ist es fast nicht zum Aushalten", wandte Irma ein und bekam sofort von ihrem Bruder Paul Unterstützung. Nur Guntram, der allem Anschein nach auf dem Leiterwagen eingeschlafen war, muckste sich nicht.

70

„Do, nemmt eich mol an eierm kläne Bruder ä Beispiel. Der jammert net so rum wie ihr", erwiderte Pauline ungehalten.

„A des is ke Wunna, dass der nix saacht. Gugg der denn doch ämol a, Mudda, was der fa ä rodi Bern hot, der hot bestimmt en Sunnestich!", entgegnete Paul nun und deutete auf Guntram.

Und wahrhaftig, der Kleine lag fast regungslos, dafür mit hochrotem Kopf im Leiterwagen. In ihrer Aufbruchsstimmung und dem Bestreben schnell vorwärts zu kommen, hatte Pauline nicht bedacht, dass ihr Kleiner besonders gefährdet war, denn man hatte ihn zwei Tage zuvor kahl geschoren, weil er Kopfläuse gehabt hatte.

Pauline ging nun aufgeregt auf ihren Jüngsten zu und schüttelte ihn: „Ach, Gott, du armes Buwele, kumm her!" Sie schloss ihn in die Arme und tätschelte seine Wangen. Gleichzeitig erschrak sie zutiefst, als sie seine knallrote, sonnenverbrannte Kopfhaut erblickte. „Mer brauche sofort ä nasses Dascheduuch!", rief sie ihrer Tochter zu. Geistesgegenwärtig zog Irma eines aus der Tasche und goss das Wasser ihrer Feldflasche darüber. Sie legten es Guntram auf den Kopf und machten an jeder Ecke einen Knoten hinein, damit es hielt. Dann ließen sie sich am Wegesrand unter einem schattenspendenden Baum nieder.

Bald schon erholte sich der Kleine und schlug die Augen auf. Pauline und Irma waren sichtlich erleichtert. Und als sie nach einer Stunde weiterzogen, saß Guntram bereits wieder wie ein kleiner Pascha auf dem Leiterwagen und war ungemein stolz darauf, dass er als Einziger einen Hut aufhatte.

In den folgenden Tagen kamen sie gut voran, die Nächte verbrachten sie meist in irgendeiner Scheune. Am vorletzten Abend fanden sie in Walldorf nur in den Ruinen einer Synagoge Unterschlupf. Sie war eines der wenigen jüdischen Gotteshäuser, welche in der Reichsprogromnacht nicht dem Erdboden gleich gemacht worden war. Trotzdem war auch sie schwer in Mitleidenschaft gezogen.

Sie ließen sich in einer Ecke nieder und richteten ihr Nachtlager her.

„Isch bin froh, wenn ma deheem sin. Isch spier bal mei Fieß net mehr." Pauline hatte ihre durchgelaufenen Schuhe ausgezogen und massierte sich die Ballen. Sie war mit ihren Kräften ziemlich am Ende.

„Ich denke, spätestens übermorgen sind wir zu Hause", meinte Irma.

„Dei Wort in Gottes Ohr!" Pauline war nicht ganz davon überzeugt. „Aber jetzt losst uns erscht ämol was esse!" Pauline packte die Vorräte aus. Glücklicherweise hatte Marie-Claire, die Bäuerin, bei der sie im letzten Jahr gewohnt hatten, sie gut versorgt. Wenigstens mussten sie keinen Hunger leiden. Gerade als sie zu essen anfangen wollten, knarrte plötzlich das Portal und sprang einen Spalt weit auf. Ängstlich blickten Pauline und Irma hinüber. In diesen Zeiten konnte man niemandem trauen, zu viel Gesindel trieb sich herum. Kurz darauf drängten sich drei Gestalten im Halbdunkel in die Synagoge. Als sie Pauline und ihre Kinder erblickten, zog der Mann sein Käppi ab und die zwei Frauen in seiner Begleitung nickten ihnen zu. „Sie brauchen keine Angst zu haben", rief der Mann besänftigend zu ihnen hinüber, „wir wollen nichts von ihnen, wir suchen lediglich ein Nachtlager." Pauline und Irma waren erleichtert und nickten zurück, während sie ihr Abendbrot fortsetzten.

Die anderen ließen sich in der ihnen gegenüberliegenden Ecke der Synagoge nieder. Während Pauline sich noch eine Scheibe Brot vom Laib abschnitt, schaute Irma zu den Leuten hinüber. Sie sahen elend aus, ausgemergelt, müde und hungrig. Sie sah nun, wie die Ältere der beiden Frauen einen Apfel aus ihrem Rucksack nahm und ihn mit ihrem Taschenmesser in drei Teile schnitt.

„Du, Mama, ich glaube, die haben Hunger. Scheinbar haben sie kaum etwas zu essen", flüsterte Irma Pauline zu.

„Na un. Des is doch nix Besonneres. Kannscht du ma jemand sache, der heitzudaach ken Kohldampf schiebt?", erwiderte Pauline nüchtern.

„Mama, jetzt sei doch nicht so! Wir haben doch genug. Meinst du nicht, wir sollten ihnen etwas abgeben? Ehrlich gesagt, mir bleibt jeder Bissen im Hals stecken, wenn ich sehe, wie die da drüben sitzen und am Hungertuch nagen." Irma litt tatsächlich unter dem erbärmlichen Anblick, den die drei boten.

„Un, was willscht jetzt mache? Ihne unser letschdes Esse schenke und morgen hawe mer dann selwer nix mer zu beiße?!" Pauline war der Meinung, dass sie nichts zu verschenken hatten.

„Mama, sieh mal, wir haben doch noch ein ganzes Brot. Wenn wir jedem eine Scheibe geben, haben wir doch trotzdem noch genug." Pauline kannte ihre Tochter, wenn die sich etwas in den Kopf gesetzt hatte, war sie nur schwer davon abzubringen. Und so willigte Pauline schließlich ein.

Irma brachte ihnen das Brot hinüber und die Leute nahmen es gerne an.

„Wir danken ihnen von ganzem Herzen. Wir haben den ganzen Tag nichts gegessen und uns den letzten Apfel für heute Abend aufgespart. Aber möchten Sie sich denn nicht ein bisschen zu uns setzen?", meinte die ältere der Frauen und rückte etwas zur Seite.

Irma blickte hinüber zu ihrer Familie und als sie sah, dass ihre Mutter und ihre Brüder bereits eingeschlafen waren, ließ sie sich neben ihnen nieder.

„Ich bin übrigens Lana. Das ist mein Künstlername", stellte sich die Frau nun vor.

„Mich nennen alle Zapatini. Aber richtig heiße ich Frank. So wie der Wedekind. Wir sind Artisten", der Mann lächelte sie an.

„Irma. Irma Legrand!" Sie begrüßte alle und wunderte sich, dass die jüngere der beiden Frauen ihr nur stumm die Hand reichte und sich nicht namentlich vorstellte.

Sie hatten eine weiße Stearinkerze in ihrer Mitte aufgestellt. Im Lichtschein der Kerze fiel Irma auf, dass die „Namenlose" anscheinend keine Deutsche war. Der Augenform und ihren Gesichtszügen nach zu schließen, schien sie Asiatin zu sein. Sie hatte schöne exotische Gesichtszüge, nur war ihr Gesicht ein bisschen verquollen, so als habe sie viel geweint.

„Geht es Ihnen nicht gut?", fragte Irma in ihrer spontanen Art. Die junge Frau wandte sich ab und verbarg ihr Gesicht in den Händen.

„Das hat nichts mit Ihnen zu tun", meinte Frank, „aber Kayoko ist verzweifelt. Sie macht sich große Sorgen."

„Ach, machen Sie sich nicht so viele Gedanken, jetzt, wo der Krieg vorbei ist, kann doch alles nur noch besser werden." Irma legte der Frau beruhigend die Hand auf die Schulter. „Das wird schon wieder!"

„Ich glaube kaum, dass Ihre Worte sie trösten können. Kayoko ist Japanerin. Sie stammt aus Nagasaki." Frank hielt inne, dann fuhr er fort: „Die Amerikaner haben vor vier Tagen die Atombombe über Hiroshima gezündet und gestern über Nagasaki. Wahrscheinlich hat niemand von Kayokos Familie überlebt."

Irma entfuhr ein leiser Schrei des Entsetzens. „Das darf nicht wahr sein! Sind Sie denn sicher, dass das wirklich stimmt? – Ich kann das nicht glauben."

Frank nickte traurig mit dem Kopf.

Irma hielt inne. „Aber warum über Japan? Sie haben sie doch auch nicht über Deutschland abgeworfen?" Sie hatte noch immer Zweifel an der Richtigkeit dieser Meldung. Ein Atombombenabwurf? Die Vorstellung war so unfassbar; das würden die Amerikaner doch niemals wagen!

„Doch, sie haben es getan. Der Bauer, in dessen Scheune wir gestern übernachtet haben, hat es in der BBC gehört. Es sind fast hunderttausend Menschen getötet worden und viele werden noch in den nächsten Monaten an den Folgen der Radioaktivität sterben", erklärte ihr Frank.

„Das ist eine richtige Tragödie!", erklärte nun Lana. „Wie menschenverachtend muss man sein, um so etwas zu tun."

„Die japanische Regierung hätte kapitulieren müssen, dann hätte sie den Abwurf verhindern können. Aber die sind eben genauso fanatisch wie wir Deutschen. Die waren ja nicht umsonst mit uns verbündet. Hitler hat den Japanern ja sogar zugestanden, dass sie ‚Halbarier' seien."

„So ein Unsinn!" Lana war empört. „Diese ganze Rassenlehre ist so etwas von an den Haaren herbeigezogen. Wenn es nicht so traurig wäre, müsste man darüber lachen. Aber lasst uns über etwas anderes reden! Am besten wir lassen Kayoko einfach in Ruhe." Lana beugte sich über sie. „Ich glaube sie ist ein bisschen eingeschlafen. Das tut ihr gut."

„Und was hat Kayoko in Deutschland gemacht. Wie ist sie überhaupt hierher gekommen?"

„Sie ist ausgebildete Sängerin, Sopranistin. Du hast doch sicher schon mal von Michiko Tanaka gehört?"

Irma nickte. „Ist das nicht die Frau des Schauspielers Viktor de Kowa?"

„Ja, genau die. Und diese Michiko Tanaka hat Kayoko damals nach Deutschland geholt. Aber sie wurde hier nicht glücklich und konnte nie richtig Fuß fassen. Na, ja, ich mache es jetzt kurz. Sie ist dann im Zirkus Althoff gelandet. Und da haben wir uns kennengelernt."

„Im Zirkus? Ja, und was hat sie dort gemacht?" Irma fand es spannend, mehr über diese für sie so fremde Welt zu erfahren.

„Sie trat mit mir zusammen auf", erklärte Frank. „Sie lag auf der Drehscheibe und ich habe Messer nach ihr geworfen oder sie in einer schwarzen Kiste zerteilt."

Irma riss entsetzt die Augen auf.

„Nicht wirklich, natürlich!" Frank lachte. Irma gefiel sein Lachen. Er hatte eine fröhliche Art, war humorvoll und auch durchaus charmant.

„Ja, das Leben im Zirkus ist nicht einfach. Da macht jeder alles. Also ich meine, alles das, was er kann", erklärte nun Lana. Auch wenn Lana nachdenklicher wirkte als Frank, so war sie Irma doch vom ersten Moment an sympathisch gewesen. Sie hatte ein sehr gewinnendes Wesen und obwohl sie nicht mehr so jung zu sein schien, wirkte sie noch immer sehr apart.

„Und was hast du gemacht?" Irma schaute Lana fragend an.

„Ich war Dompteuse, habe meine Löwen und Tiger in Schach gehalten. Diese wunderbaren Wesen." Ihre Augen leuchteten.

„Ist das denn nicht furchtbar gefährlich?", wollte Irma wissen.

„Ich habe meine Tiere geliebt", plötzlich wurde Lanas Blick traurig. „Sie sind 1944 bei einem schweren Luftangriff alle verbrannt. Und nicht nur sie. Die Hälfte unserer Truppe ist damals im Bombenhagel umgekommen. Dieser verdammte Krieg! – Und jetzt haben wir gar nichts mehr, kein Zuhause, kein Dach überm Kopf und nicht einmal mehr was zu essen."

„Schluss jetzt mit dem Trübsinn blasen!", warf Frank plötzlich ein. „Das Wichtigste ist, der Krieg ist aus. Und so schrecklich das mit Japan ist, wir sind hier in Mitteleuropa und müssen schauen, wie wir über die Runden kommen. Es hilft keinem, wenn wir uns jetzt auch noch aufgeben." Frank versuchte Lana aufzuheitern und zog so lange Grimassen, bis er ihr wieder ein kleines Lächeln abringen konnte.

„Man merkt eben, dass du auch noch der Clown warst", Lana schaute ihn dankbar an. „Frank hat uns immer aufgemuntert. Was hätten wir ohne dich gemacht." Sie strich ihm übers Haar.

„So, und damit das so bleibt, erzähle ich euch jetzt einen Witz. Also: Ein Mannheimer und ein Stuttgarter unterhalten sich am Ende des Krieges über das Ausmaß der Bombenschäden. Da sagt der Stuttgarter, dass das letzte Bombardement der Stadt so schlimm gewesen sei, dass noch fünf Stunden nach dem Angriff die Fensterscheiben aus den Häusern gefallen seien. Worauf der Mannheimer meint, das bedeute noch gar nichts, denn in seiner Stadt seien noch 14 Tage nach dem letzten Angriff die Bilder des Führers aus dem Fenster geflogen."

„Ja, da ist etwas Wahres dran, wenn ich mir vorstelle, was in Mannheim kurz nach der Kapitulation so alles auf den Straßen lag. Der ganze Naziplunder!" Lana schüttelte den Kopf.

„Was, ihr wart in Mannheim bei Kriegsende?! Dann habt ihr ja die Kapitulation mitgekriegt!" Irma war plötzlich hellwach. „Das muss doch ziemlich gefährlich gewesen sein!"

„Ja und nein! Es war schon gespenstisch, als die Wehrmacht am 20. März zuerst die Rheinbrücke und dann fünf Tage später sämtliche Neckarbrücken in die Luft gejagt hat, aber die Kapitulation selber war recht friedlich. Da saßen ja bloß noch so ein paar Männekens von der Stadtverwaltung in der K5-Schule rum. Unser Oberbürgermeister Renninger und seine Parteifreunde hatten sich ja längst in den Kraichgau abgesetzt, diese feige Brut!"

„Ja und wer hat dann jetzt in Mannheim das Sagen? Hat man unseren früheren OB, den Heimerich, wieder eingesetzt?", wollte Irma wissen.

„Nein, leider nicht. Das wäre eigentlich nur gerecht gewesen. Warte mal, Braun heißt der, glaube ich. Ja, Josef Braun, der ist von der Zentrumspartei und hatte vorher irgendeine Funktion bei den Stadtwerken. Das hat der US-Stadtkommandant entschieden. Aber der ist ja sowieso nur eine Marionette von unseren ‚Befreiern‘. Die sagen jetzt, wo es langgeht und wir haben zu sputen!“, erklärte Frank.

„Ja, und wie ist die Versorgungslage? Kann man was zu essen kaufen?“, forschte Irma weiter.

„Miserabel! Es gibt fast nichts.“ Und nun beschrieb Frank ausführlich die Situation. „Die Reichsmark ist nichts mehr wert, mit den Lebensmittelkarten kriegst du nicht mal das Nötigste, wenn du irgendwie kannst, dann versuchst du zu tauschen, ein Brot gegen eine Armbanduhr oder ein Stück Käse für Goethes ‚Faust‘, und wenn überhaupt nichts mehr geht, dann musst du zum Schwarzmarkt.“

Irma hatte seinen Worten aufmerksam gelauscht. „‚Schwarzmarkt‘ – was ist das denn?“

„Du warst wohl längere Zeit nicht in Mannheim. Ja, den Städtern geht es viel schlechter als der Landbevölkerung. Man erzählt sich, dass die Bauern im Odenwald mittlerweile dreifach übereinander Perserteppiche im Schweinestall liegen haben und Kronleuchter im Kuhstall hängen, weil sie nicht mehr wissen, wohin mit dem ganzen Zeug. Die Leute aus der Stadt verscherbeln alles, bloß um etwas zu beißen zu kriegen. Das Problem ist nur, wenn sie dann von ihren ‚Hamsterfahrten‘ zurückkehren, kann es ihnen passieren, dass sie in eine Polizeirazzia kommen und dann war die ganze Mühe umsonst, denn man nimmt ihnen alles ab.“

„Außer Spesen nichts gewesen“, fügte Lana hinzu.

„Ja, aber wo kriegen denn die Schwarzmarkthändler ihre Waren her, wenn es nichts gibt?“ Irma konnte sich nicht vorstellen, wie das funktionierte.

„Ach, da gibt es viele Möglichkeiten, im Extremfall ist das Zeug geklaut. Es kann aber auch von Hamsterfahrten kommen oder direkt von den Amis, die es aus Armeebeständen klauen und weiterverkaufen. Oder von Deutschen, die für die Amis schaffen beziehungsweise von deutschen Mädchen, die den Soldaten schöne Augen machen und meist bleibt es nicht dabei ..." Frank grinste vielsagend. „Und die amerikanischen Soldaten sind da mittlerweile alles andere als abgeneigt."

„Obwohl es offiziell ja verboten ist", warf Lana ein.

„Amerikanische Soldaten sind eben auch nur Männer", Frank zuckte mit den Schultern. „Du wirst das schon sehen, Irma, wenn du in Mannheim bist. So ein rassiges junges Fräulein wie du wird Chancen haben ohne Ende. Du wirst dich vor Anträgen nicht retten können. An jedem Finger zehn!"

Irma lachte verlegen.

„Die beste Währung sind übrigens mittlerweile Zigaretten. Und an die kommt man über einen amerikanischen Freund ganz gut dran. Eine Schachtel ‚Pall Mall' oder ‚Lucky Strike' kosten fast 100 Reichsmark", ergänzte Lana.

„Ja, und wenn man keine Zigaretten hat?" Irma war entsetzt bei den Aussichten, die sie in Mannheim zu erwarten hatten.

„Dann pflanzt du halt im Luisenpark ‚Grumbeere' an oder hinter dem Wasserturm ‚Gelweriewe' oder am Paradeplatz Radieschen, so wie viele andere das auch machen", Frank grinste.

„Was?!" Irma konnte nicht glauben, was sie da hörte. „Gemüsebeete in den Grünanlagen?"

„Du musst am besten alles mit ein wenig Humor nehmen", meinte nun Lana, „dann wird vieles leichter. Der Frank macht es richtig, von dem können wir noch was lernen, der macht Witze, schreibt spöttische Gedichte und lässt die Dinge auf sich zukommen."

„Du schreibst Gedichte?", fragte Irma und schaute Frank erstaunt an.

„Ab und zu", meinte der eher zurückhaltend, „die schreibe ich eigentlich nur so für mich."

„Komm, Frank, lies doch mal das vor, das du zuletzt gedichtet hast. Ich finde das witzig!", bettelte Lana.

„Also, gut, du Quälgeist, aber Achtung, es ist in Dialekt." Und so begann Frank, es Lana zuliebe vorzutragen:

Lebensweisheit

Wea sei Lewe liebd
der schiebd.
wemm ehrliches Blud durch die Adere rauschd
der packt sei letzdsches Hemd un dauschd's
odder er dud durch die Stroße laafe,
un beim Schwarzhändler unner de Brigg was kaafe.
Un wenn's ken Kerl, sondern ä Froilein is,
dann gebt se halt mol so nem Ami en kiss – oder a zwee ...
So a bissel schmuse dud schließlich net weh,
und wenn se dehem dann die Peanut Butter esse,
dann is des alles sowieso glei vergesse.

Denn erscht kummt's Fresse un dann die Moral!

Wemm all diese Wege awer sin verbaut,
was soll der schun mache, der geht los un klaud.
Und wer sich halt dofier is zu foi,
der geht in Gottes Name oi.

Irma klatschte spontan, weniger wegen des Inhalts, als vielmehr wegen Franks Dicht- und Vortragskunst.

„Psst! Sonst wachen die anderen noch auf!", flüsterte ihr Lana zu.

„Sagt mal, das wollte ich schon die ganze Zeit fragen, wieso wart ihr eigentlich in Mannheim und warum seid ihr nicht dort geblieben?", wollte Irma wissen.

„Ich bin Mannheimer", erklärte nun Frank. „Und nachdem Adolf Althoff uns alle im letzten Jahr entlassen hat, weil er den Spielbetrieb einstellen musste, habe ich Lana und Kayoko vorgeschlagen mit mir nach Mannheim zu kommen, weil dort noch meine Schwester Regina wohnt", erklärte Frank, „und bei der haben wir bis vor ein paar Tagen in J 3 gewohnt."

„Was, in J 3. Das ist ja in der Filsbach, ganz in der Nähe von uns. Wir wohnen in K 2, 4, oder wohnten dort. Wir müssen erst mal sehen, in welchem Zustand sich das Haus befindet und ob unsere Wohnung überhaupt noch existiert. Weißt du was darüber?"

Frank schüttelte den Kopf. „Ich kann es dir nicht sagen, so gut kenn ich mich in der Ecke auch nicht aus ..."

„Ja, und wo wollt ihr jetzt hin?"

„Wir wollen nach Süden, in die Schweiz. Kayoko hat mit Tanaka und Viktor de Kowa Kontakt aufgenommen. Die sind schon seit Jahren so eine Art Anlaufstelle für Japaner. Und die haben zu ihr gesagt, wir dürften mitkommen und könnten eine Weile bei ihnen bleiben. Ist das nicht anständig?"

„Ja, das freut mich für euch. – Aber jetzt muss ich langsam wieder rübergehen. Jedenfalls wünsche ich euch ganz viel Glück." Irma schloss Lana in die Arme und reichte Frank die Hand. „Es ist wirklich schön, euch kennengelernt zu haben und grüßt nochmals Kayoko von mir und sagt ihr, dass ich sehr traurig über das bin, was ihren Landsleuten widerfahren ist."

„Mach dir keine Sorgen, wir werden auf unsere kleine Kayoko gut aufpassen. Und jetzt schlaf gut!" Bei Lana und Frank war Kayoko mit Sicherheit in guten Händen, daran bestand kein Zweifel.

Als Irma sich neben ihrer Mutter und ihren Brüdern auf einer Decke zusammenkauerte, konnte sie noch lange keinen Schlaf finden. So vieles ging ihr durch den Kopf. Ihre Mutter ahnte nicht, was sie in Mannheim erwartete und ihre Brüder waren noch zu klein, um sich darüber Gedanken zu machen.

Hamsterfahrten, Tauschgeschäfte, Schwarzmarkt bis hin zum Klauen, mein Gott, waren das Aussichten! Eine schlimmer als die andere. Wenn es irgendwie ging, wollte sie alledem aus dem Wege gehen. Dagegen konnte sie sich durchaus vorstellen, sich mit einem amerikanischen Soldaten anzufreunden, vielleicht durch ihn sogar an Lebensmittel ranzukommen und so die Familie über Wasser zu halten. Wer weiß, möglicherweise würde es ihr sogar gelingen, bei den Amerikanern einen Job zu bekommen. Sie sprach ein bisschen Englisch. Nikos hatte es ihr damals beigebracht. Für einen Augenblick trugen ihre Gedanken sie zurück zu dem jungen gutaussehenden Griechen. Was wohl aus ihm geworden war? Als sie zusammen waren, hatten sie davon geträumt, eines Tages, wenn der Krieg vorbei wäre, gemeinsam nach Amerika auszuwandern. Doch Träume sind Schäume. Von einem Tag auf den anderen hatte man Nikos damals weggebracht, und es war ihr nicht gelungen, seinen neuen Aufenthaltsort herauszufinden. Aber zumindest waren Irma jetzt ihre Englischkenntnisse von Nutzen. Und wer weiß, vielleicht würde ihr ja sogar ihr Traummann begegnen, der sie nach Amerika mitnehmen und dort heiraten würde und vielleicht ...

Über all den schönen Gedanken schlief sie tief und fest ein.

6

„Wo soll ich denn bloß Papas Anzüge hinhängen?" Helena war ein bisschen ratlos, denn von den drei kleinen Kleiderschränken hatten nur zwei den Krieg überstanden und die waren gut gefüllt.

„Ist vollkommen egal, häng ihn einfach nur auf einen Bügel und schiebe ihn glatt irgendwo dazwischen, damit er nicht wieder so verkrumpelt", rief Amelie ihrer Tochter zu, ohne von ihrer Arbeit hochzuschauen. Sie hatte am Tag zuvor Carlos Anzüge vom Keller hochgeholt, sie über Nacht gelüftet und am Morgen damit begonnen, sie aufzubügeln.

„Ist vielleicht gar nicht so schlimm, dass du zwei davon verschenkt hast", meinte Katharina lachend zu Helena, „sonst hätte deine Mutter jetzt noch mehr zu tun."

„Lass das bloß nicht Papa hören, seine Anzüge waren stets sein Ein und Alles. Das Geld dafür hat er sich vom Munde abgespart." Helena hatte noch immer ein schlechtes Gewissen, dass sie die Anzüge ihres Vaters hergegeben hatte.

Amelie spürte das Unbehagen ihrer Tochter und stellte ihr Bügeleisen auf den eisernen Untersatz neben der Bügeldecke auf dem Küchentisch. „Komm mal her, mein Kind", sie schloss Helena in die Arme, „das hast du ganz richtig gemacht. Ich bin heilfroh, dass dir nichts passiert ist und dein Vater wird das ganz genauso sehen. Du glaubst doch nicht etwa, dass ihm die Anzüge wichtiger sind als dein Wohl!"

Helena war froh, dass ihre Mutter so viel Verständnis zeigte und ihr nach ihrer Rückkehr aus Rimbach keine Vorwürfe gemacht hatte.

„Und außerdem", fuhr Amelie nachdenklich fort, „muss dein Vater erst einmal aus der Kriegsgefangenschaft zurückkommen. Wer weiß, wie lange die Amerikaner ihn in Bayern festhalten!"

„Ich bin sicher, dass Carlo bald heimkommt. Der war schließlich kein Nazi und nicht mal in der Partei. Die können ihm nichts vorwerfen", beruhigte Katharina, die sich gerade zu Amelie an den Küchentisch setzte, ihre Freundin.

„Meinst du, das interessiert die wirklich. Für die sind wir doch alle verbohrte Nazis?" Amelie hatte große Zweifel, ob die Alliierten tatsächlich die einzelnen Fälle und Schicksale prüfen und nicht einfach alle über einen Kamm scheren würden.

„Ach, Amelie, das kann man doch nicht so pauschal sagen, das kommt immer auch auf den einzelnen Menschen an, der das zu beurteilen hat. Natürlich gibt es auch einige, die uns hassen."

„Insbesondere die Juden, die in Amerika leben", meinte Amelie nachdenklich, „und man kann es ihnen ja nicht mal verdenken. Wenn ich mir vorstelle, da kommt jetzt so ein junger jüdischer Soldat nach Deutschland, dessen Familie noch rechtzeitig emigriert ist und erfährt, welch abscheuliche Taten wir an den Juden begangen haben. Der kann uns doch nur verabscheuen und das ist noch das Wenigste." Sie hielt einen Augenblick inne. „Weißt du, den Film, den wir uns im Juli im UFA-Palast-Theater in N 7 über die Konzentrationslager ansehen mussten, der hat mich richtig erschüttert. Der war wirklich grauenhaft. Ich habe mir in den letzten Jahren immer mal wieder Gedanken darüber gemacht, was mit den Juden passierte, wenn sie so von einem auf den anderen Tag abgeholt wurden und ihr ganzes Hab und Gut zurücklassen mussten."

„Mir schwante damals auch nichts Gutes, besonders wenn einige Zeit danach der gesamte Hausrat besichtigt werden konnte und alles zu Schleuderpreisen verscherbelt wurde", erinnerte sich Katharina.

„Ich möchte nicht wissen, in wie vielen deutschen Haushalten wertvolle Möbel stehen, die sich nicht wenige für ‚nen Appel und en Ei' unter den Nagel gerissen haben", mutmaßte Amelie.

„Die Eltern meiner Schulfreundin Sigrid hatten jede Menge wertvolle Möbel. Und traumhaft schönes Geschirr von Hutschenreuther hatten die, und Figürchen von Rosenthal", warf Helena ein und geriet dabei ins Schwärmen, „und dann hatten sie noch eine alte Uhr aus Meissner Porzellan, die war so wertvoll, dass sie in einer verschlossenen Glasvitrine stand. Das hat alles Sigrids Vater mit nach Hause gebracht. Ich glaube, die haben gar nichts dafür bezahlt."

„Hör mir bloß auf mit denen. Die Höfers waren überzeugte Nazis. Er bei der Waffen-SS und sie hat doch jahrelang im ‚Reichsmütterdienst' Schulungen für werdende Mütter gemacht. Da saßen die doch direkt an der Quelle. Du weißt genau, Helena, dass ich es nie gerne gesehen habe, dass du mit denen verkehrt bist", Amelies Ton war scharf. Es ärgerte sie, dass Helena bis heute so unkritisch gegenüber diesen Leuten war.

„Du solltest Helena keine Vorwürfe machen. Sie war doch noch ein Kind, als sich die beiden Mädchen angefreundet haben. Was erwartest du denn von den jungen Leuten? Die haben doch am allerwenigsten Schuld", Katharina stellte sich schützend vor Helena. „Aber unsere Generation, wir haben es gründlich verbockt. Ich schäme mich, dass ich nicht den Mut hatte, meinen Mund aufzumachen. Aber ich hatte ganz einfach Angst. Lausige, erbärmliche Angst."

„Das ging mir doch genauso", räumte Amelie ein. „Damals, 1938, in der sogenannten ‚Reichskristallnacht' bin ich einfach weggelaufen, weil ich den Anblick nicht mehr ertragen konnte. Und wenn ich später die jüdischen Nachbarn auf der Straße sah, wie sie auf ihren Abtransport warteten, da hat mir das Herz geblutet, aber ich traute mich nicht, mich einzumischen."

„Wir haben uns einfach von der SS und der SA viel zu sehr einschüchtern lassen", Katharina atmete tief durch. „Aber es gab auch ein paar wenige Mutige", fuhr sie fort. „Im Nationaltheater, wo ich gearbeitet habe, da hat man ab 1933 nach und nach alle Juden entlassen. Aber unser Intendant, der Herbert Maisch, der hat sich das nicht bieten lassen", Katharina klopfte mit ihrem Zeigefinger auf den Tisch, „nein, der nicht. Der hatte echt Mumm in den Knochen. Als die Nazis ihn zwingen wollten, dass er den Joseph Rosenstock, unseren Generalmusikdirektor, und noch ein paar andere jüdische Schauspieler rausschmeißt, da hat er sich geweigert. Das kam für den überhaupt nicht in Frage. Alle Achtung!" Katharina sprach von ihrem ehemaligen Direktor mit großer Bewunderung.

„Nur gebracht hat es leider nichts. Denn am Schluss durften nicht nur der Rosenstock und die jüdischen Schauspieler gehen, sondern der Maisch gleich mit", ergänzte Amelie nachdenklich.

„Er war ja nicht der Einzige. Wenn du dich erinnerst, der Heimerich hat sich ja auch von Anfang an den Nazis widersetzt und war damit die längste Zeit Oberbürgermeister von Mannheim gewesen", ergänzte Katharina.

„Und musste nicht auch der Direktor der Kunsthalle abdanken, weil er den ‚Braunen' nicht genehm war?" Amelie glaubte sich zu entsinnen, dass das damals Stadtgespräch war.

„Klar, der Hartlaub, der durfte damals auch seinen Hut nehmen. Die Nazis haben da kurzen Prozess gemacht", stimmte Katharina ihr zu.

„Aber wer weiß, vielleicht gibt es ja eine ausgleichende Gerechtigkeit und sie bekommen jetzt die Anerkennung, die man ihnen in den letzten zwölf Jahren verwehrt hat", Amelie machte eine kleine Pause, „vielleicht bekommt Carlo ja auch eine kleine Wiedergutmachung dafür, dass seine Verbeamtung vor zehn Jahren daran gescheitert ist, dass er nicht in die NSDAP eingetreten ist."

„Das würde ich ihm echt gönnen. Dein Carlo, der ist auch so ein Aufrechter, einer der wenigen, die der Versuchung widerstehen konnten."

Amelie nickte. Sie war in diesem Augenblick unheimlich stolz auf ihren Mann.

„Weiß man eigentlich, was aus dem Maisch geworden ist? Ich fand immer, dass der ein guter Intendant war, der hat doch damals auch den Willy Birgel nach Mannheim geholt." Amelie interessierte sich noch immer für alles, was mit Theater zu tun hatte.

„Du, der hat trotzdem Karriere gemacht. Der ist 1934 als Regisseur zum Film und hat mit der Lil Dagover, dem Heesters, dem

Jannings und sogar mit Heinrich George gedreht." Katharina war wie immer bestens informiert.

„Übrigens, Heinrich George! Hast du das mitgekriegt, Katharina? Den haben die Russen im Juni verhaftet", Amelie stellte ihr Bügeleisen hinüber auf den Ofen und faltete die Bügeldecke zusammen, „der George ist schon die ganze Zeit im ehemaligen KZ Sachsenhausen interniert. Angeblich soll ihn jemand denunziert haben." Amelie setzte sich zu Katharina an den Küchentisch. „Der hat doch noch Anfang des Jahres die Hauptrolle in dem Film ,Kolberg' gespielt. Und daraus haben sie ihm jetzt einen Strick gedreht. Sie behaupteten, er sei ein typischer Repräsentant der – ach wie haben sie es gleich genannt? ...", Amelie musste kurz nachdenken, „ ... der ,nationalsozialistischen Kulturpolitik'." Amelie schüttelte den Kopf. Sie fand es nicht richtig, wie man mit Heinrich George umsprang. „Meiner Meinung nach war der nicht besser und nicht schlimmer als alle anderen auch", fügte sie hinzu, „ich bin sowieso mal gespannt, wie das alles weitergehen soll. Die können doch gar nicht alle Nazis aus ihren Ämtern werfen, da wären ja am Schluss alle wichtigen Stellen vakant: keine Ärzte, keine Richter, keine Staatanwälte, keine Polizei, keine Professoren, keine Lehrer mehr. Wie soll das funktionieren? Das geht doch gar nicht! Ich hoffe bloß, dass es nicht so ist wie meistens: ,Die Großen lässt man laufen und die Kleinen sperrt man ein'."

„Komm, lass uns nicht so schwarzsehen, ich bin eigentlich ganz zuversichtlich", versuchte Katharina ihre Freundin aufzumuntern. „Die Amis, die mein Haus in Feudenheim beschlagnahmt haben, machten trotz allem einen ganz guten Eindruck. Ich musste zwar binnen vier Stunden raus und durfte nur etwas Bettzeug und Kleider mitnehmen, aber sie waren in keiner Weise unverschämt. Ich habe sogar ein paar Worte mit dem einen Offizier sprechen können. Ein sehr gebildeter und kultivierter Mann. Jetzt zahlt es sich doch aus, dass ich vor vielen Jahren mal ein bisschen Englisch gelernt habe." Was tut man nicht alles aus Liebe? Sie schmunzelte in sich hinein und ihre Gedanken trugen sie 20 Jahre zurück in die Vergangenheit.

*

In derselben Spielzeit, in der sie damals als Garderobiere im Nationaltheater angefangen hatte, war auch ein Tänzer aus England engagiert worden. Sie erinnerte sich noch an seinen ersten Auftritt. Charles tanzte auf der Bühne wie ein junger Gott, bewegte sich wie ein Schwan und war unwiderstehlich wie Rudolfo Valentino. Er war traumhaft gebaut und hatte ein tiefgründiges Lächeln, dem man sich kaum entziehen konnte. Katharina hatte sich unsterblich in ihn verliebt. Ständig hatte sie irgendwelche Vorwände gesucht, nur um in seiner Nähe zu sein und für ihn hatte sie sogar damit begonnen, Englisch zu lernen. Aber Charles war ihr gegenüber zwar stets freundlich, aber unverbindlich geblieben. Katharina hatte damals angefangen, an sich zu zweifeln. Schließlich war sie jung und hübsch, ihr Gesicht war ebenmäßig, ihre Figur wohlproportioniert, sie war aufgeweckt und man konnte sich angeregt mit ihr unterhalten. Darum hatte es ihr auch nie an Verehrern gemangelt. Doch Charles blieb auf Distanz. Was also war der Grund, warum er ihr nicht näher kam? Sie forschte ein wenig in seinem Umfeld und stellte bald fest, dass er auch keine Freundin hatte. Daran konnte es also nicht liegen. Aber was war es dann? – Und eines Tages war es ihr wie Schuppen von den Augen gefallen. Es lag überhaupt nicht an ihr. Charles fühlte sich lediglich nicht zu Frauen hingezogen, verstand es jedoch, für Außenstehende seine Neigung geschickt zu verbergen, was sicherlich so auch besser war.

*

„Ja, und worüber hast du mit dem Amerikaner gesprochen?" Amelie riss Katharina aus ihren Erinnerungen.

„Na, ja, er hat mir unter anderem erzählt, dass an alle öffentlich Bediensteten Fragebögen rausgegangen sind. Darin müssen die angeben, ob sie in irgendeiner Staatlichen Organisation Mitglied waren. Sie nennen das ‚Denazification', was so viel heißt wie ‚Entnazifizierung'. Ich finde das gut. Zumindest kriegen da jetzt mal einige gewaltig einen auf den Deckel. Er sagte mir, dass alle Beamten, die schon vor dem 1. Mai 1937 Parteimitglieder waren, entlassen würden. Und nächstes Jahr müssen wir dann alle so einen Bogen ausfüllen", erklärte Katharina.

„Soll mir recht sein, ich habe nichts zu verbergen", erklärte Amelie.

„Aber einige mussten auch schon ganz schön büßen, für das, was sie anderen angetan haben", mischte sich Helena erneut ein. „Den Fritz Traub, den haben sie in der Jungbuschstraße fast totgeschlagen. Als sie das Zeichen der Waffen-SS auf seinem Arm gesehen haben, müssen sie ausgerastet sein. Man weiß bis heute nicht genau, wer ihn da abends überfallen hat, aber er muss anschließend fürchterlich ausgesehen haben. Ich selbst habe ihn zwar nicht gesehen, aber nach Mathildes Beschreibung schlugen sie ihm sämtliche Zähne ein, brachen ihm das Nasenbein und einige Rippen. Sein Gesicht war wohl tagelang so verschwollen, dass er nichts mehr sehen konnte."

„Und wer sind Fritz Traub und diese Mathilde?", fragte Katharina interessiert nach.

„Ach, der Fritz ist ganz weitläufig mit uns verwandt, über meinen angeheirateten Schwager Alfred und dessen Mutter, die Schlosser-Oma. Das ist die mit dem Kolonialwarengeschäft, von der ich dir erzählt habe, dass sie ihre sterblichen Überreste erst vor drei Monaten in der Hafenstraße bergen konnten. Schreckliche Geschichte! Aber um auf den Fritz zurückzukommen, der tut mir nicht leid. Wenn ich an die furchtbare Nacht damals in unserem Luftschutzkeller zurückdenke, wie der mit der Frau Fischer und dem kleinen behinderten Hubertchen umgesprungen ist. Nein, danke!"

„Mir tut er auch nicht leid, Mama. Aber für die Mathilde ist es trotzdem schlimm. Sie sitzt jetzt mit fünf kleinen Kindern zuhause, jeder in der Nachbarschaft geht ihr aus dem Weg und den Fritz haben die Amerikaner in eines der vier Internierungslager in Ludwigsburg gesperrt."

„Du hast ja recht, Helena. Was können die Kleinen dafür? Und Mathilde war sowieso immer ein bisschen einfältig. Vielleicht sollten wir demnächst mal zu ihr rübergehen und nach ihr und den Kindern sehen", meinte Amelie in versöhnlichem Ton.

„Trotzdem hat euer Verwandter –" „Weitläufig Verwandter, bitte! Und wir sind nicht blutsverwandt mit ihm! Darauf lege ich großen Wert!" Amelie lächelte vielsagend und Katharina fuhr fort, „ ... euer nicht Blutsverwandter hat trotzdem noch Glück gehabt. In dem ‚Mitteilungsblatt für Mannheim', das die Stadt jetzt regelmäßig herausgibt, stand in der Juni-Ausgabe, dass der Direktor der Rheinauer Firma Goldschmidt von Zwangsarbeitern aus Polen und Frankreich im Wald zu Tode gefoltert wurde. Die haben ihm das heimgezahlt, was er ihnen jahrelang Tag für Tag angetan hat, denn nachdem, was die schreiben, war er wohl berüchtigt für seine unmenschlichen SS-Methoden."

„Sagt mal, könnt ihr vielleicht auch mal über etwas Erfreulicheres reden als über Politik." Helena brummte der Schädel von dem nicht anhalten wollenden Redefluss der beiden Frauen. Katharina und Amelie waren mal wieder in ihrem Element und fanden kein Ende.

„Du hast ja recht, mein Kind", pflichtete Katharina Helena bei, „aber ich kenne niemanden, mit dem ich mich so gut unterhalten kann wie mit deiner Mutter. Ich hoffe, du bereust jetzt nicht, dass ihr mich aufgenommen habt."

„Ach was", Helena lächelte sie an, „ich freue mich doch, dass du bei uns wohnst – auch wenn du manchmal ganz schön anstrengend sein kannst."

„Dafür bin ich euch auch wirklich unendlich dankbar, ich hätte beim besten Willen nicht gewusst, wo ich hingehen soll."

„Das war doch selbstverständlich", entgegnete Amelie, „erstens haben wir auch wochenlang bei dir und Agathe in Rimbach Zuflucht gefunden und zweitens ist es mir natürlich viel lieber, wenn du bei uns wohnst, als wenn die Behörden uns irgendwelche wildfremden Menschen in die Wohnung setzen. Allerdings bin ich heilfroh, dass Agathe beschlossen hat, erst mal in Rimbach zu bleiben, denn wenn morgen auch noch Annerose zu uns kommt, dann wird es doch ganz schön eng. Aber ich konnte meiner Nichte nicht abschlagen, vorübergehend bei uns zu wohnen, denn sie ist in der Hafenstraße ausgebombt und weiß nicht, wo sie hin soll."

„Mama, weißt du eigentlich, dass wir fast nichts mehr zu essen haben und uns dringend darum kümmern sollten?", fragte Helena ein wenig vorwurfsvoll.

„Was würden wir ohne dich machen?" Amelie lachte ihre Tochter an. „Ich schlage vor, Katharina und ich versuchen zunächst mal, etwas für die Lebensmittelkarten zu bekommen und wir gehen auch mal mit der Milchkanne bei der Suppenküche vorbei. Und du marschierst derweil runter auf die Friesenheimer Insel und holst aus dem Garten ein paar Gelbrüben und Rotrüben. Übrigens muss auch unbedingt gegossen werden!"

Helena verzog das Gesicht. Sie hasste diesen Garten. Daran konnte nicht einmal die Tatsache etwas ändern, dass sie dort mit Gino und Ewald einige der schönsten Stunden ihres Lebens verbracht hatte. Sie hatte es stets langweilig gefunden, der weite Weg, in der Erde rumwühlen, die schwere Zinkgießkanne durch die Gegend schleppen und dann das ganze Zeug auch noch heimtragen. Gartenarbeit und alles, was damit verbunden war, lag ihr nun mal nicht. Als junges Mädchen hatte sie, immer wenn eine Schafherde auf der Neckarwiese geweidet hatte – und das war fast jede Woche der Fall – mit einem Eimer die „Hinterlassenschaften" dieser Tiere einsammeln dürfen. Schafsmist war neben Pferdemist ein hervorragendes Düngemittel. Trotz ihrer Abneigung gegen den Schrebergarten musste sie jedoch nun unmittelbar nach Ende des Krieges eingestehen, dass er ihre Rettung war, denn er versorgte sie mit dem Nötigsten und vor allem mit Vitaminen. Diejenigen, die keinen Schrebergarten hatten, pflanzten ihr Gemüse mittlerweile ja auf jedem nichtbetonierten Untergrund im Stadtgebiet an. Viele Mannheimer gingen auch auf die Äcker der nahe gelegenen Ortschaften und sammelten die Kartoffeln ein, welche die Bauern bei der Ernte übersehen oder absichtlich hatten liegen lassen, weil sie bereits angefault waren. Und dann gab es auch noch Menschen, die in Feudenheim und Neuostheim im Müll der Häuser, die von den Amerikanern beschlagnahmt waren, nach weggeworfenen Konservendosen suchten. Sie hatten ihre Essenskännchen dabei und kratzten die letzten Reste aus den Dosen heraus, um sie sich zu Hause aufzuwärmen. Nicht wenige hatten trotzdem Hungerödeme an den Beinen oder waren extrem abgemagert.

Wenn Helena es so recht betrachtete, dann waren sie und ihre Mutter doch eigentlich ungemein reich, dass sie dieses kleine Stückchen Erde auf der Friesenheimer Insel ihr Eigen nennen konnten. Es schenkte ihnen alles, was sie zum Überleben brauchten.

Wie sehr sie diesen Schrebergarten doch liebte!

7

Als Helena das Haus verließ, lief sie geradewegs Betty in die Arme.

„Wo gehst du denn hin?" Betty war wie immer neugierig.

„Ich muss runter auf die Insel, Gemüse holen und gießen muss ich auch", erklärte Helena und wirkte noch immer nicht gerade erfreut.

„Hast du was dagegen, wenn ich mitkomme? Ich kann dir helfen und wir können unterwegs ein bisschen quasseln", schlug Betty vor.

„Oh ja, komm doch mit! Ich freue mich, wenn du mich begleitetest, dann ist es nicht so langweilig und wenn du mir ein wenig beim Gießen hilfst, dann geht es auch schneller!", meinte Helena und hakte sich sogleich bei Betty ein.

Kurz darauf liefen die beiden die Neckarvorlandstraße entlang, hinunter zur Anlegestelle des „Adler" am Ende der Holzstraße. Die kleine Fähre, die sich hinter dem Namen verbarg, hatte rechts und links Holzbänke, die an die Innenausstattung einer Straßenbahn erinnerten, und transportierte von hier aus den ganzen Tag Fahrgäste ans jeweils andere Ufer.

„Was für ein schönes Kleid du anhast und wie das schimmert", bemerkte Betty, „vor allem steht dir der helle beigebraune Ton unglaublich gut. Hast du das selbst genäht?"

Helena nickte stolz: „Das Kleid ist aus reiner Fallschirmseide. Aus ‚feindlicher Seide' genau genommen!" Helena lachte.

Betty schaute sie irritiert an. „Das verstehe ich nicht"

„Du darfst aber mit niemandem darüber reden, hörst du", trug Helena ihr auf.

Betty nickte: „Ich schwöre es. Großes Ehrenwort!"

„Das habe ich unter der Hand bekommen, damit ist ein britischer Fallschirmspringer kurz vor Kriegsende hier abgesprungen. Das ist wirklich ein fantastisches Material. Nur ein bisschen empfindlich eben, normalerweise würde ich das nicht im Garten tragen, aber ich hatte keine Zeit mehr, mich umzuziehen."

Als sie zur Anlegestelle kamen, hatte sich dort schon eine kleine Schlange von Frauen und Kindern, ein paar älteren Personen und mehreren Ausländern gebildet. Einige Leute hatten kleine Leiterwägen dabei, andere Kinderwägen, wieder andere Fahrräder.

Da noch immer alle Brücken über den Neckar zerstört waren, hatten die verschiedenen kleinen Fährschiffe Hochkonjunktur, denn sie waren eine der wenigen Möglichkeiten, sicher ans andere Ufer überzusetzen. Die Amerikaner hatten zwar neben der ehemaligen Friedrichsbrücke eine behelfsmäßige Pontonbrücke gebaut, die sie jedoch in erster Linie zum Überqueren mit ihren Militärfahrzeugen nutzten. An den Seiten konnten Zivilisten gehen, jedoch kam dieses Provisorium, besonders dann, wenn Panzer oder gleich mehrere schwere Militärfahrzeuge darüber fuhren, derart ins Schwanken, dass man höllisch aufpassen musste, nicht herunterzufallen. Dies war auch schon mehrere Male passiert und es grenzte an ein Wunder, dass sich bis jetzt noch niemand schwer verletzt hatte beziehungsweise gar zu Tode gekommen war.

Betty und Helena bezahlten ihre Fahrkarten und stellten sich in den Mittelgang der kleinen Fähre, da die Sitzplätze an den Seiten bereits alle belegt waren. Während sie hinübertuckerten, betrachteten sie die vielen zerstörten Kähne, die noch immer am Ufer lagen. Die meisten waren derart schwer beschädigt, dass man sie nur noch würde verschrotten können. Sie hatten kurz vor Kriegsende noch eine gehörige Ladung abbekommen, denn den Alliierten war sehr wohl bewusst gewesen, dass viele Kähne für Nachschublieferungen von Munition und kriegswichtigem Gerät genutzt wurden, auch wenn sie von außen zur Tarnung mit anderen Gütern beladen waren. Einzelne Schiffe hatten schwere Schlagseite, so dass man hätte meinen können, sie würden jeden Augenblick ganz wegkippen und für immer auf den Grund des Neckars sinken. Andere wiederum waren schon halb versenkt, und nur noch Bug oder Heck ragten bizarr aus dem Fluss.

Die Überfahrt ging recht flott. Und so waren sie schon wenige Minuten später kurz vor der Anlegestelle unterhalb der Elfenstraße. Da plötzlich stieß Betty ihre Cousine ganz vorsichtig mit dem Ellbogen an und flüsterte: „Du, der neben dir mit dem Fahrrad schiebt schon die ganze Zeit sein dreckiges Vorderrad an dein Kleid. Der macht es ganz schmutzig."

Nun erst spürte Helena, dass der Mann neben ihr unmerklich sein Rad hin und her bewegte und jedes Mal den Stoff ihres Kleides streifte. Helena wandte sich um, lächelte ihn an und bat ihn höflich, er möge doch bitte ein wenig aufpassen, denn ihr Kleid sei aus einem empfindlichen Stoff und die Flecken, besonders wenn es Schmiere wäre, würden nicht mehr herausgehen.

Doch anstatt sich zu entschuldigen, schob der das Fahrrad absichtlich nochmals an ihr Kleid und kurz darauf gleich nochmal. Dann schnauzte er sie an: „Ferme ta gueuille, du dreckische kleine boche! Du haben Krieg verloren, noch eine Wort und isch disch schmeißen in Fluss!"

Helena erschrak so, dass sie sich abrupt umdrehte und nicht wagte, den Franzosen nochmals anzusehen, geschweige denn, etwas zu ihm zu sagen.

Wie charmant damals doch Jean gewesen war, Irmas Freund. Und erst Gino ... Aber sie wollte nicht weiter an ihre erste große Liebe denken, denn noch immer tat es ihr zu weh.

Sie war erleichtert, als sie kurz darauf die Fähre verlassen konnten.

Zum Glück radelte der Franzose in die entgegengesetzte Richtung zur Feuerwache.

Das Verhalten des Mannes hatte die beiden Mädchen so eingeschüchtert, dass sie zunächst schweigend nebeneinander die Dammstraße entlanggingen. Sie kamen an der evangelischen Lutherkirche vorbei, deren Dachstuhl gänzlich ausgebrannt war und die auch sonst schwere Schäden aufwies. Schließlich erreichten sie den Ochsenpferchbunker, wo sie einen Augenblick verharrten und nach oben schauten. Denn an der Vorderseite des

Dachgesims prangte noch immer in riesigen Lettern die Durchhalteparole der letzten Kriegstage. Betty las: „FÜHRER BEFIEHL, WIR FOLGEN DIR."

„Hoffentlich überstreichen die das bald, der Hitler hat uns allen nur Unglück gebracht", meinte Helena betroffen, „so viele Menschen mussten wegen ihm sterben!"

„Aus meiner Klasse hat kaum ein Junge überlebt", bestätigte Betty traurig.

„Und auch die Nachbarsjungen sind zum Teil mit so schlimmen Verletzungen heimgekommen, dass sie bleibende Schäden zurückbehalten werden."

„Sie werden viel Kraft brauchen, um zu ihrem Lebenswillen zurückzufinden, ich weiß, wovon ich rede. Ich muss schon mein ganzes Leben lang mit meinem Buckel rumlaufen. Das war manchmal furchtbar." Betty wusste, wovon sie sprach. Doch die Natur hatte sie mit einer willensstarken Persönlichkeit ausgestattet und so hatte sie sich trotz ihrer Rückgratverkrümmung nie unterkriegen lassen.

„Du bist wirklich klasse! Ich bewundere dich sehr, Betty. An dir muss man sich ein Beispiel nehmen." Helena legte ihren Arm um die Cousine, die wegen der Behinderung fast zwei Kopf kleiner geblieben war als sie.

Kurz darauf passierten sie die Kammerschleuse und liefen den Weg zur Kleingärtneranlage hinunter. Sie gingen vorbei an den einzelnen Schrebergärten, in denen sich ein Beet ans nächste reihte. Jede freie Stelle war als Nutzgarten angelegt. Es gab so gut wie keine Blumen mehr, schon seit Jahren war ausschließlich Obst und Gemüse angebaut worden. Wobei mittlerweile in vielen Gärten nur noch das nackte Erdreich zu sehen war, weil fast alles schon abgeerntet war. Als sie an der Parzelle der Klupceks vorbeikamen, sahen sie, wie die Frau mit der Hacke den schweren Boden bearbeitete. Plötzlich schaute sie hoch und erblickte die Mädchen. Sie winkte ihnen zu und kam zur Gartentür gelaufen.

„Ich bin so froh, wenn ich jemand Bekanntes sehe und mich ein bisschen unterhalten kann", meinte sie ein wenig atemlos, während sie sich mit dem Handrücken ein paar Strähnen aus dem verschwitzten Gesicht wischte. „Hier unten kann es manchmal ganz schön einsam sein. Und ich merke, das tut mir nicht gut. – Aber nun sag schon, Helena, wie geht es dir? Und was macht deine Mutter? Habt ihr alles gut überstanden? Seid ihr schon lange zurück in Mannheim?" Unzählige Fragen sprudelten aus ihr heraus.

Die Legrands kannten die Klupceks schon seit vielen Jahren, wenn nicht sogar Jahrzehnten. Sie gehörten zu den wenigen, die ständig hier unten wohnten, was eigentlich nicht erlaubt war. Aber die Eltern von Frau Klupcek hatten ihr Häuschen auf der Friesenheimer Insel bereits zu einem Zeitpunkt gebaut, als es die Kleingärtneranlage noch gar nicht gegeben hatte. Und so hatte die Stadt nichts dagegen tun können und es gut sein lassen.

„Wir können uns nicht beklagen, Frau Klupcek. Meine Mutter und ich haben Glück gehabt, wir sind beide gesund und auch nicht ausgebombt. Jetzt warten wir nur noch darauf, dass Papa bald aus dem Krieg zurückkommt", antwortete Helena und fragte gleichzeitig: „Und wie geht es Ihnen? Was macht Ihre Familie?"

„Trudchen geht es gut. Sie ist zur Zeit noch im Allgäu bei meiner Schwester, bis hier die Schule wieder losgeht. Aber das wird wohl noch eine Weile dauern." Obwohl Frau Klupceks Mitteilungen eigentlich gut klangen, spürte Helena doch eine tiefe Traurigkeit in der Stimme der Frau.

„Wenn ich ehrlich sein darf, ich habe den Eindruck, dass es Ihnen nicht so gut geht?"

Frau Klupcek nickte. „Mir geht es furchtbar", sie hielt inne und schaute zu Boden. Dann stammelte sie leise: „ Ich habe vor zwei Wochen die Nachricht bekommen, dass mein Mann bei Antwerpen gefallen ist. Sie haben jetzt erst seinen Leichnam gefunden." Sie brach in Tränen aus und verbarg aus Scham ihr Gesicht in ihrer geblümten Schürze.

Helena und Betty öffneten spontan die Gartenpforte und Helena nahm Frau Klupcek in die Arme. „Sie müssen sich Ihrer Tränen nicht schämen. Das ist ganz schrecklich, dass Ihr Mann nicht mehr heimkommen wird. Weinen Sie ruhig!" Helena, der selbst die Tränen in die Augen gestiegen waren, strich ihr durchs Haar.

„Jetzt sitze ich ganz allein hier unten auf der ‚Insel'. Ich weiß nicht, ob ich das aushalte", schluchzte Frau Klupcek heftig.

„Aber Sie haben doch noch Ihre Tochter. Trudchen kommt ja bald wieder zurück und wird Ihnen sicher eine große Stütze sein. Sie ist zwar noch jung, aber sie ist so ein nettes und hübsches Mädchen", versuchte Helena, die verstörte Frau aufzumuntern.

Mit der Zeit beruhigte sich Frau Klupcek. Sie entschuldigte sich noch einmal und dankte den Mädchen für ihr Verständnis. Dann verabschiedete sie sich, verschwand in ihrem Haus und schloss die Tür hinter sich zu.

„Also hier unten wollte ich auch nicht allein wohnen?", erklärte Betty, „da hätte ich ganz schön Angst, bei dem, was heutzutage so alles durch die Gegend läuft."

„Also tagsüber war es hier immer ganz friedlich", erklärte Helena, „aber nachts würde ich mich auch nicht wohlfühlen."

Als sie in ihrem Garten ankamen, setzten sie sich erst einmal auf die alte Holzbank vor der Laube und aßen jede einen Apfel.

„Die Frau tut mir unendlich leid", stellte Helena fest, „die muss sich hundeelend fühlen. Ich hoffe bloß, dass mein Papa bald zu uns zurückkommt. Solange er nicht bei uns zuhause ist, mache ich mir einfach Sorgen um ihn."

„Der kommt mit Sicherheit heim, Helena. Der ist ein echter Legrand so wie ich auch und aus solidem Holz geschnitzt. Uns haut so schnell nichts um." Betty lachte ihre Cousine aufmunternd an.

„Wenn du da mal recht hast", Helena lächelte sie an. Gleich darauf fügte sie hinzu: „Übrigens, ich habe dich noch gar nicht gefragt, wie es dir geht."

„Abgesehen davon, dass ich ständig Hunger habe, eigentlich nicht schlecht", sie biss genüsslich in den Apfel, „ aber das wird sich jetzt auch bald ändern. Ich habe mich nämlich zum Backsteinklopfen gemeldet. Zuerst wollten sie mich wegen meiner Behinderung nicht nehmen, aber ich habe darauf bestanden. Irgendwie hat das die Amerikaner beeindruckt und jetzt bekomme ich sogar eine Schwerarbeiterzulage, die normalerweise nur körperlich schwer arbeitenden Menschen oder Schwerstkranken zusteht.

Ist das nicht wunderbar?" Betty strahlte, so als habe sie das große Los gezogen.

„Das freut mich für dich, aber du musst trotz allem auf deinen Rücken aufpassen, denn das ist eine harte Arbeit", warnte Helena ihre Cousine.

„Ich schaff das schon. Weißt du, ich muss auch zu Hause wenigstens für ein paar Stunden raus. Meine Mutter und Valentin haben ständig Streit, weil sie einfach nicht einsehen will, dass der Hitler ein Schurke war."

„Manche begreifen es halt nie", Helena zuckte mit den Achseln, „und wann fängst du an, Betty?"

„Ich muss mich am Montagmorgen am Erlenhofplatz in der Neckarstadt melden. Dorthin werden nämlich die Backsteine aus den Trümmergrundstücken auf Loren hingekarrt. Wir Frauen müssen dann mit einem Hammer den Mörtel abklopfen, damit die Steine wieder verwendet werden können."

„Na, ich kann mir auch was Schöneres vorstellen." Helena konnte Bettys Begeisterung nicht teilen, hielt sich jedoch mit weiteren kritischen Äußerungen zurück.

„Ich weiß, glaube ich, wo das ist. Ich habe viele Tausende von Backsteinen dort gesehen, als ich mit meinem Fahrrad vorbeigefahren bin. Hunderte von Metern sind die mannshoch aufeinander getürmt, wie dicke riesige Mauern. Alle Achtung, da hast du dir etwas vorgenommen, Betty!"

„Aber was machst du denn da drüben in der Neckarstadt?" Betty war erstaunt, denn das war eine Gegend, in die man, wenn man im Jungbusch wohnte, nur selten kam.

„Bei mir gibt es auch Neuigkeiten", verriet nun Helena und spannte ihre Cousine noch ein wenig auf die Folter, indem sie erst einmal schwieg.

„Ach, rede doch schon!" Bettys Neugierde war geweckt.

„Ich habe auch eine Arbeit. Ich musste so wie alle bei der Dienststelle vorsprechen und war schon zur Trümmerbeseitigung eingeteilt. Doch dann haben sie mich gefragt, ob ich etwas gelernt hätte. Als sie hörten, dass ich Schneiderin bin, sagten sie, ich könnte, wenn ich das wollte, in der Lüttich-Kaserne in der

Schneiderei anfangen. Das war mir natürlich wesentlich lieber. Am 1. Oktober soll ich dort anfangen. Ich bin mal gespannt, wie es dort ist, denn ich habe gehört, die Amerikaner sollen ziemlich streng sein."

„Schlimmer als beim Hitler wird's auch nicht werden", meinte Betty lakonisch und beglückwünschte Helena. „Na ja, du hast halt auch eine Lehre machen dürfen. Ich beneide dich schon ein wenig um deine Eltern, dass sie dir das ermöglicht haben. Mich hat meine Mutter gleich zum Schaffen in die Schokinag geschickt."

„Heute bin ich auch froh darüber", antwortete Helena und ergänzte nachdenklich, „aber wenn ich an meine Lehre bei dieser Heckert am Marktplatz denke, kann ich dir nur sagen, ich war selten so unglücklich in meinem Leben. Manchmal wollte ich gar nicht mehr leben. Aber heute bin ich natürlich froh, dass ich meine Gesellenprüfung gemacht habe."

„Und wer weiß, vielleicht läuft dir ja in der Kaserne ein netter Ami über den Weg", Betty rempelte ihre Cousine keck von der Seite an, „ich finde, unter denen gibt es schon ganz hübsche Jungs. Besonders die aus, wie heißt denn diese Insel wieder ... aus Puerto Rico, die sind richtig attraktiv. Gut, vielleicht ein bisschen klein, aber das macht nichts. Ich habe neulich einen gesehen, der sah aus wie Mario Lanza. Der hat dir doch auch immer gut gefallen, Helena. Du magst doch auch eher die Schwarzhaarigen, oder?! – Du weißt doch, es gibt ja sowieso kaum noch deutsche Jungs in unserem Alter."

„Ich weiß nicht, manchmal glaube ich, dass ich mich gar nicht mehr verlieben kann. Der Gino und der Ewald, die waren etwas ganz Besonderes", Helena wurde für einen Augenblick melancholisch, „aber vielleicht findest du ja dein Glück in den Armen eines Amerikaners?"

Betty grinste. „Bei mir ist das was anderes. Mein Herz ist schon vergeben!"

„So?! Davon weiß ich ja gar nichts. Lass mich raten! Du hast dich in einen Jungen von der Mosel verliebt. Stimmt's?"

Betty schüttelte den Kopf: „Ganz kalt! Mein Herz gehört seit Jahren nur einem. Und nur den will ich und keinen anderen!"

Helena dachte nach, dann fragte sie zögerlich: „Du meinst jetzt aber nicht deinen Bruder Kurt?"

„Stiefbruder!", korrigierte Betty, „wir sind nicht blutsverwandt. Doch, genau den meine ich. Ich liebe ihn über alles und er liebt mich auch."

„Und woher weißt du das?" Helena war skeptisch. Sie kannte Kurt auch ganz gut, denn schließlich war der stattliche junge Mann durch Maries Heirat mit Valentin zu ihrem Cousin geworden. „Betty, bitte pass auf dich auf und verrenn dich nicht in etwas!" Helena hatte den Eindruck gewonnen, dass Kurt Betty zwar mochte, aber eher geschwisterliche Gefühle für sie hegte. „Mach dich nicht unglücklich!" Helena sorgte sich um Betty, denn es würde ihr unsagbar leidtun, wenn ihre Gefühle verletzt würden.

„Ach, das kannst du nicht beurteilen, Helena. Ich fühle es, dass er mich auch liebt", beschwichtigte Betty ihre Cousine.

Helena spürte, dass es nichts nutzte, an Bettys Vernunft zu appellieren. Trotzdem hakte sie noch ein letztes Mal nach: „Weißt du denn überhaupt, wo sich Kurt aufhält und was aus ihm geworden ist? Soweit ich weiß, stammt sein letztes Lebenszeichen vom Sommer 1943, als er in Nordafrika in Gefangenschaft geriet. Du selbst hast mir doch damals erzählt, die Engländer hätten ihn in Ägypten interniert. Oder gibt es Neuigkeiten?"

Bettys Gesicht hellte sich auf und sie nickte heftig: „Er hat mir ..." Helena blickte sie kritisch an und runzelte die Stirn, worauf sich Betty sogleich verbesserte; „er hat uns vor ein paar Tagen geschrieben. Die haben ihn bereits letztes Jahr nach England gebracht. Er ist im Lager 131."

Betty zog einen verknitterten Zettel aus der Tasche ihrer Strickweste und las vor: „Uplands Camp, Norfolk". Ich habe gleich im Atlas nachgeschaut. Das ist an der Südostküste Englands, gleich gegenüber von Holland. Stell dir doch vor, so nahe ist er mir schon die ganze Zeit." Betty bekam einen verklärten Blick, während sie sprach, und Helena gab es somit endgültig auf, ihre Cousine zur Vernunft bringen zu wollen.

8

Am nächsten Abend hatte es an der Abschlusstür geklingelt. Amelie hatte geöffnet und die vor ihr stehende junge Frau von oben bis unten betrachtet. Dann hatte sie lachend gemeint: „Und was trägt die Frau in diesem Sommer?" – Worauf Helena und Katharina aus dem Hintergrund gerufen hatten: „Einen Rucksack!" Dann waren sie auch zur Tür gesprungen und eine nach der anderen hatte Annerose in ihre Arme geschlossen und sie erst einmal von dem schweren Gepäckstück befreit.

Annerose sah erschöpft aus, was kein Wunder war, denn sie hatte elf Stunden für die gerade mal 60 Kilometer gebraucht. Der Zug war zum einen total überfüllt gewesen, zum anderen waren sie wegen Gleisarbeiten bei Neckargmünd über sieben Stunden in der prallen Sonne gestanden.

„Ich bin todmüde", hatte sie Amelie geantwortet, als sie ihr eine Suppe aus Steckrüben angeboten hatte. „Ich muss erst mal ein bisschen schlafen, ich kann ja nachher noch etwas essen." Doch daraus war nichts geworden, denn sie war in Amelies Ehebett tief und fest eingeschlafen und erst am nächsten Morgen wieder aufgewacht.

Gegen neun saßen sie alle am kargen Frühstückstisch zusammen. Katharina hatte einen Bohnenkuchen gebacken und Amelie hatte Marmelade zubereitet, die eigentlich gar keine war, denn sie hatte sie aus den Kürbissen und Gelbrüben des Schrebergartens gekocht. Aber immerhin wurden sie einigermaßen satt.

„Was würden wir nur ohne unseren Garten machen? Das, was man für die Lebensmittelmarken bekommt, das kannst du vergessen", erklärte sie Annerose, „davon kann man nicht leben und nicht sterben."

„Das Problem ist, meistens kriegst du ja nicht einmal das, was dir per Lebensmittelkarte zusteht, weil es einfach nichts gibt. Wir haben uns gestern in der ganzen Stadt die Füße wund gelaufen, aber weder Zucker noch Milch noch Brot bekommen. Die Regale waren alle schon leer", klagte Katharina.

„Na ja, wir sind auch zu spät losgegangen. Heute werden wir uns gleich nach dem Frühstück darum kümmern", musste Amelie eingestehen.

„Du, jetzt erzähl doch mal, wie es allen in Mosbach geht", forderte Helena ihre Cousine auf.

Worauf Annerose begann, von der Familie zu berichten. Was sie ihnen mitteilte, war jedoch nicht sehr erhebend. Tante Adele ging es nicht gut, sie hatte Anfang des Jahres einen leichten Schlaganfall erlitten. Aus diesem Grunde hatte Rosemarie auch beschlossen, erst später nach Mannheim zurückzukehren. Tante Adele kannte niemanden in Mosbach, der sie pflegen konnte, und Rosemarie brachte es nicht fertig, sie jetzt einfach im Stich zu lassen. Sie hätte es nach allem, was Tante Adele für sie getan hatte, auch als sehr undankbar empfunden.

„Tante Rosemarie selbst ist auch sehr unglücklich", fuhr Annerose fort und erzählte, dass Onkel Albert in französische Kriegsgefangenschaft geraten war. Tante Rosemarie war nur mitgeteilt worden, dass die Franzosen ihren Mann in ein Lager in einer ihrer nordafrikanischen Kolonien deportiert hatten. Über die war wenig Gutes bekannt.

Ebenso bekümmerte Rosemarie der Zustand ihrer Eltern. Die alten Legrands bauten körperlich und geistig zusehends ab. Der Krieg hatte ihnen doch gewaltig zugesetzt, zumal es schon der zweite war, den sie in ihrem Leben erleiden mussten. Bernhard Legrand war über die Jahre hinweg in eine Lethargie gefallen. Er sprach wenig, aß kaum etwas und war sehr in sich gekehrt. Er hatte den Tod seiner Lieblingstochter Marlene nie verkraftet und auch seine beiden in Russland verschollenen Söhne fehlten ihm, insbesondere Gustav, der ihm am nächsten gestanden hatte. Seine

Frau Luise war indessen derart verkalkt, dass sie niemanden mehr in der Familie erkannte und ständige Betreuung brauchte. Sie lag nur noch hilflos im Bett und musste gefüttert und gewickelt werden wie ein kleines Kind.

Der einzige Lichtblick in Rosemaries Leben war die kleine Iris. Ihr tat das Landleben richtig gut. Sie hatte sich erfreulich entwickelt, hatte glänzende Schulnoten und war auch sonst ein artiges Mädchen. Das Einzige, was Rosemarie ein wenig zu denken gab, war die tiefe Frömmigkeit, die ihre Tochter, seit sie im Odenwald waren, entwickelt hatte. Insbesondere störte es sie, wenn die Achtjährige sie mit missionarischem Eifer anzuhalten versuchte, mit ihr so oft wie möglich in die katholische Messe zu gehen. Trotzdem versuchte Rosemarie zumindest einmal in der Woche mit ihrer Tochter zur Kirche zu gehen. Sie schaffte es auch tatsächlich, sich sonntags für eine Stunde von zu Hause loszueisen und mit Iris die Neun-Uhr-Messe zu besuchen.

Rosemarie war erstaunt, als sie die Kirche betrat, denn sie war bis zum letzten Platz gefüllt. Während des Gottesdienstes betrachtete sie die Menschen um sich herum und dabei wurde ihr einiges bewusst. Alle beteten voller Inbrunst: für die Rückkehr ihrer Brüder, Väter und Männer oder auch nur dafür, dass sie wieder ein festes Dach über dem Kopf bekämen oder am nächsten Tag etwas zu essen fänden. Die Not der Menschen trieb sie offensichtlich verstärkt in die Kirchen, wo sie sich Halt im Glauben versprachen. Und so faltete auch Rosemarie nach vielen Jahren wieder die Hände und spürte, dass sie sich danach besser fühlte. Manchmal half vielleicht tatsächlich nur noch beten.

„Ich denke, Tante Rosemarie wird noch eine ganze Weile in Mosbach bleiben, denn dort wird sie gebraucht. Und man kann ihr ja auch wirklich nicht raten, mit den Großeltern nach Mannheim zu kommen. Auf dem Lindenhof und in der Hafenstraße sind wir ausgebombt, und hier bei euch sind wir jetzt auch schon zu viert und Tante Marie und Tante Pauline wohnen ja alle genauso beengt. Niemand in der Familie kann vier Personen aufnehmen. Die Lebensumstände in Mannheim sind doch wesentlich schwieriger als in Mosbach."

Als sie gerade den Frühstückstisch abräumten, klingelte es plötzlich draußen. Vor ihnen stand Edelgard Schneyder aus der Wohnung über ihnen. Helena, die ihr geöffnet hatte, war sehr erstaunt, sie zu sehen, denn sie hatten eigentlich nie Kontakt miteinander gehabt und waren sich eher aus dem Weg gegangen, besonders nach der Geschichte mit deren Bruder Dietrich.

„Guten Morgen!" Es war das erste Mal, dass Edelgard sie so begrüßte. Jahrelang hatte man von ihr nur „Heil Hitler" vernommen.

Auch Helena wünschte ihr einen guten Morgen und blickte sie fragend an, denn sie konnte sich nicht erklären, was Edelgard von ihr wollte.

„Du bist doch Schneiderin", begann Edelgard ihre Rede. Noch immer schwang in ihrem Ton eine gewisse Arroganz mit.

Helena nickte.

„Dann kannst du doch bestimmt auch Röcke nähen, oder?"

Helena nickt erneut.

„Dann möchte ich, dass du für mich einen Rock schneiderst. Den Stoff habe ich dabei." Edelgards Art missfiel Helena, sie hatte wohl noch immer nicht begriffen, dass sich die Zeiten geändert hatten und ihre Herrenmenschen-Allüren fehl am Platz waren. Sie gab Edelgard darum zunächst auch keine Antwort.

Die wiederum ignorierte Helenas Zögern und fuhr fort: „Also ich brauche den Rock bis Ende nächster Woche und ich habe mir gedacht, für deine Arbeit gebe ich dir ein schönes antikes Nähkästchen, das kannst du als Schneiderin mit Sicherheit gut gebrauchen." Sie öffnete ihre Tasche und zog es heraus. „Ich habe es mal mitgebracht, damit du weißt, was für ein prächtiges Stück das ist. Ich trenne mich ungern davon, denn es ist ein altes Erbstück unserer Familie."

Als Helena es sah, musste sie es sich nicht zweimal überlegen, ob sie die Näharbeit annehmen würde. Das Nähkästchen war wunderschön. Es schien tatsächlich sehr alt zu sein, war aber in sehr gutem Zustand.

„Das ist über hundert Jahre alt und aus echtem Ebenholz, Ahorn- und Kirschbaumholz. Und hier siehst du die feine Intarsien-Arbeit." Edelgard deutete mit dem Finger darauf.

Helena willigte ein und bat Edelgard herein, um an ihr Maß zu nehmen. Sie konnte Edelgard zwar nicht ausstehen, aber das spielte jetzt keine Rolle. Das Nähkästchen war traumhaft. Aber selbst wenn sie es nicht würde behalten können, so war es doch auf jeden Fall ein wertvolles Tauschobjekt und war darum besser als bares Geld. Wer weiß, wie sich die Zeiten noch entwickeln würden. Vielleicht würden sie eines Tages froh sein es zu haben. Dafür würde sie jetzt auch über ihren Schatten springen.

Als Edelgard gegangen war, baute Helena ihre Nähmaschine auf und holte den Stoff heraus, um ihn zuzuschneiden. Er war knallrot. Mut hat sie ja, ich würde in so einer knalligen Farbe nicht rumlaufen, dachte Helena bei sich. Doch was war das für ein seltsamer Zuschnitt? Der Stoff bestand nicht aus geraden Bahnen, sondern ausschließlich aus Bögen und Kurven. Sie betrachtete ihn genauer. Was war das überhaupt für ein Material?

Helena breitete den Stoff auf dem Tisch aus. In diesem Augenblick kam Katharina herein. Ihr Blick fiel auf den Tisch. „Was ist denn das?" Plötzlich lachte sie laut und stellte fest: „Das sieht ja aus wie eine kastrierte Hitlerfahne. Schnipp-schnapp – und das Hakenkreuz war ab." – Und da fiel es Helena wie Schuppen von den Augen: Vor ihr lag nichts anderes als die Schneyder'sche Hitlerfahne, von der ihr Vater stets gesagt hatte: ‚Irgendwann schneide ich den Fetzen ab', wenn die unteren Enden mal wieder vor seinem Schlafzimmerfenster hin und her geweht hatten.

Helena nähte in den folgenden Tagen den roten Rock aus der Hitlerfahne und nahm dafür das Nähkästchen in Empfang.

Am Abend begutachtete sie es mit den anderen.

„Das ist wirklich etwas ganz Besonderes", meinte Annerose.

„Und was das für viele Schräubchen und Scharniere hat", meinte Helena, während sie es von allen Seiten anschaute. Plötzlich sprang am Boden eine kleine Schublade auf und im selben Moment fiel etwas aus dem Kästchen heraus.

„Was ist denn das?" Amelie nahm es in die Hand und betrachtete es.

„Das sieht wie eine kleine Karte in einem Kuvert aus", stellte Katharina fest, „scheint schon ein wenig vergilbt zu sein."

„Mach doch mal auf, Mama!'", forderte Helena ihre Mutter auf.

Amelie öffnete den Umschlag vorsichtig. „Da ist ein kleiner Zettel drin und da scheint auch etwas draufzustehen." Amelie las: „Liebe Rebecca, zu Deinem 18. Geburtstag schenken wir Dir das Nähkästchen Deiner Großmutter Hodel. Halte es in Ehren und gib es irgendwann an Deine Kinder weiter. In Liebe, Deine Eltern Rachel und Aron, 28. Mai 1931".

Amelie legte das Blatt schweigend auf den Tisch.

Helena blickte die andern an, die ebenso erstaunt waren wie sie selbst. Für einen Augenblick waren alle sprachlos. Die Erste, die ihre Fassung zurückgewann, war Katharina. „Ihr wisst, was das ist und woher das stammt?"

Amelie nickte. „Ich habe immer vermutet, dass die Schneyders sich im Zuge der Arisierung am Eigentum von Juden bereichert haben. Genau so habe ich die eingeschätzt."

„Das will ich nicht behalten, da klebt Blut dran. Ich werde es der Schneyder zurückgeben", sagte Helena angewidert und stieß das Nähkästchen von sich weg.

„Jetzt mach mal langsam, Helena", Katharina schaute sie eindringlich an, „du solltest keine übereilten Entscheidungen treffen. Es gibt überhaupt keinen Grund, der Schneyder das Nähkästchen zurückzugeben."

„Finde ich auch. Du hast die ganze Woche an dem Rock genäht und dir das Kästchen verdient", bekräftigte Annerose.

„Aber mir gehört es doch auch nicht, sondern dieser Rebecca und ihrer Familie. Dann muss ich zumindest versuchen, es ihnen zurückzugeben!"

„Und der Schneyder gehört es zweimal nicht, dieser blöden Nazi-Tante!" Annerose kannte Edelgard zwar nur flüchtig, hatte sie jedoch auch nie leiden können.

„Hat die mich doch frech und dreist angelogen. Das Kästchen sei ein Erbstück und dass sie sich nur schwer davon trennen könnte. Ich kann das gar nicht fassen!" Helena schüttelte den Kopf.

„Schau mal, mein Kind", Amelie ergriff nun das Wort und sprach ganz ruhig, „die Menschen, denen das gehört hat, leben wahrscheinlich nicht mehr. Du kannst es ihnen also gar nicht zurückgeben. Und du hast es ihnen ja auch nicht weggenommen. Du hast gearbeitet und bist damit bezahlt worden, ohne zu wissen, was es ist und woher es stammt. Lass es einfach auf sich beruhen!"

„Was meinst du, wie viel jüdisches Eigentum in Deutschland kursiert? Ich möchte nicht nachprüfen, wo das Zeug herkommt, das getauscht, an die Amis verkauft oder auf dem Schwarzmarkt verscherbelt wird. Und außerdem ist das mit deinem Nähkästchen eine Kleinigkeit im Verhältnis zu dem, was sich vor allem einige Geschäftsleute im Zuge der Arisierung unter den Nagel gerissen haben. Ganze Unternehmen und Häuser wurden damals einfach übernommen und die ehemals jüdischen Besitzer haben fast nichts dafür gekriegt. Ich bin wirklich mal gespannt, was damit passiert! – Du solltest dir also keine Sorgen wegen deines Nähkästchens machen."

Die Argumente der anderen, insbesondere die Worte Katharinas und ihrer Mutter hatten Helena ein wenig beruhigt und so hatte sie das Nähkästchen behalten und den kleinen Brief wieder in die geheime Schublade gelegt, wo er sich seit über einem Jahrzehnt befunden hatte. Dort sollte er zum Gedenken an die ursprünglichen Besitzer bleiben.

Helena war in der Folgezeit Edelgard Schneyder geflissentlich aus dem Weg gegangen, was dadurch erleichtert wurde, dass Edelgards Großvater kurz darauf starb und die Schneyders nach Neckarau in das Haus, das er ihnen vermacht hatte, zogen.

Trotzdem war Edelgard Schneyder Helena noch einmal ein Jahr später vor dem ehemaligen „Deutschen Familienkaufhaus", dem „Defaka" in P 5, 16 begegnet, als sie gerade gut gelaunt am Arm eines amerikanischen Offiziers den „Officers Club" im ehemaligen Plankencafé Kossenhaschen betrat. Helena hatte sie schon von weitem an ihrem knallroten Rock erkannt.

Wie makaber ihr doch diese Situation erschien. Helena wusste nicht, was schlimmer war: die kastrierte Hitlerfahne im Offiziersclub oder die Nazibraut in den Armen des Amerikaners. Was war das nur für eine Welt? Aber es schien Menschen zu geben, die anscheinend immer wieder auf die Füße fielen.

9

Heute würde Helena in der Kaserne anfangen. Sie war unglaublich gespannt, obwohl sie gleichzeitig Angst vor dem hatte, was auf sie zukam. Wie würden die Amerikaner sie behandeln? Diejenigen, mit denen sie bisher zu tun gehabt hatte, waren alle sehr kühl und unnahbar gewesen, fast schon arrogant. Aber damit würde sie schon klar kommen. Im Gegensatz zu Betty war ihr alles lieber als Steine zu klopfen.

Helena war allein in der Wohnung, denn die anderen hatten das Haus schon früh verlassen. Annerose brach wie immer kurz vor sechs als Erste auf, denn sie hatte den weitesten Weg. Sie musste nach Heidelberg fahren. Das bedeutete, dass sie sich jeden Morgen in dem brechend vollen Bus einen Platz ergattern musste. Schon ein paarmal war es ihr passiert, dass sie während der gesamten Fahrt auf dem Trittbrett gestanden hatte. Aber sie beklagte sich nicht, denn sie war überglücklich darüber, dass sie die Stelle in der Druckerei der „Rhein-Neckar-Zeitung" bekommen hatte. Die hatte nämlich bereits am 5. September ihre erste Ausgabe herausgebracht. Sie war die dritte Zeitung in Deutschland, die mit Genehmigung der Alliierten erscheinen durfte.

Für Annerose war die Fahrt aber auch in ganz anderer Hinsicht etwas Besonderes. Sich in Heidelberg aufhalten zu dürfen, war Balsam für die angeschlagene Seele. Heidelberg hatte den Krieg fast gänzlich unversehrt überstanden. Man munkelte, die Stadt sei nur deshalb von den Alliierten verschont worden, weil die Amerikaner bereits vor Kriegsende geplant hätten, in der historischen Universitätsstadt später ihr Hauptquartier aufzuschlagen. Aber die Gründe, warum Heidelberg vom Bombenhagel verschont geblieben war, interessierten Annerose im Grunde nicht sehr. Für sie strahlte diese Stadt etwas Friedliches, Zukunftsweisendes aus, nämlich die Hoffnung, dass in ihr Leben bald wieder so etwas wie Normalität eintreten und die Schrecken dieses unbarmherzigen Krieges bald der Vergangenheit angehören würden.

Im Gegensatz zu ihrer Tochter und zu ihren Nichten war Amelie nicht dazu verpflichtet gewesen, sich eine Arbeit zu suchen, da sie bereits das 45. Lebensjahr überschritten hatte. Aber sie wollte nicht wie ihre Schwägerin Marie zu Hause bleiben, dafür fühlte sie sich noch zu jung. Sie hatte ihr Leben lang gearbeitet und so wollte sie es auch in Zukunft halten. Sie machte sich auf die Suche. Bald wurde sie fündig, denn im „Mitteilungsblatt für Mannheim" stieß sie auf die Anzeige, dass die „Felina" zum 15. September fünfundsiebzig Näherinnen einstelle. Sie hatte keine Sekunde gezögert und sich sogleich beworben. Und sie hatte die Stelle in der Miederwarenfabrik bekommen.

Obwohl fast die Hälfte des riesigen Gebäudekomplexes, der sich von der Lange Rötterstraße hin über drei weitere angrenzende Straßen erstreckte, durch eine Luftmine zerstört worden war, hatte man zumindest einen Flügel auf die Schnelle so weit sanieren können, dass eine Miniaturfabrikation wieder anlaufen konnte. Dies war hauptsächlich deshalb möglich, weil man in den letzten Kriegsjahren einen Großteil der Maschinen ausgelagert und somit rechtzeitig in Sicherheit gebracht hatte. Da Amelie früher schon einmal in der „Felina" beschäftigt gewesen war, hatte man noch ihre Unterlagen und wusste, dass man mit ihr eine erfahrene und zuverlässige Arbeitskraft wiedergewinnen würde.

Katharina indes hatte vergeblich versucht, bei den Amerikanern unterzukommen. Sie hatte sich im „Officers Club" in den Planken als Garderobiere beworben, jedoch eine Absage erhalten. Die Jobs bei den Amerikanern waren sehr begrenzt, jedoch heiß begehrt, denn sie waren wie eine Garantie dafür, nicht hungern zu müssen. Viele junge hübsche Fräuleins, zum Teil mit recht guten Englischkenntnissen bemühten sich darum, eine Konkurrenz, mit der die Zweiundvierzigjährige nicht mithalten konnte.

Aber Katharina ließ sich nicht so leicht unterkriegen. Wo ein Türchen zugeht, geht ein anderes auf. Von ehemaligen Kollegen des Nationaltheaters hatte sie erfahren, dass der Spielbetrieb im November wieder aufgenommen würde. Die amerikanische Militärregierung hatte es zusammen mit der Stadtverwaltung ermöglicht, dem Nationaltheater die Räumlichkeiten in dem schnell wiederhergestellten ehemaligen Lichtspieltheater ‚Schauburg' in der Breiten Straße zur Verfügung zu stellen. Es war alles provisorisch und unbeschreiblich beengt und nur als Behelfsbühne gedacht.

Man erzählte ihr weiter, dass die Proben zu Hugo von Hoffmannsthals „Jedermann" schon in vollem Gange seien, denn die Schauspielpremiere wäre für den 11. November geplant. Ebenso probe man für Beethovens „Fidelio". Die Opernpremiere werde eine Woche danach stattfinden. Katharina hatte sich daraufhin gleich mit dem Intendanten Carl Onno Eisenbart in Verbindung gesetzt und sich um die Stelle als Garderobiere bemüht. Und der hatte sich nicht abgeneigt gezeigt, zumal sie viele Fürsprecher im Ensemble hatte. Sie konnte somit davon ausgehen, dass sie im kommenden Monat wieder im Nationaltheater anfangen würde.

Amelie hatte sich besonders über diese Nachricht gefreut, weil sie dadurch wieder Gelegenheit haben würde, künftig von Katharinas Freikarten zu profitieren. Diese hatte ihr auch sogleich versprochen, alles daranzusetzen, für eine der beiden Premieren Karten zu bekommen. Selbst der Krieg hatte den beiden Frauen ihre Leidenschaft fürs Theater nicht nehmen können.

Katharina war somit die Einzige von den vieren, die zunächst noch keiner geregelten Arbeit nachging. Deshalb hatte sie sich auch gleich bereit erklärt, den Haushalt zu machen. Dies schloss auch die Versorgung des Gartens mit ein, vor allem aber das Anstehen für Lebensmittel, was sehr zeitaufwändig war. Darum war auch Katharina an diesem Morgen schon kurz nach halb sieben zusammen mit Amelie aus dem Haus gegangen und hinunter auf die Friesenheimer Insel geradelt.

Helena schaute auf die Uhr. Es war kurz nach sieben, noch knapp zwei Stunden! Sie betrachtete die Bluse und den Rock, den sie anziehen würde. Sie hatte die Bluse aus einem Leintuch genäht und sie mit einem Spitzenkragen versehen. Dafür hatte Mamas schönes Deckchen, das die Frauen aus der Spiegelfabrik einstmals kunstvoll geklöppelt hatten, herhalten müssen. Und den Rock hatte sie aus einer Tischdecke geschneidert, die Tante Marlene ihrer Mutter mal aus Rotterdam mitgebracht hatte. Sie war aus fliederfarbenem Damast und in den Stoff war ein Blumenmuster geprägt. Wer nicht wusste, dass es sich ursprünglich um eine Tischdecke gehandelt hatte, wäre nie auf diese Idee gekommen. Der Rock war richtig chic. Sie wollte an ihrem ersten Tag bei den Amerikanern adrett aussehen und einen guten Eindruck machen. Da sie dort als Schneiderin arbeiten würde, wollte sie mit diesen selbstgenähten Kleidern beweisen, welch handwerkliches Geschick sie besaß und was sie alles konnte. Vielleicht ließ man sie ja Kleider für die Offiziersgattinnen nähen.

Gerade als sie den Rock an sich hielt und sich im Spiegel betrachtete, ertönte plötzlich ein wildes Geschrei im Hinterhof. Helena wurde schnell gewahr, dass es ihr und ihrer Mutter galt, denn irgendjemand rief aus Leibeskräften ihre Namen: „Fra Legrand, Fra Legrand, Helena, Helena! ..." Sie erschrak, stürzte schnell in die Küche und riss das Fenster sperrangelweit auf.

„Ja, um Himmels Willen, was ist denn los?" Sie blickte in alle Richtungen um herauszufinden, woher das Rufen kam.

Die Stimme kam von oben, vom vierten Stock, es war die von Frau Schulz, der Mutter der kleinen Hannelore. Sie klang ganz aufgeregt. „Helena, Helena, is dei Mudda net do?"

„Nein, meine Mutter ist arbeiten. Ich bin alleine. Aber was ist denn passiert?", mehr brachte sie nicht heraus. Denn Frau Schulz schrie nun etwas, das Helena den Atem stocken ließ und ihr fast das Herz zerriss. Gleichzeitig verschlug es ihr die Stimme. Es war etwas so Unglaubliches, so Unfassbares ... Helena spürte nur, wie sie plötzlich zu laufen anfing. Ihre Beine bewegten sich wie von selbst. Sie rannte die Treppe hinunter. Wie endlos lang die nur war! Das Treppenhaus schien überhaupt nicht enden zu wollen. Endlich! Sie stürzte zur Haustür hinaus und lief die Beilstraße entlang, so schnell sie konnte. Sie lief und lief. Es war wie in einem Traum, in dem man rannte und rannte und das Gefühl hatte, nicht vorwärts zu kommen. Aber sie rannte weiter und weiter, immer geradeaus, geradewegs auf die Gestalt zu, die nun immer größer wurde und immer klarere Konturen annahm und die nun weit die Arme ausbreitete, in die Helena förmlich hineinflog, wie ein Jungvogel unter die Fittiche der Alten.

Helena wurde von Tränen geschüttelt. Und während sie in den Armen des Mannes lag, der ebenfalls leise weinte, stammelte sie: „Papa, Papa, ich bin so glücklich, so unendlich glücklich, dass du wieder bei uns bist."

Wie lange sie da standen? Eine Sekunde, eine Ewigkeit? Raum und Zeit verschmolzen miteinander.

Irgendwann gingen sie Arm in Arm die Straße entlang. Überall winkten Nachbarn aus den Fenstern, kamen von der anderen Straßenseite herüber und begrüßten den Heimkehrer. Das ganze Haus war in Aufruhr und fast alle waren aus ihren Wohnungen herausgekommen: Frau Fischer, die Abeles, Frau Schulz und Frau Köhler, sogar die flotte Lotte stieg mit ihren klappernden Absätzen die Treppe hinunter und begrüßte ihn.

So gut die Anteilnahme der anderen tat, so sehr freute sich Helena, als sie endlich mit ihrem Vater in der Wohnung allein war. Erneut umarmten sie sich. Dieses Mal ganz still und ohne ein Wort, so als wollten sie nur die Nähe spüren. Helena unterbrach die Stille als Erste: „Es ist so schön, dass du endlich daheim bist, Mama und ich haben so auf dich gewartet. Aber jetzt setz dich erst einmal hin, du bist doch sicher müde und hungrig."

Helena führte ihn ins Wohnzimmer. Er nahm seinen Rucksack ab und zog die schäbige zerschlissene Jacke aus, dann ließ er sich auf die Chaiselongue sinken.

„Du siehst müde aus, Papa", meinte Helena und untertrieb damit gewaltig. Sie hatte schon gespürt, als sie mit ihm die Straße entlanggegangen war, wie wackelig er auf den Beinen war. Als sie ihn nun vor sich sitzen sah, bleich und grau im Gesicht mit hohlen Wangen und tiefliegenden Augen und total abgemagert, erschrak sie. Er war ein Schatten seiner selbst.

Carlo Legrand war ein halbes Jahr in amerikanischer Kriegsgefangenschaft gewesen. Zunächst hatte man ihn mit hunderttausend anderen Kriegsgefangenen im bayrischen Bad Aibling interniert. Die Zustände dort waren nicht zuletzt wegen der Größe des Lagers katastrophal gewesen. Die Männer mussten in den ersten Wochen im Freien lagern und saßen zusammengedrängt auf dem blanken Erdboden. Nachdem es tagelang geregnet hatte, waren sie fast im Schlamm und Morast versunken. Viele waren krank geworden und diejenigen, die schon geschwächt im Lager angekommen waren, hatten es nicht überlebt.

Carlo machte besonders die schlechte Ernährung zu schaffen. Sein Magen war stets sein Schwachpunkt gewesen. Er hatte sich von dem Magendurchbruch, den er viele Jahre zuvor erlitten hatte, nie mehr richtig erholt. Von Anfang an war er im Kriegsgefangenenlager von heftigen Magenschmerzen gequält worden, die schließlich so unerträglich wurden, dass er fast gar nichts mehr zu sich nehmen konnte. Entsprechend hatte er auch an Gewicht verloren und war immer schwächer und kraftloser geworden. Irgendwann spürte er, dass er am Ende war. Die ganze Zeit hatte ihn noch der Wunsch, Frau und Tochter wiederzusehen, aufrechterhalten, aber nun spürte er, dass sein Körper diesen tagtäglichen Torturen nichts mehr entgegensetzen konnte. Er würde in diesem Kriegsgefangenenlager elendig verrecken. Doch da hatten sie ihm am Tage darauf die Entlassungspapiere in die Hand gedrückt. Und so hatte er sich mit letzter Kraft nach Hause geschleppt. Heim nach Mannheim!

„Ich möchte nichts essen, aber vielleicht kannst du mir einen Tee machen, sofern ihr so etwas im Hause habt", meinte er leise, „und dann möchte ich mich einfach nur hinlegen. Ich bin so unendlich müde."

Während Helena ihm einen Kamillentee aufbrühte, erzählte sie ihm von Annerose und Katharina und dass sie jetzt gleich gehen müsse, weil heute ihr erster Arbeitstag in der Schneiderei der Lüttich-Kaserne sei.

„Mach dir um mich keine Sorgen, Helena. Das wird schon wieder", meinte er kurze Zeit später, während er sein Deckbett bis an die Nasenspitze hochzog, „es ist so unbeschreiblich, wieder in einem weichen, warmen Bett zu liegen. Ich bin so unendlich müde."

Dann schlief er mit einem friedlichen Lächeln und einer Träne im Augenwinkel ein.

Bevor sie die Wohnung verließ, schrieb Helena einen Zettel für Katharina und ihre Mutter, damit sie gleich Bescheid wüssten, wenn sie nach Hause kämen. Dann setzte sie sich aufs Fahrrad und fuhr in Richtung Lüttich-Kaserne.

Obwohl sie der Anblick ihres Vaters erschreckt hatte, denn es war unübersehbar, dass er sehr krank war, empfand sie trotzdem ein unbeschreibliches Glücksgefühl darüber, dass sie nun wieder alle zusammen sein würden. Wie viele Familien waren durch diesen Krieg zerstört worden! Wie viele Mütter hatten ihre Söhne verloren! Wie viele Frauen waren zu Witwen geworden! Und wie viele Kinder blieben als Halbwaisen zurück und würden ihren Vater niemals kennenlernen! Was für ein Glück, welch unsagbares Glück sie doch hatten!

Als Helena in der Kaserne ankam, musste sie sich zunächst in einem großen Büro melden. Sie war erstaunt, denn sie war bei Weitem nicht die Einzige, die sich an diesem Morgen dort vorstellte. Zahlreiche andere Mädchen und auch junge Männer standen vor den einzelnen Tischen Schlange und ließen ihre Personalien aufnehmen.

Die Amerikaner, es waren auch einige Frauen darunter, trugen alle Uniform und waren sehr unnahbar. Sie verzogen keine Miene und statt zu grüßen, riefen sie nur „Next". So wurde einer nach dem anderen an den Tisch gerufen. Dann ging es weiter: name, birthday, street und vieles mehr mussten sie angeben. Helena sprach kein Englisch. Sie kannte nur ein paar wenige Ausdrücke und so hatte sie eine Heidenangst, dass sie die Amerikaner nicht verstehen würde. Doch es klappte letztendlich besser, als sie geglaubt hatte. Trotzdem war sie froh, als die Fragen aufhörten. Am Schluss bekam sie eine Nummer und man sagte ihr, wo sie hingehen solle.

Als sie das Anmeldebüro verließ, atmete sie erst einmal tief durch. Sie hatte sich das ganz anders vorgestellt, gehofft, dass man wesentlich freundlicher und persönlicher mit ihr umgehen würde. Aber nichts von alledem. Die Amerikaner waren kühl, reserviert und ziemlich autoritär.

„Na ja, vielleicht wird es in der Schneiderei besser werden", sprach sie sich Mut zu. Aber sie wurde erneut enttäuscht. Sie hatte es schon von Weitem gehört, dieses typische Nähmaschinenrattern. Es drang aus sämtlichen Räumen. Die Schneiderei schien riesig zu sein. Es war ein unglaublicher Lärm, der sich hier in den langen Fluren sammelte. Das mussten unzählige Maschinen sein. Und tatsächlich, als sie die große Flügeltür zu dem Raum öffnete, den man ihr angewiesen hatte, traf sie fast der Schlag. Es war kein Raum, es glich eher einer Fabrikhalle. Dutzende von Nähmaschinen, hinter- und nebeneinander aufgestellt, nur mit schmalen Gängen voneinander getrennt, ratterten um die Wette. Dazwischen gingen uniformierte Amerikaner mit Stöcken in der Hand auf und ab. Einer von ihnen hatte sogar eine Pistole am Gürtel. An den Nähmaschinen saßen junge Frauen und auch ein paar Männer, von denen einige auf der Rückseite ihrer Jacke das Zeichen „POW" trugen „PRISONER OF WAR". Deutsche Kriegsgefangene.

Warum man die wohl noch nicht entlassen hatte so wie die meisten anderen? Und warum mussten sie hier arbeiten. Helena verstand das nicht.

Sie kam jedoch nicht dazu, weiter darüber nachzudenken, denn da steuerte bereits einer der amerikanischen Soldaten auf sie zu. Auch er machte keine Anstalten zu grüßen, stattdessen meinte er: „My name is Sergeant Jones. You call me ‚Sir'. Go over there!" Er deutete hinüber zu einem leeren Arbeitsplatz und verzog keine Miene. Nun erklärte er ihr in gebrochenem Deutsch und auf Englisch, dass sie von Montag bis Freitag jeweils von 8 bis 17 Uhr arbeite und samstags bis 14 Uhr. Um ein Uhr bekäme sie in der Kantine etwas zu essen und hätte Zeit, die Toilette aufzusuchen. Wenn sie unter der Zeit austreten müsse, habe sie sich bei ihrem Vorarbeiter zu melden, ihr würde dann ein Schein ausgestellt werden.

Helena nickte. Sie hatte zwar nicht alles verstanden, aber vieles konnte sie sich zusammenreimen. Helena setzte sich an die Maschine. Kurz darauf steuerte ein Mann mit einem riesigen Haufen teilweise zusammengereihter Drillichanzüge zu ihr.

Er warf sie wortlos in den großen Korb neben ihrem Stuhl und ging wieder.

Sergeant Jones erklärte, dass dies ihre Arbeit für heute sei. Er drückte ihr ein bereits fertig genähtes Teil als eine Art Muster in die Hand. Es bestand aus einer Hose und Jacke aus blauem Drillich.

Helena betrachtete es genau. Den Verlauf der Nähte, die Art, wie der Reißverschluss eingesetzt war und die Größe der Knopflöcher. Sie wollte eine gute Arbeit abliefern. Doch das würde nicht leicht werden, denn der Stoff war hart und dick. Er würde sich nur schwer unter dem Füßchen entlangführen lassen. Sie würde höllisch aufpassen müssen, dass ihr die Nadel nicht abbrach. Ihr Blick fiel auf die Nähmaschine. Es war eine „Singer", ein Fabrikat, das sie zu bedienen wusste, denn sie hatte ein ähnliches Modell zu Hause.

Sergeant Jones missfiel anscheinend die Art und Weise, in der Helena an die Arbeit ging. Das dauerte ihm alles zu lange und so stand er schon wenige Minuten später erneut mit seinem Stöckchen in der Hand vor ihr, mit dessen Spitze er nervös in seine linke Handfläche schlug, was nicht wehtat, da er weiße Handschuhe trug. Plötzlich knallte er es auf den Tisch ihrer Nähmaschine. Helena konnte ihre Hand gerade noch schnell zurückziehen, sonst hätte er sie getroffen.

Sie zuckte erschrocken zusammen.

„Nix schlafen, nähen! Und morgen du kommen mit normale Kleider. Du hier arbeiten, nix fashion show! Verstanden!" Er blickte sie scharf an und blieb wie angewurzelt vor ihr stehen.

Obwohl Helena nicht alles verstanden hatte, spürte sie an der Art, wie er sie von oben bis unten gemustert hatte, was er ihr mitteilen wollte. Sie wurde verlegen, spürte, wie ihr die Röte ins Gesicht stieg. Helena hatte das Gefühl, dass alle um sie herum sie mittlerweile anstarrten und wünschte sich, er würde sie jetzt endlich in Ruhe lassen. Doch der dachte überhaupt nicht daran, sich zu entfernen.

Was wollte er noch, warum ging er nicht einfach weiter?

Plötzlich beugte der Amerikaner sich vor und lächelte sie an. Helena blickte verunsichert um sich. Was sollte das nun wieder bedeuten?

Dann, von einem Augenblick zum anderen, wandelte sich sein Gesichtsausdruck, seine Augen wurden zu Schlitzen und er brüllte sie an: „‚Yes, Sir!' heißt das!"

„Yes, Sir!", wiederholte Helena eingeschüchtert.

Sie hatte ihre erste Lektion gelernt.

10

Katharina hatte nur noch zwei Freikarten für Beethovens „Fidelio" bekommen und ihren Dienst darum an diesem Abend mit einer Kollegin getauscht. Der „Jedermann" war schon Wochen vorher bis auf den letzten Sitzplatz ausverkauft gewesen. Obwohl beide eigentlich mehr am Schauspiel interessiert waren, hatten Amelie und Katharina trotzdem die Oper in der „Schauburg" genossen, auch wenn die beengte Bühne des einstigen Lichtspielhauses in gar keiner Weise den Vergleich mit dem wunderbaren Interieur des ehemaligen, traditionsreichen Nationaltheaters in B3 standhalten konnte. Aber die Schillerbühne lag nach fast zweihundert Jahren in Schutt und Asche und würde nie mehr wiederkehren.

Das waren jedoch alles nur Äußerlichkeiten. Die Leistungen des wunderbaren Opernensembles, der Solisten und des Chors sowie des Orchesters waren unvermindert brillant, vielleicht sogar noch beeindruckender als früher, denn man spürte, wie ausgehungert die Menschen auf der Bühne waren, wie sie es genossen, wieder ihre Kunst präsentieren zu dürfen. Obwohl der Spielbetrieb in Kriegszeiten relativ lange aufrechterhalten worden war, hatte man doch bei jeder Aufführung damit rechnen müssen, dass man unter- oder sogar abbrechen musste, weil ein Fliegeralarm jäh den Kunstgenuss unterbrach und alle wieder zurück in die unbarmherzige Realität riss. Doch nun war Friede, zumindest äußerlich, auch wenn er in die Herzen vieler Menschen noch nicht vorgedrungen war.

Amelie liebte Beethoven, auch wenn sie ansonsten nicht viel von klassischer Musik verstand. Seine Kompositionen hatten so etwas Kraftvolles, so etwas unglaublich Mitreißendes. Und so hatte sie gebannt die Handlung verfolgt. Als sie das Theater verließ, fand sie erst langsam wieder in die Wirklichkeit zurück.

„Ist das nicht unfassbar!" Sie blieb einen Augenblick vor der ‚Schauburg' stehen und blickte sich um. „Überall nichts als Schutt und Zerstörung und inmitten all dieser Trümmer das Theater wie eine kleine friedliche Insel." Amelie hatte feuchte Augen.

„Alles wird gut", Katharina legte ihren Arm um die Freundin. Dann wechselte sie das Thema, während sie die Breite Straße entlang in Richtung Neckartor gingen.

„Hast du gesehen, wie die auf den Chor der Gefangenen reagiert haben?" Katharina schmunzelte.

Amelie lachte tiefgründig: „Allerdings, das war ein richtiger kleiner Skandal! Der Regisseur war ganz schön mutig. Aber ich fand es gut, den Chor in der Kleidung von KZ-Häftlingen auftreten zu lassen."

„Besonders vor dem Publikum!" Katharina schüttelte den Kopf. „Wenn ich mir vorstelle, wie manche so empört getan haben!"

„Ja, du weißt ja, getroffene Hunde bellen. Da haben sich wohl einige zu Recht auf den Schlips getreten gefühlt", stellte Amelie fest.

„Was meinst du, wie viele verkappte Nazis heute Abend in der Vorstellung saßen!" Katharina wusste, wovon sie sprach. „Ich kenne die Gesichter der Mannheimer Prominenz in- und auswendig. Schließlich war ich fast zwanzig Jahre als Garderobiere im alten Nationaltheater beschäftigt. Ich erinnere mich sehr wohl, wessen Mantel neben dem einer Parteigröße hing und wer sich im Foyer umarmt oder mit Küsschen begrüßt und verabschiedet hat."

„Ach, gab es in Deutschland Nazis?", fragte Amelie nun mit gespielter Ahnungslosigkeit und gab die Antwort gleich selber: „Das waren doch alles nur Mitläufer."

„Und wenn man nicht in die Partei gegangen ist, dann kam man ins KZ – und der liebe Gott ist ein alter Mann mit einem langen Bart und die kleinen Kinder bringt der Klapperstorch … , ich kann es nicht mehr hören, lass uns lieber das Thema wechseln! – Hast du eigentlich gesehen, wie vornehm die teilweise gekleidet waren. Ich kam mir in meinem alten Kostüm richtig schäbig vor. Und die ganzen Klunker, die sie umgehängt hatten! Dabei ist doch noch gar nicht Weihnachten!"

„Natürlich habe ich das gesehen, es gibt eben noch immer eine ganze Menge vermögender Leute", erwiderte Amelie. „Ich frage mich schon, wie die das gemacht haben, ihr Vermögen über den Krieg hinwegzuretten?"

„Frag mich lieber nicht. Mir schwant Schlimmes!" Katharinas Blick sprach Bände. „Aber trotzdem denke ich, das täuscht. Das ist nur eine kleine Minderheit. So viele sind das gar nicht. Die meisten Leute können sich doch gar keinen Theaterbesuch leisten. Wir könnten ja ohne die Freikarten auch nicht reingehen. Wovon denn? Kultur muss man sich leisten können. Zuerst muss man mal was zu beißen haben."

Amelie hatte ihre Freundin mittlerweile eingehakt. Für die Jahreszeit war es bitterkalt.

„Komm ruhig noch ein bisschen näher, dann können wir uns gegenseitig wärmen." Katharina zog Amelie näher an sich heran, während sie weiter den Luisenring in Richtung Jungbusch entlangliefen. Hier zog es gnadenlos. Der eisige Nordwind wehte ungehindert über die Wüste aus zusammengefallenen Häusern und Ruinen hinweg.

„Wenn es weiterhin so kalt bleibt, sind unsere Kohlen bald aufgebraucht." Amelie machte sich große Sorgen darüber, wie es weitergehen sollte, denn der Winter hatte dem Kalender nach noch nicht einmal begonnen und die kalte Jahreszeit würde erst richtig losgehen. Die Kohlevorräte in ihrem Keller waren jedoch schon jetzt fast gänzlich aufgebraucht und nirgends konnte man Koks oder Briketts auftreiben.

Doch Amelie war beileibe nicht die Einzige, die der Gedanke bekümmerte, wie sie diesen ersten Winter nach Kriegsende überstehen sollten.

Seit 1933 hatte es das „Winterhilfswerk" gegeben. Adolf Hitler hatte es damals mit den Worten eröffnet „Kein deutscher Volksgenosse soll hungern und frieren!" Bereits in den letzten entbehrungsreichen Kriegsjahren hatte man den Spruch jedoch abgewandelt und Joseph Goebbels, in dessen Zuständigkeitsbereich das Winterhilfswerk fiel, folgenden Leitsatz in den Mund gelegt: „Keiner soll hungern, ohne zu frieren". Dieser Flüsterwitz war, wie der Name schon sagt, nur hinter vorgehaltener Hand weitergegeben worden und hatte schnell die Runde gemacht. Nach dem Krieg kursierte er noch immer. Nur konnte man ihn jetzt öffentlich erzählen. Traurig war dabei nur, dass er immer noch zutraf.

Die Menschen, die unter permanentem Hunger litten, hatten der Kälte kaum etwas entgegenzusetzen. Besonders diejenigen, die ausgebombt waren und nun in Baracken, in Kellerlöchern, auf Dachböden oder in einem der über fünfzig Bunker hausten, verließ mitunter der Lebensmut. Viele waren am Ende, gaben sich auf, wollten und konnten nicht mehr leben, nicht wenige begingen sogar Selbstmord.

Eine besonders traurige Bilanz hatte Mannheim bezüglich der Neugeborenen zu verzeichnen. So berichtete Dr. Werner Reimold, der Leiter der Kinderabteilung des Städtischen Krankenhauses, dass die Säuglingssterblichkeit im Sommer 1945 so hoch war, dass nicht einmal jedes zweite Kind überlebte. Das Massensterben, wie er es nannte, war Folge der Unterernährung, die es den Müttern schier unmöglich machte, ihre Kinder zu stillen. Vielleicht lag darin auch einer der Gründe, warum die Anzahl der ungesetzlichen Abtreibungen im Jahr 1945 fast ins Unermessliche stieg. Die Befürchtung der Frauen, ihr Kind nach der Geburt nicht versorgen zu können, war größer als die Angst vor diesem gefährlichen Eingriff. Nicht wenige Frauen bezahlten ihn mit ihrem Leben; sie verbluteten oder starben an einer Infektion. Viele trugen auch bleibende Schäden davon und konnten danach keine Kinder mehr bekommen. Nicht immer war es jedoch nur die Versorgungsangst, die Frauen zu diesem Schritt trieb. Oftmals war es der blanke Hass auf die gewaltsame Art, wie sie das ungewollte Leben, das da in ihrem Leib heranwuchs, empfangen hatten. Sie hofften, indem sie das ungeborene Kind töteten, auch die Erinnerung an den Mann, der ihnen das angetan hatte, für immer aus ihrem Gedächtnis zu tilgen.

Trotz der zahlreichen leidvollen Erfahrungen schaute die Mehrheit der Bevölkerung nach vorne. Denn es war seit sieben Jahren der erste Winter, den sie in Friedenszeiten erleben durften. Das machte vielen Mut. Und die Zuversicht, dass das Schlimmste überstanden war und es jetzt schrittweise besser werden würde, hielt sie am Leben. Es gab ihnen die Kraft, jeden Tag von Neuem den Kampf gegen alle Widrigkeiten aufzunehmen.

Während Helena schon alles zu verfeuernde Holz vom Garten mitgebracht hatte, versuchte Amelie über Bezugsscheine an Brennmaterial zu gelangen, was sich jedoch schnell als vergebliches Unterfangen herausstellte. Annerose wiederum nahm mitunter heimlich den einen oder anderen Brikett in der Druckerei mit. Auch Betty wusste sich zu helfen. Trotz ihrer Behinderung war sie recht sportlich. Und so kletterte sie in die Trümmergrundstücke. Da sie klein war, konnte sie leicht in alle möglichen Öffnungen hineinkriechen. Von dort beförderte sie manchmal Erstaunliches zu Tage. Interessant war für sie jedoch nur, dass es brennbar war.

Katharina hingegen lief den kleinen Lieferwägen, die mit Kohlesäcken beladen waren, hinterher und sammelte heruntergefallene Koksstücke ein. Besonders in engen Kurven in der Innenstadt konnte das ganz ergiebig sein.

Ganz anders gingen Pauline und ihre Kinder ihr Kohlenproblem an. Irma hatte sich kundig gemacht, wann und wo Züge nachts verkehrten, die Kohlen geladen hatten. Und so waren sie von ihrer Wohnung in K2,4 mit Säcken und einer Schubkarre losgezogen. Vorsichtig kletterten sie über die Schienenstränge. Sie mussten höllisch aufpassen, dass sie nicht erwischt wurden. Bald hatten sie die Stelle erreicht, wo der Zug seine Geschwindigkeit auf Schritttempo verlangsamen musste. Es war eine kleine Brücke, eine Art Fußgängerübergang, sie war nicht sehr hoch. Hier gingen Irma und Paul in Stellung, sie würden sich hinunterhangeln in den Waggon. Währenddessen liefen Pauline und Guntram weiter und stellten sich in einiger Entfernung seitlich der Schienen auf. Die vier waren mittlerweile ein eingespieltes Team, denn kaum hatte sich der Zug langsam genähert, waren die beiden Geschwister auf die Ladefläche gesprungen und hatten damit begonnen, die Kohlen und Briketts aus dem Waggon zu werfen, die von Pauline und Guntram flink wie die Wiesel eingesammelt wurden. Nach einer Weile seilten sich Paul und Irma wieder ab und zusammen mit ihrer Mutter und dem kleinen Bruder karrten sie ihre Schätze nach Hause. Diese Nacht- und Nebelaktionen waren glücklicherweise immer gut gegangen. Bis auf ein paar Blessuren, wie eine Beule am Kopf des kleinen Guntrams, die er sich zugezogen hatte, als versehentlich eine Eierkohle auf seinem Kopf gelandet war, und Irmas verstauchtem Knöchel, den sie sich beim Abspringen vom Waggon eingehandelt hatte, waren sie immer glimpflich davon gekommen. Leider hatten nicht alle so viel Glück, denn Pauline und ihre Kinder waren natürlich nicht die Einzigen gewesen, die derartige Kohlenraubzüge unternommen hatten. Nicht selten kam es vor, dass eine solche Aktion tödlich endete. Trotzdem nahmen viele dieses Risiko in Kauf.

Aber das, was für Erwachsene unumgängliche Maßnahmen zum Überleben waren, die sie notgedrungen ergreifen mussten, war für die Kinder ein spannendes Erlebnis. Paul und Guntrams Abenteuerlust war daher auch in Mannheim ungebremst. Mittlerweile hatte sich noch ein Dritter zu ihnen gesellt: Edde, Guntrams alter Freund aus K2,8, mit dem er, bevor sie ins Elsass evakuiert wurden, immer gespielt hatte.

„Misst ihr schun widder naus uf die Gass. Ich weeß der net, ich mäscht net wisse, wass ihr Dreckspatze de ganze Daach so alles treibt!" Pauline missfiel es, dass sich die beiden Jungs so viel draußen aufhielten und sie so wenig Kontrolle über sie hatte. Besonders Paul entglitt ihr immer mehr. Aber sie konnte sich nicht viel um die beiden kümmern, denn sie hatte von den Alliierten eine gute Arbeit bekommen, die sie nicht verlieren wollte. Sie war nämlich im Luisenpark, wo die Amerikaner ein riesiges Camp aufgeschlagen hatten, als Köchin eingestellt worden und war daher kaum noch zu Hause. Aber sie brauchte das Geld dringend, wobei mehr noch als das Geld es das Essen war, auf das sie nicht verzichten konnte, denn man erlaubte ihr, den einen oder anderen Rest mit nach Hause zu nehmen. Damit ernährte sie ihre ganze Familie.

Eine der Lieblingsbeschäftigungen von Paul, Guntram und Edde war es, zusammen mit anderen Jungs auf die Loren zu springen, die in der Mannheimer Innenstadt fuhren und die zum Abtransport des Schutts gebraucht wurden. Da die Holzschienen fast im gesamten Stadtgebiet flächendeckend verlegt waren, gab es immer irgendwo die Gelegenheit für eine rasante Fahrt. Besonders spannend waren die Strecken, die ein wenig abschüssig waren, wie die verlängerte Jungbuschstraße, zwischen den G- und H-Quadraten.

So zogen die drei nach Feierabend, wenn der Arbeitsbetrieb eingestellt war, von K 2 los in Richtung H 7. Meist hängten sich einige an die Seite der Lore, während andere sie anschoben. Später wurde dann getauscht. Und schon schoss die Lore mit den Jungs, die sich wie die Affen an sie klammerten, los und raste pfeilschnell die Straße hinab in Richtung Marktplatz.

Nicht selten kam es vor, dass vorbeigehende Passanten beinahe umgerissen worden wären und darum war das Geschrei oft groß.

„Ihr Dreckbonkert, ihr dreckische, de Deifel soll eisch hole. Wenn isch eisch verwisch, dann krieger de Frack voll!", schrie man ihnen nicht nur einmal hinterher. Während Guntram jedes Mal erschrak, spornten derartige Zurufe Paul eher dazu an, es noch wilder zu treiben. Obwohl er mit Abstand der Älteste war, war er auch mit Abstand der Unvernünftigste. Man merkte einfach, dass bei seiner Erziehung die starke Hand des Vaters gefehlt hatte. Und so geschah es eines Tages, dass eine der Loren entgleiste. Während alle anderen Kinder blitzschnell absprangen, glaubte Paul, den Helden spielen zu müssen. Und so fuhr er mitsamt der Lore in das Schaufenster eines Bettengeschäftes hinein. Es grenzte tatsächlich an ein Wunder, dass er außer ein paar Schürf- und Schnittwunden keine weiteren ernsthaften Verletzungen davontrug. Die weichen Federbetten bewahrten ihn wahrscheinlich vor Schlimmerem. Guntram und Edde bläute er ein, daheim bloß ihren Mund zu halten: „Sunscht verdresch isch eisch alle zwee!" Und die Kleinen hatten dicht gehalten. Seiner Mutter hatte Paul erzählt, dass er beim Holzsuchen in einem Trümmergrundstück in einen Scherbenhaufen gefallen sei, worauf die ihn für sein Tun gelobt hatte.

Wahrscheinlich hätten Paul, Guntram und Edde das Fahren auf den Loren nie eingestellt, wäre nicht doch eines Tages ein folgenschwerer Unfall passiert. Mittlerweile war es eine richtige kleine Jungenbande geworden, die sich die Zeit mit allerhand Unsinn, zu denen auch Mutproben gehörten, vertrieb. Und so hatten sie abends eine Lore zwischen K 1 und K 2 auf die Schienen gestellt und sich wie üblich außen drangehängt. Nur einer, der Uwe, der hatte sich hineingesetzt, obwohl ihn alle anderen noch davor gewarnt hatten. Insbesondere Paul hatte durch seine Landung im Schaufenster seine Lektion begriffen und wusste nun, wie wichtig es war, rechtzeitig abzuspringen. Uwe jedoch winkte ab und meinte, er würde das schon schaffen. Wahrscheinlich wollte er, der relativ klein und schwächlich war, den anderen beweisen, was für ein Kerl in ihm steckte.

Wie immer stießen sie sich ab und fuhren lachend und grölend die abschüssige Straße hinunter. Am Marktplatz war ein Rammbock aufgestellt worden, der die Lore zum Halten bringen sollte, was jedoch meist nicht nötig war, da auf der Höhe der G-Quadrate das Gefälle abnahm und sich die Lore so automatisch verlangsamte. An diesem Abend jedoch war es anders. Entweder lag es daran, dass sie sich zu heftig abgestoßen hatten oder aber dass an diesem Tag wesentlich mehr Kinder an der Lore hingen als sonst. Jedenfalls verlangsamte sie sich kaum und fuhr in fast ungebremster Fahrt auf den Rammbock. Durch den heftigen Aufprall sprang sie aus den Schienen. Die Kinder, die außen hingen, stießen sich ab oder wurden heruntergerissen. Nur Uwe schaffte es nicht mehr. Er wurde im hohen Bogen herausgeschleudert und landete vor der Lore auf dem Boden. Guntram hörte nur noch einen Schrei und das Geratter der Lore, die weiter über den Platz rollte und mit einem lauten Knall in den Zaun des Marktplatzbrunnens donnerte.

Uwe indes lag bewegungslos in einer Blutlache auf dem Kopfsteinpflaster. Schnell kamen ein paar Erwachsene herbeigelaufen, während die Kinder zum Teil mit blutenden Knien und Händen fassungslos auf ihren Spielkameraden schauten.

„Ist der Uwe tot?" Guntram schaute seinen großen Bruder mit erschrockenen Augen an. Der zuckte mit den Schultern.

Doch da bewegte sich Uwe wieder. Ein Mann, der anscheinend Arzt war, leistete Erste Hilfe. Da plötzlich fing Uwe an wie am Spieß zu schreien. Guntram, Edde und Paul traten etwas nach vorne und gingen auf Uwe zu, der laut jammerte und sich vor Schmerzen wand. Und nun erst sahen sie, was ihm widerfahren war. Das Blut stammte zwar Gott sei Dank nicht von seinem Kopf, sondern von seiner Hand. Anscheinend war die Lore darüber gefahren, denn sie war total zerquetscht. Das Schlimmste jedoch war, dass ein paar Zentimeter neben seiner Hand drei abgetrennte Finger auf dem Kopfsteinpflaster lagen.

Nach dieser Erfahrung hatte das Fahren auf der Lore für die drei Jungs für alle Zeiten seine Faszination verloren.

Es gab jedoch noch vieles andere zu erkunden. Paul hatte mittlerweile seine eigenen Freunde und hatte sich einer Jugendbande in der Filsbach angeschlossen, welche die Quadrate der Westlichen Unterstadt unsicher machte. Guntram hingegen war meistens mit seinem fast gleichaltrigen Freund Edde unterwegs.

Anfang Dezember 1945 machte die Neuigkeit die Runde, der Kohlenhändler Grohe habe am Neckar zwei Güterwagen mit Kohlen stehen. Da Guntram in der Nacht zuvor bitterlich in der kalten Wohnung gefroren hatte, heckte er mit seinem Freund Edde einen Plan aus. Sie würden sich, wenn alle schliefen, aus der Wohnung schleichen und sich um Mitternacht im Keller treffen. Da die Verbindungswände zwischen den Kellern der Nachbarhäuser noch nicht alle wieder zugemauert waren, krabbelte Guntram hinüber in das Haus Nummer 8, wo sein Freund wohnte. Dann machten sich die beiden Sechsjährigen mit Rucksäcken auf dem Buckel auf den Weg. Unbemerkt huschten sie die kaum beleuchtete Straße entlang und über den Luisenring hinüber zum Neckarufer. Dort stand das Objekt ihrer Begierde. Sie schlichen um die Waggons. Ein Mann, der als Wache abgestellt war, hatte sich hinter dem ersten Waggon ein kleines Feuerchen gemacht, weil er erbärmlich fror. Er hielt die Hände über die nach oben steigende Wärme und tänzelte von einem Fuß auf den anderen.

Guntram ließ sich von Edde den Rucksack geben. Dann kletterte er in den zweiten Waggon. Leise wie ein Mäuschen füllte er die Briketts in die Rucksäcke und ließ sie beide vorsichtig an der Waggonwand entlang in Eddes ausgestreckte Arme gleiten. Alles lief ab wie am Schnürchen, jetzt zahlte sich Guntrams familiäre „Kohlenklau-Erfahrung" aus. Und genauso wie die beiden Jungs aus dem Nichts erschienen waren, verschwanden sie auch wieder unbemerkt im Dunkel der Nacht.

Eine Stunde später lag Guntram zufrieden, aber durchgefroren in seinem Bett. Er hatte eiskalte Oberschenkel, denn während des Kohlenklaus waren ihm beim Klettern die Strümpfe bis unter die Knie gerutscht. Die Strumpfhalter, dreißig Zentimeter lange Gummistrapse, von denen jeweils zwei an dem Leibchen, einem kurzen baumwollenem Unterhemdchen, das oberhalb des Bauchnabels endete, vorne und hinten befestigt waren, hatten diese Strapazen nicht mitgemacht. Die Knöpfe, mit denen die Strapse in den Strümpfen eingehängt waren, hatten der Überdehnung nicht standgehalten und waren herausgeplatzt. Nicht nur, dass sie nun die Strümpfe nicht mehr hielten, sie waren auch wie Gummigeschosse auf Guntrams blanke Haut geknallt. Aber ein Indianer kennt keinen Schmerz, schon gar nicht, wenn er auf Kriegspfad ist, und so hatte er die Zähne zusammengebissen und keinen Mucks von sich gegeben. Da er jedoch nur eine kurze Hose anhatte, da er keine andere mehr besaß, waren nun seine Oberschenkel nur noch mit seiner Jacke bedeckt gewesen, unter welche die eisige Dezemberluft ungehindert hineingeblasen hatte.

Aber letztendlich war das alles nicht so schlimm, denn wenn seine Mutter morgen früh in der Küche seinen mit Briketts gefüllten Rucksack finden würde, könnte sie den Ofen anwerfen und dann würde es mollig warm sein, wenn er aufstehen würde. Guntram stellte sich das so bildhaft vor, dass er die Wärme schon zu spüren glaubte und zufrieden einschlief.

11

Obwohl die Arbeit in der Schneiderei allemal besser war als Steineklopfen, fühlte Helena sich nicht wohl in der Lüttich-Kaserne. Schon nach wenigen Tagen waren ihre Hände rau und rissig und ihre Finger schmerzten, denn der harte blaugefärbte Stoff der Drillich-Anzüge ließ sich nur schwer bearbeiten.

Den ganzen lieben langen Tag saß sie zusammen mit den anderen hinter der Nähmaschine, setzte Teile zusammen oder besserte die zerschlissenen Anzüge aus. Besonders die Flickarbeit war anstrengend, weil die Hosen und Jacken meist ungewaschen angeliefert wurden und darum extrem staubig waren. In der großen Halle hustete ständig jemand, weil dieser pulverartige Schmutz sich wie eine Schicht auf die Lunge legte. Um dem entgegenzuwirken, erhielten die Arbeiter jeden Mittag einen halben Liter Milch.

Helena trank diese Milch jedoch nicht, sondern nahm sie für ihren Vater mit nach Hause. Carlo war es nach seiner Rückkehr aus der Kriegsgefangenschaft so schlecht gegangen, dass ihr Hausarzt Dr. Hunold ihn ins Theresien-Krankenhaus eingeliefert hatte. Das Krankenhaus war zwar durch die Bombardierungen schwer in Mitleidenschaft gezogen worden, hatte jedoch einen Minimalbetrieb in einem notdürftig hergerichteten Seitenflügel im Erdgeschoss aufrechterhalten können. Man hatte Carlo einen Monat dort behalten, seine Magenbeschwerden behandelt und ihn, nachdem er wieder ein wenig zu Kräften gekommen war, Anfang November nach Hause entlassen.

Amelie und Helena machten sich trotzdem große Sorgen um ihn, denn der einstmals stattliche Mann war noch immer nur ein

Schatten seiner selbst. Darum steckten die Frauen auch bei allem zurück, schränkten sich ein so gut es ging und achteten stets darauf, dass in erster Linie Carlo mit allem Lebensnotwendigen versorgt war. Ihm gegenüber ließen sie sich jedoch nichts anmerken, denn Amelie und Helena kannten ihn nur zu gut und wussten, dass er ihre Hilfe sonst wahrscheinlich nicht angenommen hätte.

Carlo indes fühlte sich noch immer schuldig. Die Unvoreingenommenheit, mit der Frau und Tochter ihn, nach allem was er ihnen angetan hatte, wieder aufgenommen hatten, beschämte ihn und machte sein schlechtes Gewissen nicht besser. Auch quälte ihn, dass er trotz seiner Entscheidung, zu Amelie und Helena nach Mannheim zurückzukehren, noch immer an Erika und Harald dachte. Er hatte Erika geliebt, nicht so wie Amelie. Anders, aber auch von ganzem Herzen. Er konnte es nicht erklären, seine Gefühle nicht in Worte kleiden. Was ist Liebe? Er trauerte noch immer um sie und um das ungeborene Kind, sein Kind. Die Vorstellung, dass Erika so jung hatte sterben müssen und vor allem, dass sie mutterseelenallein in dem Hausflur in Wien verblutet war, ging ihm einfach nicht aus dem Kopf. Es verfolgte ihn bis in seine Träume, plagte ihn noch immer. Und darum brachte er es auch nicht übers Herz, ihr Foto und das von Harald wegzuwerfen. Er legte es in eine Kladde, zusammen mit einem Brief von Daniza Ilitsch, den sie ihm, kurz bevor er in Kriegsgefangenschaft geraten war, geschrieben hatte und in dem sie ihm mitteilte, dass sie Harald adoptiert habe. Das hatte ihn damals sehr beruhigt, denn das Schicksal des Jungen hatte ihm mehr als eine schlaflose Nacht bereitet.

Die Fotos waren alles, was er noch von Erika und Harald hatte. Das Einzige, was er mit ein bisschen Geschick und Glück über die Kriegsgefangenschaft hinweg hatte retten können. Er würde es aufbewahren, es würde ihn zeitlebens an Erika und Harald erinnern.

Damals im Krankenhaus hatte er viel Zeit zum Nachdenken gehabt und auch in Erwägung gezogen, Harald einen Brief zu schreiben. Er hatte den Jungen geliebt wie seinen eigenen Sohn und der Kleine hatte mit ganzem Herzen an ihm gehangen. Doch schließlich hatte Carlo den Gedanken verworfen. Was sollte er tun, wenn Harald ihm antworten würde, ihm mitteilte, dass er ihn vermisse und ihn gerne besuchen würde? Das konnte er Amelie und Helena unmöglich antun. Nein, er musste unter all das einen dicken Strich ziehen und in die Zukunft schauen. Amelie sollte die Fotos, seine Kladde und den Brief von Daniza Ilitsch nie zu Gesicht bekommen. Er würde alles gut verwahren. Darum versteckte er die Erinnerungsstücke in einer leeren Farbbüchse zwischen seinen Malsachen. Weder Amelie noch Helena würden sie dort finden.

Im Februar 1946 wurde er wieder auf dem Mannheimer Hauptfriedhof eingestellt. Da die Militärregierung fast alle städtischen Beamten mit Parteibuch aus ihren Ämtern entlassen hatte, begrüßte man seine Bewerbung sehr und drängte ihm die Stelle des Bestattungsordners regelrecht auf. Männer wie er waren rar gesät. Nun zahlte es sich aus, dass Carlo zehn Jahre zuvor nicht in die Partei eingetreten war.

Damals hatten ihn die Kollegen ziemlich allein gelassen. Niemand hatte sich für ihn verwendet und so manch einer hatte sich sogar lustig über ihn gemacht. „Wie kann'en der Legroon bloß so bleed soi? Der soll sich net so ostelle un in die Badei noigehe wie mia alle a, dann werd der a glei beamded." Äußerungen dieser Art zählten noch zu den höflicheren Kommentaren. Doch jetzt, zehn Jahre später, kamen plötzlich „Freunde" auf ihn zu, die vorher einen großen Bogen um ihn gemacht hatten und baten ihn, sich für sie zu verwenden. ‚Weescht, Kallo, mia sin a ke Nazi gewese, aber was hette ma den schun mache solle, ma musste doch unsere Familie ernehre!"

Carlo hatte geschwiegen und nur mit den Achseln gezuckt. Auf diese „Freunde" konnte er gut verzichten.

Kurz nachdem er auf dem Hauptfriedhof angefangen hatte, nahm er die Kladde mit dem Brief und den beiden Fotos mit zur Arbeit und schloss sie dort in seinem Spind ein. Anfangs holte er die Bilder immer mal wieder heraus und schaute sie sich an. Aber mit der Zeit geschah das immer seltener und mit den Jahren verblasste die Erinnerung an den Zweiten Weltkrieg und alles, was damit verbunden gewesen war.

Das Jahr 1946 fing genauso eisig an, wie 1945 geendet hatte.

Carlo litt unter der Kälte, denn er war noch immer nicht ganz bei Kräften. Als Bestattungsordner musste er bei Wind und Wetter dem Sarg vorausgehen und die Trauergemeinde von der Leichenhalle bis zum Grab geleiten. Die Tatsache, dass er keinen vernünftigen Wintermantel besaß, setzte ihm sehr zu und schwächte seine angeschlagene Gesundheit. Amelie hatte bereits alles Mögliche versucht, irgendwo einen warmen Mantel aufzutreiben. Aber niemand bot einen solchen an. Weder in der Breiten Straße, wo vor dem Quadrat T1 immer mal wieder kleine Stände aufgebaut wurden und reger Tauschhandel stattfand, noch auf dem Schwarzmarkt, wo insbesondere am Neckar, dort wo sich vorher die Friedrichsbrücke befunden hatte, der Handel blühte. Hier musste man jedoch vorsichtig sein, denn Razzien der Mannheimer Schutzpolizei waren an der Tagesordnung. Trotzdem konnte die Obrigkeit den Schwarzmarkthandel nicht verhindern, denn für die Verkäufer war es das Geschäft ihres Lebens und für die Käufer mitunter eine Frage des Überlebens.

Amelie hatte auch im Jungbusch bei ihren Nachbarn überall herumgefragt. Sie war vor jedem Haus stehen geblieben, denn seit Kriegsende war es üblich, einfach einen Tisch vor die Haustür zu stellen und alles, was man nicht unbedingt brauchte, anzubieten, um es gegen das einzutauschen, was man dringend benötigte. Aber ein Wintermantel war nirgends aufzutreiben. Viele hatten selbst keinen oder nur den einen, den sie am Leib trugen und auf den sie nicht verzichten konnten.

Nachdem Carlo eines Abends wieder einmal schwer angeschlagen vom Friedhof heimgekommen war und gleich nach dem kargen Abendbrot mit einem heißen Backstein ins Bett gegangen war, hatten sich Amelie und Helena in der Küche zusammengesetzt. Katharina und Annerose waren noch unterwegs, und so hatten Mutter und Tochter endlich einmal Gelegenheit, allein unter vier Augen miteinander zu reden.

„Ich mache mir so große Sorgen um die Gesundheit deines Vaters. Er sagt zwar nichts, aber ich denke, es geht ihm miserabel. Manchmal befürchte ich, dass er die Kälte und das Wenige, was wir ihm zu essen anbieten können, nicht mehr lange durchhält." Amelie war verzweifelt. Sie war den Tränen nahe. „Ich komme auch an deinen Vater überhaupt nicht mehr richtig ran. Er verschließt sich mir gegenüber, redet kaum, weicht mir aus. Ich habe das Gefühl, er frisst alles in sich hinein. Er hat sich so verändert!"

„Mama, der Krieg und die Gefangenschaft haben Papa verändert und nicht nur ihn. Meine Freundinnen erzählen mir ganz Ähnliches, dass ihre Väter und Brüder nicht mehr dieselben sind wie vor dem Krieg. Komm, Mama, sei nicht traurig, lass uns froh sein, dass Papa zu den Wenigen gehört, die wieder lebend heim gekommen sind." Sie legte ihre Hand auf den Arm der Mutter.

„Danke, mein Kind. Das tut gut!" Sie lächelte Helena an. „Aber ich mach mir trotzdem Sorgen um ihn, hauptsächlich, weil er keinen Wintermantel hat. Ich habe wirklich Tod und Teufel in Bewegung gesetzt, aber ich konnte keinen auftreiben."

„Ich weiß, Mama. Ich mache mir auch schon die ganze Zeit Gedanken darüber. Vielleicht kann ich Papa einen Mantel besorgen." Helena tat geheimnisvoll.

„Du?" Amelie schaute ihre Tochter verunsichert an. „Du willst Papa einen Mantel besorgen? – Aus der Kaserne?"

Helena nickte.

„Aber wie willst du das machen? Das ist doch gefährlich?" Amelie hielt einen Augenblick inne: „ Ich möchte auf gar keinen Fall, dass du etwas Verbotenes tust und vielleicht noch in Schwierigkeiten kommst! Ich will mir nicht auch noch um dich Sorgen machen müssen, hörst du, Helena!"

Amelie hatte Angst, dass Helena aus Liebe zu ihrem Vater ein unkalkulierbares Risiko einginge. Sie wusste, wie streng die Auflagen in der Kaserne waren und wie gnadenlos ein Zuwiderhandeln bestraft wurde. Die Amerikaner verstanden da keinen Spaß.

Helena war doch eigentlich gar nicht so mutig, Amelie überlegte. Was hatte sie bloß vor? Plötzlich schaute sie ihre Tochter erschrocken an. „Du willst doch nicht etwa mit einem Ami dort in den Keller gehen?"

„Mama, wie kannst du nur so etwas denken!", antwortete Helena wie aus der Pistole geschossen, „das würde ich niemals tun. Auch nicht für Papa. Ich denke, ich hätte dir das gar nicht erzählen sollen." Helena ärgerte sich nun ein wenig über sich selbst, dass sie ihrer Mutter vor ein paar Wochen von den Vorkommnissen im Keller der Lüttich-Kaserne berichtet hatte.

„Nein, Mama, ich denke, da gibt es vielleicht eine Möglichkeit, an einen Mantel für Papa ranzukommen. Aber darüber muss ich morgen erst mit den Kollegen sprechen."

Amelie wollte noch etwas einwenden, aber Helena unterbrach sie: „Mama, jetzt hab einfach mal Vertrauen zu mir. Ich bin kein kleines Kind mehr und weiß sehr wohl, was ich tue."

Amelie blieb in diesem Moment nichts anderes übrig als zu akzeptieren, dass ihre Tochter mittlerweile eine erwachsene junge Frau war.

*

Helena war nun schon vier Monate in der Kaserne beschäftigt und sie wusste, dass sie hier keinen Tag länger bleiben würde, als unbedingt notwendig. Ihr Traum war es, sich irgendwann als Schneiderin selbstständig zu machen, aber dafür wurden bisher keine Genehmigungen erteilt. Neben der harten Arbeit, die überhaupt keinen Spaß machte, missfiel ihr vor allem die Art und Weise, wie man mit ihr umsprang. Sergeant Jones war von Anfang an launisch, arrogant und unbeherrscht gewesen. Der Chef der Abteilung war um keinen Deut besser. Er drangsalierte die Frauen, wo er nur konnte. So genehmigte er ihnen, wenn sie auf die Toilette mussten, nur einen einzigen Passierschein am Tag und den auch nur widerwillig.

David Blumental war Jude. Er war am 29. April 1945 von den Amerikanern im KZ Dachau befreit worden und hatte als Einziger seiner Familie die NS-Herrschaft überlebt. Auch wenn Helena unter seinen Schikanen litt, so konnte sie doch verstehen, dass er nur wenig Grund hatte, jetzt mit den Deutschen freundlich umzugehen nach all dem Leid, was sie ihm und seinem Volk zugefügt hatten.

Trotz dieser nur wenig angenehmen Arbeitsbedingungen hatte es jedoch auch immer wieder schöne Momente in der Schneiderei gegeben, denn der Kontakt derer, die dort arbeiteten, war herzlich. Sie durften zwar während der Arbeitszeit nicht miteinander reden, dazu hätten sie sowieso keine Zeit gehabt, aber in der Mittagspause saßen sie immer in der Kantine zusammen und unterhielten sich über ihre Sorgen und Nöte, aber auch über ihre Hoffnungen. Sie trauerten miteinander, wenn jemand erzählte, dass ihn die Todesnachricht eines nahen Verwandten erreicht habe und sie freuten sich zusammen mit ihm, wenn einer über die unerwartete Rückkehr eines Familienmitglieds aus der Kriegsgefangenschaft berichtete, wobei das sehr selten vorkam.

Wenn die deutschen Schneidermeister dabeisaßen, die sozusagen die Vorarbeiter der Schneiderinnen waren, hatte es immer etwas zu lachen gegeben. Besonders Gregor hatte stets einen Witz parat: „Stellt euch vor, der Göring kam kurz vor Ende des Krieges in meine Schneiderei und wollte sich einen Anzug machen lassen. Er fragte mich, wie viel Stoff ich denn bräuchte, drei Meter oder dreieinhalb? Da habe ich ihm geantwortet: Wissen Sie was, Herr Göring, warten Sie doch einfach bis nach dem Krieg, dann reicht ein halber Meter für Sie." Alle hatten laut gelacht. Manchmal vielleicht zu laut, so dass der eine oder andere Amerikaner verärgert herübergeschaut hatte.

Aber es hatte auch außerhalb der Mittagspause Kontakte unter den Schneiderinnen gegeben. Helena hatte sich schon ziemlich früh mit einer Kollegin aus der Neckarstadt angefreundet. Sie hieß Irene Kahlberg, war bereits Anfang dreißig und unverheiratet. Ihr Verlobter war nicht mehr aus dem Krieg zurückgekommen, so wie viele Männer dieser Altersgruppe. Ihre Chance, noch einen passenden Mann zum Heiraten zu finden und vielleicht sogar noch ein Kind zu bekommen, war darum auch verschwindend gering. Ihre einzige Verwandte war ihre Mutter, mit der sie zusammen in der Pflügersgrundstraße wohnte. Helena und Irene hatten somit fast denselben Heimweg. Meist begleitete Helena Irene bis zu ihrer Haustür und ging dann weiter bis zur Anlegestelle des „Adler", um auf die andere Neckarseite in den Jungbusch überzusetzen. Irene war von Anfang an immer bestens informiert gewesen. Ihr entging einfach nichts. Und da sie auch sehr gesprächig war, wusste Helena bald, was sich so alles in der Kaserne abspielte.

Eines Tages hatte sie ihr beispielsweise von der großen Lagerhalle erzählt, in der es haufenweise alles Mögliche gab: Bettwäsche, Unterwäsche, Mäntel, Jacken und vieles mehr.

„Die horten da drin das ganze Zeug, das wir dringend gebrauchen könnten", hatte Irene vorwurfsvoll gemeint.

„Da hast du allerdings recht. Manchmal denke ich, es macht ihnen Spaß uns zu demütigen." Helenas Begeisterung für die Amerikaner hielt sich in Grenzen. Diejenigen, die sie bisher kennengelernt hatte, waren alles andere als freundlich.

„Und uns drohen sie mit schwerster Bestrafung, sollten wir versuchen, was mit nach draußen zu nehmen. Dabei brauchen die das Zeug doch gar nicht. Das gammelt in der Lagerhalle nur so rum. Die haben doch einen Vogel!" Irene machte ein entsprechendes Zeichen mit dem Finger.

„Es wäre ja auch nicht möglich, so wie die uns am Ausgang jedes Mal filzen." Helena hasste diese allabendliche Prozedur beim Verlassen der Kaserne.

„Und das auch noch in doppelter Besetzung: ein Deutscher und ein Ami. Die wollen doch bloß an uns rumfingern. – Aber ich habe trotzdem schon einiges rausgeschmuggelt", hatte Irene erklärt und Helena zugezwinkert. „Ich habe einfach mehrere Unterhosen und Unterhemden übereinander gezogen und einmal habe ich mir einen Kopfkissenbezug zwischen die Beine geklemmt."

„Das traust du dich?" Helena war ganz erstaunt gewesen. „Wenn die dich erwischen, sperren sie dich doch ein. Hast du denn keine Angst?"

„Vielleicht ein bisschen. Was meinst du, wie viele das machen! – Ich kann mich auch nur an zwei Fälle erinnern, wo jemand erwischt wurde. Probiere es doch einfach mal! Wir sitzen doch direkt an der Quelle."

Helena hatte den Kopf geschüttelt. „Ich kann das nicht. Ich würde vor Angst sterben, wenn ich mit dem Zeug an den Kontrolleuren vorbei müsste."

„Du kannst dir das Zeug natürlich auch verdienen!", hatte Irene nach einer Weile plötzlich hinzugefügt und sie vielsagend angeschaut.

Helena war hellhörig geworden. „Ja, kann man das?" Das klang interessant, vielleicht würde sie ja Überstunden machen und sich dadurch etwas dazuverdienen können. „Wo muss ich mich denn melden, wenn ich Überstunden machen möchte?", hatte sie Irene gefragt.

Die war nun ihrerseits stutzig geworden und hatte Helena voller Zweifel betrachtet.

„Du, ich glaube wir reden gerade gewaltig aneinander vorbei", hatte sie gelächelt.

„Ich verstehe nicht, was du meinst." Helena hatte irritiert den Kopf geschüttelt.

„Na ja, du hast anscheinend wirklich keine Ahnung", hatte Irene verwundert festgestellt, „also hör zu, unten im Keller, da gibt es ein paar Räume mit Feldbetten", sie hatte gezögert, „und da kannst du ...", sie stockte, das Gespräch schien ihr nun doch ein wenig peinlich zu sein, „ also da kann man runtergehen und sich mal ein Viertelstündchen oder auch ein halbes mit einem GI zurückziehen. Besonders die Schwarzen sind ganz scharf auf uns deutsche Mädchen. Ist doch im Grunde ganz einfach, du tust denen einen Gefallen und die tun dir dann einen." Irene hatte versucht, sehr lässig zu wirken, als sei es das Selbstverständlichste von der Welt.

Während Irenes Ausführungen war Helenas Mund vor Erstaunen offen gestanden. Sie hatte sich zwar stets gewundert, wie es die eine oder andere Kollegin geschafft hatte, an Butter, Kaffee, Schokolade und vor allem an Zigaretten, das wichtigste Zahlungsmittel dieser Tage, ranzukommen. Nun fiel es ihr wie Schuppen von den Augen.

„Du meinst, manche Mädchen gehen da runter und ..." Helena wusste nicht, wie sie sich ausdrücken sollte. Sie bemerkte, wie

Irene verlegen wurde. „Und du? Warst du auch schon mal mit einem da unten?"

Irene zögerte. Dann hatte sie genickt: „Aber nur ein einziges Mal. Ich musste damals unbedingt eine Stange Zigaretten organisieren. Meine Mutter brauchte dringend ihr Medikament und das gab es nur auf dem Schwarzmarkt." Sie seufzte. Ihr Gesichtsausdruck veränderte sich. „Es war furchtbar. Ich habe mich hinterher so schmutzig gefühlt. Aber die Zigaretten haben meiner Mutter das Leben gerettet." Ehe Helena noch etwas zu ihr sagen konnte, war Irene damals im Hauseingang verschwunden. Nach diesem Gespräch war Irene ihr tagelang aus dem Weg gegangen. Das hatte Helena sehr belastet und so hatte sie sich ihrer Mutter anvertraut und ihr berichtet, was sich im Keller der Kaserne abspielte. Amelie war einerseits entsetzt darüber gewesen, dass es so etwas gab, hatte aber mit Irene in erster Linie Mitleid gehabt. Helena hatte sie geraten, Irene einfach ein bisschen Zeit zu geben.

Und tatsächlich, eine Woche später war Irene auf Helena zugegangen und hatte sie um Verständnis gebeten: „Ich hoffe, du denkst jetzt nicht schlecht von mir. Weißt du, ich habe vorher nie geglaubt, dass ich so was machen könnte. Heute weiß ich, zu was man alles fähig ist, wenn man keinen anderen Ausweg mehr weiß."

„Wie käme ich dazu, dich zu verurteilen, ich finde das mutig, was du für deine Mutter getan hast." Helena lächelte sie an.

„Wenn ich es heute noch mal zu tun hätte, würde ich einen unserer Schneider bitten, mir Zeug aus dem Lager rauszuschmuggeln. Ich würde es auf dem Schwarzmarkt verhökern, ihn ausbezahlen und für den Rest das Medikament kaufen. Das wäre zwar gefährlicher, aber ich würde nicht mich verkaufen. Und das wäre es allemal wert." Sie hatte Helena traurig angelächelt.

*

An dieses Gespräch hatte sich Helena erinnert, als sie mit ihrer Mutter über die Schwierigkeiten gesprochen hatte, für ihren Vater einen Mantel zu besorgen. Das könnte die Lösung sein! Sie würde einen der Schneidermeister fragen, ob er für sie einen Mantel aus der Kaserne rausschleusen könnte.

In der Mittagspause saßen sie wieder alle zusammen. Gregor gab seinen neuesten Witz zum Besten: „Fragt ein Mann seine Frau: ‚Liebling, was gibt es den heute zu essen?‘ Darauf sie: ‚Kartoffel!‘ – ‚Und was gibt es dazu?‘ – ‚Gabeln!‘“ Gregor sorgte wie fast immer für gute Stimmung, und alle kehrten gut gelaunt an ihre Arbeit zurück.

Noch am selben Abend wartete Helena vor der Kaserne auf Gregor. Sie schilderte ihm die Situation und fragte ihn schließlich: „Meinst du, du könntest mir einen Mantel für meinen Vater in Größe 52 besorgen?“ Als er nicht gleich reagierte, fragte sie nach: „Oder ist das zu gefährlich? Natürlich zahle ich auch dafür.“

Er schaute sich vorsichtshalber erst einmal um, er wollte augenscheinlich kein Risiko eingehen. Dann antwortete er: „Wenn es weiter nichts ist, das mach ich doch mit links“. Gregor lachte sie an und fügte hinzu, „darin habe ich Übung. Besorg mir eine Stange Zigaretten und ich organisier dir den Mantel, damit dein armer Papa nicht mehr frieren muss.“

Helena war überglücklich. So locker, wie Gregor das anging, konnte das gar nicht gefährlich sein. Aber vor allem, Papa! Er müsste nicht länger frieren! Auf dem Nachhauseweg erzählte sie Irene davon, die ihr auch nochmals versicherte, dass sie sich keine Sorgen machen müsse. „Der Gregor ist ein gewiefter Hund, der hat das schon tausend Mal gemacht.“

Am Abend erzählte Helena ihrer Mutter von dem Plan, den sie ausgeheckt hatte.

„Du weißt aber schon, dass das nicht in Ordnung ist. Das ist Diebstahl“, meinte Amelie betroffen, doch dann änderte sich plötzlich ihr Gesichtsausdruck und sie fuhr fort, „aber es ist ja für einen guten Zweck!“ Und somit segnete sie die Aktion mehr oder weniger ab.

Amelie verhökerte am nächsten Tag auf dem Schwarzmarkt ihre goldene Uhr. Marlene hatte sie ihr kurz vor ihrem Tod geschenkt. Es fiel ihr schwer, sich von ihr zu trennen, aber es war das einzig Wertvolle, was sie noch hatte und sie brauchte unbedingt diese Zigaretten. Ihre Tochter übergab sie am nächsten Tag Gregor.

„Heute Abend geht es über die Bühne", meinte er zuversichtlich, „ich nehme den Mantel mit raus und um halb sieben treffen wir uns vor der Liebfrauenkirche. Ich wohne drüben in J 7, in der Filsbach. Ich finde es besser, wenn wir die Übergabe in einiger Entfernung von der Kaserne machen."

Helena war überglücklich. Papa würde vielleicht Augen machen, wenn sie ihm den Mantel mitbringen würde. Endlich müsste er nicht mehr frieren!

Helena war schon eine Viertelstunde früher da. Sie blickte den Luisenring entlang. Es war schon ziemlich dunkel und außerdem war es kalt. Die Turmuhr schlug halb sieben. Jetzt musste er gleich da sein. Doch die Straße war menschenleer. Ab und an fuhr mal ein Auto vorbei, meist waren es amerikanische Militärfahrzeuge mit Soldaten, von denen einige ihr hinterherpfiffen. Helena fühlte sich sehr unwohl. Hoffentlich würde Gregor bald kommen. Die Turmuhr schlug sieben. Jetzt war er schon eine halbe Stunde überfällig. Wo er bloß blieb? Und wieder schlug die Turmuhr: halb acht und schließlich acht.

Durchgefroren und in höchstem Maße beunruhigt machte sich Helena auf den Nachhauseweg. Ob er sie betrogen und die Zigaretten einfach nur einkassiert hatte? Aber diesen Eindruck hatte sie in all den Monaten nicht von ihm gewonnen und auch Irene hatte ihm ein gutes Zeugnis ausgestellt. Sollte sie sich so in ihm geirrt haben? – Nein, es musste einen anderen Grund dafür geben, warum er sie versetzt hatte. Aber dieser Grund beunruhigte sie noch mehr. Anscheinend war doch etwas schiefgelaufen. Was, wenn die ganze Sache aufgeflogen war? Sie wollte gar nicht darüber nachdenken. Bei dem Gedanken wurde es ihr himmelangst.

Als sie nach Hause kam, lag ihr Vater schon im Bett, Katharina hatte Dienst im Theater und Annerose war mal wieder bei Betty, so wie so oft in den letzten Wochen. Als Amelie Helena die Tür öffnete, schwante ihr schon nichts Gutes, denn ihre Tochter war total aufgelöst und als die ihr dann noch erzählte, dass Gregor nicht gekommen war, erschrak sie fürchterlich. „Da ist irgendwas passiert. Im schlimmsten Fall haben sie ihn geschnappt. Gar nicht auszudenken, was die mit ihm machen! Und wir haben ihn dazu angestiftet. Wenn wir Pech haben und er redet, dann werden wir auch noch zur Rechenschaft gezogen."

Leider bewahrheiteten sich Amelies Befürchtungen.

Monatelang hatte Gregor ungehindert alles Mögliche aus der Kaserne rausgeschleust. Doch an diesem Abend hatte ein deutscher Kontrolleur Dienst gehabt, den Gregor nicht kannte. Er war neu und er filzte ihn besonders gründlich und entdeckte schließlich den Mantel. Ob ihn darüber hinaus jemand denunziert hatte, ob es einfach nur ein dummer Zufall gewesen war oder der Übereifer des „Neuen" ließ sich später nicht mehr feststellen. Jedenfalls hatten die beiden Kontrolleure kein großes Federlesen gemacht und ihn von der Schutzpolizei abführen lassen. Gregor hatte gleich bemerkt, dass es wenig Sinn machte, die Tat zu leugnen, aber er hatte Helena nicht verraten, sondern behauptet, er habe den Mantel für seinen kranken Vater besorgen wollen.

In einem Schnellverfahren verurteilte man ihn zu vier Monaten Gefängnis.

Als Helena am nächsten Tag in der Kantine von Irene erfuhr, was sich zugetragen hatte, war sie verzweifelt. Es war weniger die Tatsache, dass ihre Mutter für nichts und wieder nichts ihre goldene Uhr versetzt hatte, sondern vielmehr, dass man Gregor geschnappt hatte und er nun wegen ihr ins Gefängnis kommen würde. Sie konnte ihre Tränen nicht zurückhalten und zu Irene gewandt, sagte sie: „Und ich bin schuld daran."

„Ach, was, rede dir das nicht ein! Der Gregor hat auch für andere ständig Zeug rausgeschleust. Es war klar, dass das irgendwann mal auffliegen würde. Das war sozusagen sein Berufsrisiko." Obwohl Irene versuchte, Helena zu trösten, gelang es ihr nicht wirklich. Helena war tieftraurig und schwor sich, nie mehr einen solchen Kuhhandel einzugehen.

Unglücklicherweise belauschte ein Kollege am Nachbartisch das Gespräch der beiden Frauen. Karlheinz Klobe hatte schon damals, als Helena die Schneiderei betreten hatte, ein Auge auf die hübsche Dunkelhaarige geworfen. Helena war zwar immer freundlich zu ihm gewesen, hatte aber auf verschiedene Annäherungsversuche seinerseits nie reagiert.

Sie hatte zwar sehr wohl bemerkt, dass dieser Klobe sie mit seinen Blicken verschlang, aber dieser Mann gefiel ihr überhaupt nicht und als er sie einmal fragte, ob sie mit ihm ausgehe, hatte sie ihm freundlich, aber deutlich einen Korb gegeben.

Nun witterte Klobe eine Gelegenheit, sich doch noch an Helena heranmachen zu können. Und so passte er sie am Abend vor der Kaserne ab, als sie sich auf den Heimweg machte. Unglücklicherweise war Irene an diesem Nachmittag früher gegangen, da sie höllische Zahnschmerzen bekommen hatte.

„Darf ich dich ein Stück begleiten?" hatte er sie angesprochen.

„Wenn du denselben Weg hast, warum nicht?", Helena wollte ihm nicht vor den Kopf stoßen. Es störte sie nicht wirklich, wenn er neben ihr herlief.

„Hast du am Samstagabend schon etwas vor?", fragte er sie plötzlich „Ich würde dich gerne in den UFA-Filmpalast einladen."

Hätte ich vorhin bloß nein gesagt. Jetzt habe ich den Salat! Das hatte sie von ihrer Gutmütigkeit. Sie hatte keine Lust, mit ihm ins Kino zu gehen. Klobe gefiel ihr nicht und sie interessierte sich auch überhaupt nicht für ihn.

„Ach nein. Ich mache mir nicht viel aus Kino und außerdem muss ich meiner Mutter zu Hause helfen. Sie braucht mich am Wochenende." Gott sei Dank war ihr das noch mit ihrer Mutter eingefallen.

Plötzlich wechselte Klobe unvermittelt das Thema.

„Ist schon schlimm, was mit dem Gregor passiert ist, meinst du nicht?" Er lachte, aber eine gewisse Häme war nicht zu überhören. „Der arme Kerl geht ins Loch und die, die ihn angestiftet hat, läuft frei rum. Das ist doch irgendwie ungerecht, findest du nicht auch?"

Helena spürte, wie ihr die Röte ins Gesicht schoss. Sie war nicht fähig, ihn anzusehen, geschweige denn ihm zu antworten und ging darum weiter stur geradeaus.

„Du sagst ja gar nichts? Hat es dir die Sprache verschlagen? Ach, übrigens, was ist jetzt mit Samstag, gehst du mit mir ins Kino? Und hinterher können wir uns ja noch einen vergnüglichen Abend machen. Wir werden uns bestimmt gut verstehen, meinst du nicht?"

Wie widerlich der Mann doch war! Ekelig und schmierig! Niemals würde sie mit dem etwas anfangen. Den würde sie nicht einmal mit der Beißzange anfassen! Was konnte Klobe ihr denn schon anhaben? Das waren doch alles nur Mutmaßungen, die er hier aussprach.

„Ich habe Ihnen doch gesagt, dass ich am Samstagabend keine Zeit habe", sie ging schneller, ohne ihn weiter anzuschauen.

„Also ich denke, Sergeant Jones und Mister Blumenthal werden sich schon dafür interessieren, wer in der Kaserne andere zum Diebstahl anstiftet und die anderen Chefs sicher auch", er grinste, „das gibt mit Sicherheit ein paar Monate Knast, wenn nicht sogar mehr."

Helena nahm ihren ganzen Mut zusammen, blieb stehen und schrie ihn an: „Was wollen Sie von mir?"

„Mit dir ausgehen", antwortete er ruhig und lachte sie süffisant an, „ist das so schlimm?"

„Ich will aber nicht mit Ihnen ausgehen!", schrie sie ihn an, dann drehte sie sich um und lief davon.

„Also ich würde mir das an deiner Stelle nochmals gründlich überlegen!", rief er ihr hinterher.

Helena war verzweifelt. Der Klobe hatte sie in der Hand. Sie hatte das zunächst unterschätzt. Wenn der sie anschwärzen würde, wäre sie dran und vielleicht ihre Mutter auch noch. Was sollte sie bloß tun? Sie fand diesen Mann so widerlich. Sie wollte nicht mit ihm ausgehen und nachdem, was er angedeutet hatte, würde es ja auch nicht dabei bleiben. Der wollte eindeutig mehr von ihr. Was sollte sie nur tun?

In dieser Nacht tat Helena kein Auge zu. Sie wälzte sich von einer Seite zur anderen. Sie konnte es drehen und wenden, egal, was sie tun würde, sie saß in der Falle.

Am nächsten Morgen ging sie früher aus dem Haus. Sie musste unbedingt mit jemandem sprechen. Zuhause wollte sie keinen damit belasten. Und Irene hatte vielleicht einen Rat für sie.

Die Freundin hörte ihr aufmerksam zu. „So ein Schwein! Aber das passt zu diesem Schleimer. Ich kann den Kerl nicht ausstehen. Mich hat er auch mal angemacht und von mir bekam er ebenfalls eine Abfuhrt. Das ist aber auch zu blöd, dass ausgerechnet der das in der Kantine mitbekommen hat. Wir könnten ja einfach alles abstreiten, dass er sich verhört hat, wenn er uns wirklich verpfeifen sollte. Das Problem ist nur, dass wir mit Gregor nicht reden können. Wenn die ihm auf Grund von Klobes Aussage eine Fangfrage stellen, dann gibt er vielleicht doch zu, dass du da mit drinsteckst. Nein, wir müssen uns etwas anderes überlegen. Weißt du was, wir besprechen das heute in der Mittagspause mit den anderen, vor allen mit den Schneidermeistern. Wir müssen bloß aufpassen, dass wir unter uns sind. Die Schneider haben nämlich fast alle schon Zeug rausgeschafft. Und wenn die mitkriegen, dass der Klobe rumspioniert und seine deutschen Kollegen an die Amis verpfeift, dann nehmen die sich den Kerl zur Brust. Bist du damit einverstanden, Helena?

Helena nickte, was hatte sie schon für Möglichkeiten, sich sonst gegen ihn zu wehren. Sie stand mit dem Rücken zur Wand und hatte nichts zu verlieren.

Irene hatte die Reaktion der anderen richtig eingeschätzt.

„Den schnappen wir uns", meinte der eine Schneidermeister.

„Mach dir keine Sorgen, Helena, dem erteilen wir eine Lektion, die er so schnell nicht vergisst", meinte ein anderer.

Und wieder ein anderer erklärte: „Wenn der dich nicht zufrieden lässt, breche ich ihm alle Gräten", dabei ließ er die Knöchel seiner Finger knacken.

Die Solidarität der Kollegen tat Helena gut und das erste Mal seit Tagen lächelte sie wieder, so dass ihre hübschen Grübchen zu sehen waren.

„Mach dir keine Sorgen, dem Feigling kaufen wir die Courage ab", meinte Irene.

Als Klobe dann am selben Abend erneut versuchte, Helena auf dem Heimweg zu bedrängen, tauchten nach und nach die Kollegen auf und begleiteten die beiden, so dass Klobe schließlich von fünf Schneidermeistern umringt war. Als sie am Erlenhofplatz vorbeikamen, wo die abgeklopften Backsteine zu Mauern aufgeschichtet waren, packten sie ihn und verschwanden mit ihm. Helena und Irene sahen nichts, aber an dem, was sie hörten, erkannten sie, dass die Schneider Klobe eine gehörige Abreibung verpassten.

Vielleicht hätte das ja schon gereicht, aber am nächsten Tag in der Mittagspause sollte ihm die zweite Lektion erteilt werden. Klobe war an diesem Tag in der Küche zur Essensausgabe eingeteilt.

Er stand mit einem blauen Auge und einer aufgeplatzten Lippe hinter einem großen Suppentopf. Als nun einer der Schneidermeister, die ihn am Vortage vermöbelt hatten, seinen Teller hinhielt, goss Klobe ihm absichtlich mit der Schöpfkelle die heiße Kartoffelsuppe über die Hand, worauf dieser seinen Teller mit voller Wucht in den Suppentopf schleuderte.

Durch den Aufprall spritzte die Kartoffelsuppe in hohem Bogen heraus und bekleckerte die ganze Tischdecke. Das war jedoch nur das kleinere Übel. Denn Sergeant Jones stand ausgerechnet in diesem Moment in der Essenschlange und bekam eine volle Ladung der heißen Suppe ins Genick.

Wutentbrannt drehte er sich um. Er empfand es als einen Angriff auf seine Person, da sich das alles hinter seinem Rücken abgespielt und er somit den eigentlichen Vorgang gar nicht mitbekommen hatte. Und darum holte Sergeant Jones aus und gab Klobe einen Kinnhaken, der sich gewaschen hatte. Der fiel um wie ein Sack.

Klobe hatte es sich somit auch mit den Chefs verscherzt und er konnte davon ausgehen, dass jegliche Art von künftiger Denunziation ins Leere laufen würde, denn seine Vorgesetzten hatten ihn nun gewaltig auf dem Kieker.

Was das Mantelproblem von Carlo Legrand betraf, so hatte Katharina eine glänzende Idee gehabt. Sie hatte zwei wollene

Wehrmachtsdecken besorgt, aus deren dicken Stoff Helena für ihren Vater einen Wintermantel genäht hatte.

Die Sache wäre eigentlich damit erledigt gewesen, wäre da nicht vier Monate später ein Mann mit einem großen Paket vor der Kaserne gestanden. Als Helena an diesem Junitag 1946 die Kaserne verließ, steuerte niemand anders auf sie zu als Gregor. Er hatte seine Strafe abgesessen und brachte ihr nun den Mantel für ihren Vater. Den hatte er sich über einen der deutschen Kontrolleure, welchen er gut kannte und den er geschmiert hatte, aus dem Lager der Lüttich-Kaserne herausschaffen lassen.

Als Gregor ihr das Paket überreichte, meinte er grinsend: „Bezahlt hast du ihn ja schon. Entschuldige, dass ich so spät liefere. Aber besser spät als nie."

Helena lächelte ihn verlegen an. Im Grunde war ihr das Wiedersehen mit ihm zutiefst peinlich. „Geht es dir gut? Ich habe so oft an dich denken müssen. Es tut mir unheimlich leid, dass du wegen des Mantels vier Monate ins Gefängnis musstest."

„Ach, mach dir um mich keine Sorgen. Unkraut vergeht nicht! Es ist nur schade, dass ich hier nicht mehr arbeiten darf. Aber irgendetwas werde ich schon finden und wenn nicht, dann wandere ich aus, nach Amerika oder nach Kanada. Da soll es ganz schön sein und gute Schneider werden überall gebraucht. Also dann, pass gut auf dich auf!" Er wandte sich schon zum Gehen um, doch da drehte er sich plötzlich nochmals zu ihr und meinte, „und vor allem pass auf den Mantel auf. Vergiss nicht, der nächste Winter kommt bestimmt!" Er lächelte sie an.

Sie gab ihm spontan einen Kuss auf die Wange und er verabschiedete sich mit ebensolchem. Bevor er um die Ecke bog, winkte er ihr noch ein letztes Mal zu.

12

Das Jahr 1946 brachte vieles in Bewegung, im Guten wie im Schlechten. Die Bewertung, ob gut oder schlecht, hing meist von der Einstellung des Einzelnen und seinen Lebensumständen ab.

Anfang März ließ die US-Militärregierung in allen Mannheimer Lichtspieltheatern den von ihnen unmittelbar nach der Befreiung in den Konzentrationslagern aufgenommenen Film „Die Todesmühlen" zeigen. Während man in manchen deutschen Städten die Bevölkerung zwangsverpflichtete, sich den Film anzusehen, geschah der Besuch der Vorführung in Mannheim auf freiwilliger Basis. Leider stieß der Film nicht auf die Resonanz, die sich die Militärregierung gewünscht hatte, die in ihm einen wichtigen Beitrag innerhalb ihrer Umerziehungsmaßnahmen an der deutschen Bevölkerung sah.

Amelie und Carlo waren zusammen mit Katharina und Helena in den Film gegangen und anschließend zu Hause noch zusammengesessen. Sie waren innerlich derart aufgewühlt, dass sie so schnell keinen Schlaf finden würden.

„Habt ihr gesehen, das ‚Pali' war nur halbvoll. Ich dachte, dass die Vorstellung ausverkauft sei und hatte noch Angst, wir würden keine Karten bekommen." Katharina war die Verwunderung noch immer anzusehen.

„Ja, ich kann das auch nicht verstehen. So was muss man sich doch ansehen. Auch wenn es schreckliche Bilder sind, aber das ist doch wichtig, damit so etwas nie mehr passiert." Amelie konnte die Haltung vieler Mitbürger nicht nachvollziehen.

„Es gibt eben noch immer viele, die das alles nicht wahrhaben wollen und denken, das sei ein Propagandafilm der Alliierten", versuchte Carlo zu erklären.

„Ich finde, unser Oberbürgermeister Braun hat vollkommen recht, dass er Überlegungen dahingehend angestellt hat, dass man jeden hätte zwangsverpflichten sollen, sich den Film anzusehen. Gerade diesen Unverbesserlichen, denen sollte man das mit dem Holzhammer eintrichtern, damit sie es endlich kapieren", schimpfte Katharina.

„Du kannst ja manchmal ganz schön rabiat sein", warf Amelie ein, „aber im Grunde hast du vollkommen recht."

„Na ja, vielleicht sind ja auch Leute aus anderen Gründen dem Film ferngeblieben. Das waren so entsetzliche Bilder, ich habe das fast nicht ertragen. Manchmal habe ich gedacht, jetzt gehe ich raus." Helena war noch immer bestürzt über das, was sie gesehen hatte.

„Ich habe mich geschämt bis auf die Knochen. Ich habe ja immer gewusst, dass das ein infames Pack ist, aber dass solche Gräueltaten in den KZs stattgefunden haben, das ging und das geht über mein Vorstellungsvermögen." Carlo schüttelte noch immer fassungslos den Kopf. Er war entsetzt und wütend zugleich.

„Trotzdem fand ich die Worte am Schluss des Filmes doch sehr hart", Katharina versuchte sich zu erinnern und die Formulierung sinngemäß zu wiederholen. „Wie haben die da gesagt – ‚so mussten Millionen in den KZ-Lagern sterben, weil du am 30. Januar 1933 Hitler zugejubelt hast, weil du den Nürnberger Parteitag mitgemacht hast, weil du beim Judenprogrom 1938 nicht protestiert hast ...' Was heißt hier ‚du'?"

„Ja, das war harter Tobak. Ich musste da auch kräftig schlucken", meinte Amelie nachdenklich.

„Ich finde das ungerecht!", warf Helena ein. „Was kann ich denn dafür? Ich war doch noch ein Kind, als das alles passiert ist!"

„Das darf man nicht so wörtlich nehmen. Die Amerikaner wissen doch gar nicht, was hier abging", meinte Carlo beschwichtigend.

„Spätestens als die den Film gedreht haben, hätte ihnen doch klar werden müssen, was das für ein diktatorisches System war und dass es auch für uns, die wir nicht für Hitler waren, nicht so einfach war, Widerstand zu leisten." Amelie tat sich schwer mit der Haltung der Amerikaner. Sie fand, dass sie eine ziemliche Schwarz-Weiß-Malerei betrieben. Sie erinnerte sich an die Vorkommnisse damals während der „Reichskristallnacht" in der Jungbuschstraße. Sie hatte sich im Nachhinein oft gefragt, wie sie sich hätte anders verhalten sollen.

„Sei's drum!" Carlo stand auf. „Der Film ist jedenfalls wichtig, und ich werde ihn auch allen meinen Kollegen ans Herz legen. Und jetzt muss ich ins Bett, denn morgen früh muss ich beizeiten raus."

Damit war die Diskussion erst einmal beendet.

Am 5. März wurde das Gesetz zur Befreiung vom Nationalsozialismus und Militarismus verabschiedet und gleich darauf wurden über zweihunderttausend Fragebögen an alle Mannheimer über 18 Jahren verteilt. Auf sechs Seiten mussten 131 Fragen beantwortet werden, bei denen es darum ging herauszufinden, wer in der SS, der Gestapo und der SA aktiv mitgewirkt habe oder in der NSDAP oder anderen parteinahen Organisationen Mitglied gewesen war. Aufgrund der Antworten würde man, wenn man Glück hatte, gleich entnazifiziert oder in einer der fünf Gruppen mit entsprechenden Konsequenzen eingestuft werden:

I. Hauptschuldige
II. Belastete
III. Minderbelastete
IV. Mitläufer
V. Entlastete

Man musste alle möglichen Angaben über sich selbst und andere machen. Die Fragen ab Nr. 108 betrafen beispielsweise das Wahlverhalten. 108. Welche Partei haben Sie im November 1932 gewählt? 109. Und im März 1933, 110. Und im ...."

Für Carlo, Amelie und Helena war die Beantwortung der meisten Fragen unproblematisch, denn sie hatten nichts zu verbergen. Bei Frage Nr. 101 waren Amelie und Carlo jedoch in die Bredouille gekommen. Sie lautete: Haben Sie irgendwelche Verwandte, die jemals Amt, Rang oder einflussreiche Stellungen in irgendeiner der von Nr. 41 bis 95 aufgeführten Organisationen hatten? Als sie die Nummern nochmals durchgingen, blieben sie bei der Nr. 62 hängen: Deutsches Frauenwerk.

Amelie und Carlo schauten sich fragend an. „Und was machen wir mit Marie? Die hatte doch im Frauenbund eine Zeitlang eine leitende Funktion?", meinte Amelie schließlich.

Carlo schwieg. Er hatte gerade wegen ihrer politischen Einstellung schon seit Jahren kein gutes Verhältnis mehr zu seiner Schwester Marie. Aber sollte er sie jetzt anschwärzen? Seine eigene Schwester denunzieren?

„Ich werde keine Angaben machen!", stellte Amelie kategorisch fest. „Das ist nicht meine Aufgabe. Wenn Marie einen Funken Anstand im Leib hat, dann gibt sie das freiwillig zu."

„Ich schreib das auch nicht rein, schon wegen Betty nicht. Das tu ich meiner Cousine nicht an!" Helena solidarisierte sich mit ihrer Mutter.

„Und ich auch nicht! Ihr habt vollkommen recht." Carlo ging weiter zur nächsten Frage. Haben Sie jemals im Zuge der Arisierung jüdischen Besitz erworben? Für einen Augenblick stockte Helena. Ihr kam das Nähkästchen in den Sinn. Doch da hatte bereits Amelie Helenas Fragebogen zu sich herübergezogen und ‚Nein' angekreuzt, dabei hatte sie ihr heimlich zugezwinkert. Helena hatte geschwiegen.

Obwohl Amelie, Carlo und Helena sich nichts vorzuwerfen hatten, warteten sie doch angespannt auf das Ergebnis der Auswertung. Ein paar Wochen später lag eine Vordruckpostkarte mit folgendem Text in ihrem Briefkasten:

„Aufgrund der Angaben in ihrem Meldebogen sind Sie von dem Gesetz zur Befreiung vom Nationalsozialismus und Militarismus vom 5. März 1946 nicht betroffen."

Sie atmeten auf. Einigen anderen dürfte es in diesen Tagen ähnlich gegangen sein. Denn Amelie, Carlo und Helena waren nur drei von 160.000 Mannheimern, die man als „Nichtbetroffene" eingestuft hatte.

13

Mitte Mai kehrte dann erneut ein verschollen geglaubtes Familienglied nach Hause zurück. Als Amelie die Tür öffnete, war Adolf, Anneroses kleiner Halbbruder, im Hausflur gestanden.

„Mensch, Junge, schön dich zu sehen. Komm rein!" Amelie zog ihn zur Tür herein und umarmte ihn herzlich. Adolf ließ es über sich ergehen, blieb aber eher zurückhaltend. Solche Gefühlsausbrüche waren ihm fremd. Er konnte nicht so gut damit umgehen.

Amelie überging es, tat so, als würde sie es nicht spüren. „Jetzt kommst du erst mal zu mir in die Küche! Du hast doch bestimmt Hunger." Sie schob ihn vor sich her, den kleinen Flur entlang. „Setz dich!" Sie zog den Küchenstuhl unter dem Tisch hervor. „Du hast Glück. Ich habe einen Kuchen gebacken. Das hast du wohl gerochen?" Sie lachte ihn an und fuhr ihm durchs Haar. „Ich freu mich so, dich zu sehen. Ich hab so oft an dich gedacht und mich gefragt, wie es dir wohl ergangen ist."

Kurz darauf schnitt sie ihm ein Stück von dem Kuchen ab, den sie gerade aus dem Ofen geholt hatte. Dann setzte sie sich zu ihm. „So, Junge jetzt erzähl mal, wie geht es dir? Wo kommst du her?"

Adolf schwieg, betrachtete aber noch immer mit großen Augen Amelies Kuchen. Es war eine Ewigkeit her, dass er einen Kuchen zu Gesicht bekommen, geschweige denn gegessen hatte. Schließlich biss er hinein. „Der schmeckt aber gut", meinte er, während er das Kuchenstück regelrecht verschlang. Amelie saß lächelnd daneben. Sie freute sich, mit welchem Appetit er nun schon nach dem dritten Stück griff. Plötzlich schaute Adolf sie an: „Sag mal, Tante Amelie, wie schaffst du das, in diesen Zeiten Kuchen zu backen? Wo kriegst du denn das Mehl her?"

Amelie lachte und erklärte ihm, dass dieser Kuchen nie ein Stäubchen Mehl gesehen habe, sondern aus gekochten, durch den Fleischwolf gedrehten weißen Bohnen aus ihrem Garten gemacht sei, vermischt mit Backpulver und ein wenig Zucker, Ei- und Milchpulver.

Adolf hielt einen Moment inne, sah sich das Stück Kuchen mit kritischem Blick an, aß jedoch sofort weiter.

„Du hast ja einen ganz schönen Hunger", meinte Amelie, „aber iss ruhig, mein Junge. Und erzähl mir jetzt endlich, wo du die ganze Zeit gesteckt hast!"

Adolf berichtete nun seiner Tante, dass er bis zum letzten Augenblick als Flakhelfer die Stadt vor dem Feind verteidigt habe und dass er unheimlich stolz darauf sei. „Wären nicht alle am Schluss desertiert, hätten diese Schweine uns nie und nimmer besiegt."

Amelie überhörte den letzten Satz. Sie hatte keine Lust, mit diesem halben Kind eine politische Diskussion zu entfachen. „Ich bin jedenfalls froh, dass dir nichts passiert ist. Wichtig ist doch nur, dass du überlebt hast und dass du gesund bist." Amelie wusste, wovon sie sprach, denn gerade die sehr jungen und sehr alten Männer, die man in den letzten Monaten noch in den Krieg geschickt hatte, waren fast alle bei den Kampfhandlungen umgekommen. Sie hatten keinerlei Erfahrung gehabt und waren somit für den Gegner willkommenes Kanonenfutter gewesen.

„Die Amis haben mich und die Kameraden gefangengenommen und uns in das Kriegsgefangenenlager in Sandhofen verschleppt. Dort wurden wir von diesen Scheiß-Russen und Polacken in Amiuniformen bewacht. Ich kann dir sagen, diese Kanaken haben uns vielleicht drangsaliert." Seine Augen blitzten trotzig.

Amelie streichelte ihm über die Wange. Wie verletzt die Seele dieses Jungen doch war! „Ich kann ja verstehen, dass das schlimm für dich gewesen sein muss, aber du solltest nicht so abschätzig über die Russen und Polen sprechen. Sieh mal, die haben hier in Deutschland ganz viel mitmachen müssen."

„Mitmachen müssen! Und was ist mit dem, was die Amis mir angetan haben? – Die haben mich wie den letzten Dreck behandelt. Und gedemütigt haben sie mich und meine Kameraden, als ‚Babydivision‘ haben sie uns bezeichnet und uns ausgelacht. Diese Dreckskerle, diese verdammten! Der Teufel soll sie holen!"

„Schluss jetzt! Ich will nicht, dass du hier in meiner Wohnung weiter so redest! Kapiert!" Amelies Ton war scharf geworden. Bei allem Verständnis für ihn war sie nicht gewillt, ihm das durchgehen zu lassen.

Adolf erschrak, denn damit hatte er nicht gerechnet. Außerdem wollte er Amelie nicht verärgern und darum lenkte er ein: „Ja, ist ja schon gut, Tante Amelie." Eine wirkliche Entschuldigung brachte er jedoch nicht über die Lippen.

„Ich möchte, dass du jetzt in aller Ruhe weitererzählst und nicht mehr ausfällig wirst! Hast du mich verstanden?"

Er nickte gequält.

„Ja, und was war dann? Was haben sie mit dir in Sandhofen gemacht?", fuhr Amelie ungeduldig fort.

„Nichts weiter. Sie haben uns ein großes ‚P' wie ‚Prisoner' hinten auf die Jacke gemalt und das war's! Wir hockten dann da rum und haben nur gewartet. Tagein, tagaus. Nach drei Wochen haben die mich schließlich gehen lassen. Sie meinten, ich sei noch ein halbes Kind. Dabei war ich einen Monat zuvor schon 17 geworden", erklärte Adolf und erzählte ihr im Folgenden, dass er dann in den Hafen auf Arbeitssuche gegangen sei. „Schwierig war das, kann ich dir sagen, aber ich hatte Glück und konnte schließlich auf der ‚Amsterdam' als Matrose anheuern."

„Du schlägst wohl doch in die Art deines Vaters, die Schifffahrt scheint dir im Blut zu liegen", meinte Amelie ein wenig nachdenklich und fügte hinzu, „zumindest was dein Interesse an der Schifffahrt anbelangt." Sie lächelte etwas gequält.

Ihr war noch immer unwohl, wenn sie an Adolfs Vater Alfred dachte. Sie konnte einfach die vielen Niederträchtigkeiten nicht vergessen, die er ihrer Schwägerin Marlene angetan hatte. Auch die Tatsache, dass Adolf sich zu einem kleinen verbitterten Faschisten entwickelt hatte, war ausschließlich sein Verschulden.

Hätte er Marlene damals nicht gezwungen, den Kleinen ins Schifferkinderheim zu bringen, wäre Adolfs Leben ganz anders verlaufen. Es hatte Marlene damals fast das Herz gebrochen, sich von ihrem Kind trennen zu müssen, um es den Tanten im Schifferkinderheim zu überlassen, die es im Sinne des Nationalsozialismus erzogen. Und dann noch dieser Name: Adolf! Der war auch auf Alfreds Mist gewachsen. Sie vermied es, den Jungen beim Namen zu nennen, diesem schrecklichen Namen, der die Erinnerung an die schlimmen Jahre immer von Neuem wach werden ließ und der ihr noch immer Albdrücken verursachte.

Carlo und Amelie hatten den Kontakt zu Adolfs Vater Alfred, der bereits seit mehreren Jahren mit Auguste zusammenlebte, schon vor langer Zeit abgebrochen. Spätestens nachdem Auguste ihren Mann Erich hatte für tot erklären lassen, gab es keinen Grund mehr, weiterhin mit ihnen zu verkehren. Amelie tat es nur leid, dass sie damit auch den kleinen Edgar aus den Augen verlieren würde, war dieser doch seinem Vater Erich wie aus dem Gesicht geschnitten.

„Gott sei Dank kommt der auf meinen Bruder raus und nicht auf Auguste. Das Weib ist doch so hässlich wie die Nacht", hatte Carlo zum wiederholten Mal festgestellt. Er hatte sie noch nie leiden können. „Da hat sich Erich vielleicht eine geangelt! Klar, dass die ihn bei der erstbesten Gelegenheit für tot erklären lässt. Da kann sie jetzt die Witwenrente kassieren und sie gleich mit Alfred, diesem Schurken, verprassen! Die beiden haben sich wirklich gesucht und gefunden!"

„Ich habe trotzdem mehr von meiner Mutter, als man auf den ersten Blick meinen könnte", unterbrach Adolf Amelies Gedanken. Die wollte sich schon darüber freuen, doch da fügte er hinzu: „Allerdings nichts Gescheites!"

Amelie schaute ihn verwundert an. Was wollte Adolf damit andeuten?

„Na ja, ich musste meine Arbeit als Matrose aufgeben", erzählte er nun weiter, „denn ich hatte große Probleme mit meiner Lunge. Der Arzt, bei dem ich war, meinte, die ständige Feuchtigkeit auf dem Schiff wäre Gift für mich."

Amelie begriff. Adolf hatte anscheinend die schwache Lunge seiner Mutter geerbt.

„Und jetzt suchst du eine andere Arbeit und ich vermute, auch eine Unterkunft, nicht wahr?" Amelie hatte es schon befürchtet, dass er sie aus diesem Grund aufgesucht hatte.

„Könnte ich denn ein paar Tage bei euch bleiben, bis ich eine neue Bleibe gefunden habe?", fragte er etwas zögerlich.

Amelie wusste, dass es mit ein paar Tagen nicht getan sein würde, denn es gab nirgends Wohnraum, er würde nichts finden. Aber sie konnte ihn beim besten Willen nicht auch noch bei sich unterbringen.

„Es tut mir leid, aber ich kann dich nicht bei uns einquartieren. Wir haben schon eine alte Freundin von mir aufgenommen, sie schläft auf dem Sofa im Wohnzimmer und Helena und deine Schwester liegen auf alten Feldbetten, die wir noch im Garten hatten, daneben."

Er nickte traurig. „Verstehe."

„Warum nimmst du nicht mit deinem Vater Kontakt auf? Ich weiß, dass er mit Auguste und Edgar in Käfertal-Süd wohnt. Irgendeine Straße, die nach einem Pfälzer Ort benannt ist ... Warte mal", sie dachte nach, „Dürkheimer oder Laubenheimer Straße oder so ähnlich. Du musst halt fragen. Und wenn alle Stricke reißen, dann kommst du eben wieder zurück. Irgendeine Notlösung werden wir schon finden. Aber vielleicht klappt es ja!"

Kurz danach brach Adolf in Richtung Käfertal auf. Mit gemischten Gefühlen überquerte er zum ersten Mal die zwei Wochen zuvor, am 1. Mai, eingeweihte, wiederhergestellte Friedrich-Ebert-Brücke. Er freute sich, dass er die 10 Pfennige für das Boot sparte, das seit Mitte 1945 neben der Brücke verkehrte und die Leute auf die andere Seite des Neckars brachte. Gleichzeitig ärgerte er sich jedoch, dass die Brücke nicht mehr Adolf-Hitler-Brücke hieß. Überhaupt vermisste er in der Stadt die ganzen Straßen, Plätze und Gebäude, die nach seinen Idolen benannt worden waren: Da stand jetzt statt „Horst-Wessel-Platz" plötzlich „Philosophenplatz" oder statt „Reinhard-Heydrich-Platz" „Gutenberg-Platz" und aus der „Dr.-Todt-Straße" war die „Schubertstraße" geworden. Nichts war mehr so, wie es war. Er hasste die Amis. Sie hatten alles zerstört!

Adolf musste lange herumfragen, bis er endlich vor der Haustür seines Vaters stand. Auguste öffnete ihm. „Was willst denn du hier?" Dann rief sie nach Alfred. Der bat ihn zwar kurz herein, erklärte ihm jedoch, dass er nicht bei ihm bleiben könne. Sie hätten seit einem Monat eine Familie aus dem Osten im Haus, Vertriebene aus Oberschlesien, nichtsnutziges Gesindel, das sich hier immer mehr breitmache. Man hätte ihn gezwungen, sie aufzunehmen. „Aber, dass du jetzt auch noch hier einziehst, das kannst du gleich wieder vergessen. Geh doch zu den Verwandten deiner Mutter oder zu deiner Schwester in den Jungbusch. Die saubere Sippschaft kann ruhig auch mal was für dich tun." Mit diesen Worten geleitete Alfred seinen Sohn zum Ausgang.

Und somit stand Adolf erneut auf der Straße. Gedankenverloren überquerte er die Eisenbahnschienen und bewegte sich auf der Käfertaler Straße erneut Richtung stadteinwärts. Es begann bereits zu dämmern. Die Luft war lau, die ersten Vorboten des bevorstehenden Sommers.

Den Weg zu seinem Vater hätte er sich sparen können. Der Alte hatte nie was für ihn übrig gehabt, von der alten Schrapnell an seiner Seite ganz zu schweigen.

Adolf ging zum Neckar. Hier auf der Wiese würde er sein Lager aufschlagen. Er hatte schon so oft im Freien geschlafen, da kam es auf einmal mehr nicht an. Ziemlich weit oben suchte er sich ein kleines Gebüsch, hinter dem er seine Decke ausbreitete. Er bettete seinen Oberkörper und seinen Kopf auf den Rucksack und schob seinen Unterarm ins Genick, dann schaute er in den fast klaren Nachthimmel. Langsam gewöhnten sich seine Augen an die Dunkelheit. Mit jedem Augenaufschlag schienen die Sterne mehr zu werden. Tausende, nein Millionen prangten da oben. Einige Sternbilder kannte er, andere Matrosen hatten ihm den Großen Bären, den Polarstern, Kassiopeia oder auch das Siebengestirn erklärt. Er war gerne Matrose gewesen, wie oft hatte er davon geträumt, die Enge der Fluss-Schifffahrt zu verlassen und über die Weltmeere zu segeln. Die Kriegsmarine, da hatte er hingewollt. Aber sie hatten ihn nicht genommen, er war zu jung gewesen. Und nun lag er hier auf der Wiese, ohne Arbeit, ohne ein Dach über dem Kopf und ohne Zukunft. Tausenden von anderen Jungs in seinem Alter ging es ähnlich wie ihm. Viele von ihnen hatten sich allerdings bei den Amis beworben und von ihnen auch Arbeit bekommen. Aber für die den Handlanger spielen? Nein, so weit würde er sich nicht herablassen. Nie und nimmer! Über diesen Gedanken schlief er ein.

Plötzlich rüttelte ihn jemand am Arm. Adolf schlug die Augen auf. Vor ihm stand ein Junge in kurzen Hosen und Pullunder.

„Hey, du! Hier kannst du nicht bleiben, wenn die Militärpolizei dich hier aufstöbert, wirst du eingelocht. Pack dein Zeug zusammen und komm mit!" Während Adolf seine Decke zusammenrollte, spähte der andere Junge in die dunkle Nacht.

„Duck dich! Da vorne kommt ein Jeep. Die Amis machen wieder Kontrollen, suchen ihre eigenen Leute", erklärte der Junge.

„Und warum das?" Adolf wunderte sich.

„Weil hier nachts jede Menge los ist, besonders wenn es jetzt warm wird. Dann wird hier gevögelt bis sich die Balken biegen", er lachte, „den Amis sind die schönen deutschen Fräuleins nicht entgangen."

Adolf schaute nun hinter seinem Busch hervor, hinunter auf die Neckarwiese und tatsächlich konnte er im schwachen Lichtschein der Mondsichel Umrisse von Paaren sehen, die sich in eindeutiger Weise bewegten.

„Diese elenden Hurensöhne!" Adolf fand das alles nur widerlich.

„Wieso denn, Kumpel! Den Mädels macht's doch auch Spaß und es rentiert sich vor allem. Meine Schwester Susanne schafft schon seit Monaten an, sonst käme meine Mutter daheim mit den Kleinen überhaupt nicht über die Runden. – So, jetzt aber nichts wie weg. Der Jeep ist weitergefahren, die kommen aber mit Sicherheit zurück."

Sie waren eine ganze Weile am Neckar entlanggerannt. Adolf war dem anderen Jungen dicht auf den Fersen geblieben, weil er in der Dunkelheit fast nichts sah. Aber der andere schien den Weg genau zu kennen, denn zielsicher rannte er nun im Zickzack durch ein Gebiet, was anscheinend eine Kleingartenanlage war. Schließlich sah er vor sich ein Licht, es schien aus einem Verschlag oder kleinen Schuppen zu kommen.

Als sie hineingingen, wurden sie von drei anderen Jungs in Empfang genommen. „Willkommen bei den Geiern!" Einer von den dreien schlug ihm auf die Schulter. Doch er konnte nicht antworten und ließ sich einfach nur zu Boden sinken, er war total außer Atem.

Der Junge, der ihn mitgebracht hatte und der sich nun als Horst vorstellte, war ein Jahr jünger als Adolf. Er war der Anführer einer Bande, die sich „Neckar-Geier" nannte. Sie hatten sich am Rande der Kleingärtnersiedlung auf der Friesenheimer Insel einen kleinen Schuppen zusammengeflickt, in dem sie hausten. Horsts Vater war gefallen, aber er hatte im Gegensatz zu den anderen noch eine Mutter, mehrere kleine Geschwister und besagte zwei Jahre ältere Schwester Susanne, die „anschaffte", um die Familie durchzubringen. Horst hatte es daheim nicht ausgehalten und eines Tages sein Bündel gepackt. Er hatte es vorgezogen auf der Straße zu leben. Karlheinz, Rüdiger und Volker, die anderen Bandenmitglieder, von denen keiner älter als 15 war, hatten dagegen ihre Eltern im Krieg verloren. Da sie keine Familie und kein Zuhause mehr hatten, lungerten sie nach Kriegsende wochenlang auf der Straße herum. Und so waren sie irgendwann einander begegnet. All das berichteten sie ihm nun und Adolf erzählte ihnen seine Geschichte.

„Lasst uns erst mal eine rauchen!", meinte Horst schließlich und holte aus einer Blechbüchse eine Zigarette, die nun die Runde machte. Jeder nahm einen tiefen Zug. Es war wie ein Ritual, das zeigen sollte, dass alle grundsätzlich damit einverstanden sein würden, ihn in der Bande aufzunehmen.

Die Zigaretten gingen der Bande nie aus, denn wo immer sie welche ergattern konnten, sammelten sie die Kippen der US-Soldaten, schnitten sie auf und aus dem Tabak mehrerer Stummel drehten sie eine neue Zigarette. Einige davon rauchten sie selbst, die meisten jedoch verkauften oder tauschten sie auf dem Schwarzmarkt.

„Kippensammeln" war allgemein eine Lieblingsbeschäftigung in der Nachkriegszeit. Manche der Amerikaner machten den Deutschen diese Tätigkeit leicht, indem sie die Zigarette nur halb rauchten und dann mit zwei Fingern wegschnalzten. Meistens waren es die schwarzen Soldaten, die so verfuhren. Überhaupt waren sie sehr großzügig, insbesondere den Kindern gegenüber, denen sie aus ihrem Camp am Unteren Luisenpark Hersheys Schokolade, Kaugummi oder Butterfingers über den Zaun zuwarfen.

Hellhäutige Amerikaner waren da eher zurückhaltend. Sie ließen zwar auch mitunter halbgerauchte Zigaretten in den Straßengraben fallen, traten sie jedoch mitunter mit dem Schuh so fest aus, dass sie nicht mehr zu gebrauchen waren. Das taten sie besonders gerne, wenn sie sahen, dass ein Deutscher sich gerade danach bücken wollte. Einige ältere Männer hatten allerdings eine elegante Art entwickelt, dieser Demütigung zu entgehen und trotzdem die hoch im Kurs stehenden Zigaretten zu ergattern. Sie hatten nämlich unten an ihrem Gehstock einen Nagel befestigt, mit dem sie die Kippen wie zufällig aufspießten.

Nachdem Horst, Karlheinz, Rüdiger und Volker sozusagen eine Zigarette mit Adolf, den sie ab sofort „Geier Adi" nannten, geteilt hatten, war klar, dass er einer von ihnen sein würde.

Sie richteten ihm einen Schlafplatz ein und zeigten ihm ihre „Schätze", die unter anderem aus zwei Gasmasken, einem Wehrmachtsgürtel und einem Luftgewehr bestanden. Dann erklärten sie ihm, dass morgen früh das Beschaffen von Essen angesagt sei. Nachmittags müsse er dann beweisen, dass er auch würdig sei, ein „Neckar-Geier" zu sein und eine Mutprobe bestehen. Adolf blickte sie argwöhnisch an.

„Mach dir keine Sorgen, wir mussten alle eine Mutprobe bestehen, das schaffst du", meinte Horst. „Übrigens, hast du Hunger? Rüdiger kocht nämlich gerade ein paar Kartoffeln. Ich hab einen Mordskohldampf."

Nun erst sah Adolf in der Ecke das kleine offene Feuer, auf dem die Kartoffeln sprudelten. Doch der Topf? – Das war doch ein ...

Karlheinz kam ihm zuvor: „Richtig, das war mal ein Stahlhelm. Not macht erfinderisch, zu irgendwas muss das Zeug ja noch taugen." Während er dies sagte, zog er an seinen Hosenträgern und ließ sie schnalzen, dann meinte er: „Und das war mal 'ne Gasmaske. Hier, das waren die Riemchen und das die Dichtungsringe", er deutete darauf.

„Willst du noch mehr von dem Kram sehen? Wir haben nämlich jede Menge davon. Das Zeug lag nach Kriegsende in rauen Mengen hier überall auf den Feldern rum. Ganze Flugzeugteile hätte man da mitnehmen können. Da haben wir nur zugreifen müssen." Volker zeigte nun dem verdutzten Adolf zwei Henkelbecher aus Kartuschenhülsen und einen Salzstreuer aus einer Handgranate. Als Rüdiger schließlich die Kartoffel in einem anderen Stahlhelm abgoss, in den sie Löcher gebohrt und ihn zum Sieb umfunktioniert hatten, brach für Adolf eine Welt zusammen. Wie konnte man nur das einst wertvolle Kriegsgerät so verunglimpfen?

Trotzdem war sein Hunger größer als seine Skrupel. Denn schon kurze Zeit später genoss er zusammen mit den anderen Geiern die Kartoffeln aus den beiden entweihten Stahlhelmen.

14

Am nächsten Morgen gingen sie auf Lebensmittelklau. Adolf
fiel auf, dass die Bande über eine bemerkenswerte kriminelle Ener-
gie verfügte und unglaublich listige Vorgehensweisen entwickelt
hatte. Nicht nur, dass sie die Gemüsebeete in den Schrebergärten plünderten, Hasen und Hühner stahlen, beim Bäcker gekonnt
Brote in ihrem Rucksack verschwinden ließen, nein, sie heckten
auch regelrechte Raubzüge aus, um den Amerikanern ihre Lunch-
pakete zu klauen. Sie lenkten sie ab und angelten die Sandwich-
päckchen aus den großen Alu-Behältern. Wenn die Amerikaner
an der Pontonbrücke an der Feuerwache zu tun hatten, schlichen
sie sich bäuchlings auf dem Landweg heran, sofern der Proviant
oberhalb der Wiese abgestellt war. Manchmal nahmen sie auch
den Seeweg, das heißt, sie schwammen durch den Neckar, wenn
die großen Kisten in Ufernähe standen.

Adolf war es schon den ganzen Morgen bei dem Gedanken an
die bevorstehende Mutprobe flau im Magen, nicht zuletzt auch
deshalb, weil die anderen Geier so überhaupt keine Andeutung
machten, was da auf ihn zukommen würde. Am Nachmittag
schließlich nahm Horst das Luftgewehr heraus, wickelte es in einen alten Kartoffelsack aus Jute und steckte es in den Rucksack.
Über den Teil, der oben herausschaute, band er quer eine alte Decke, so dass das Gewehr vollständig verdeckt war. Dann zogen die
Neckar-Geier los in Richtung Neckarstadt-West. Ihr Ziel war die
Gutemannstraße. Als Adolf dies mitbekam, schaute er die anderen wütend an. „Ich glaube, ihr habt sie nicht alle, ich gehe doch
nicht in den Puff zu diesen dreckigen Nutten!"

Die anderen lachten. „Quatsch, darum geht es doch gar nicht! Wart doch erst mal ab!" Sie gingen die Mittelstraße entlang bis zur Ackerstraße, der Parallelstraße zur Gutemannstraße. Dort bogen sie ein. Hier war kein Stein mehr auf dem anderen. In dieser Straße lag alles in Schutt und Asche. Nun gab Horst den anderen ein Zeichen und bedeutete ihnen, ihm zu folgen. Vor einem zerbombten Haus blieb er stehen. Hier waren die Trümmer meterhoch aufgetürmt. „Auf, da geht's hoch!" Zusammen kletterten sie nun den Geröllberg hinauf. Von hier oben hatte man einen wunderbaren Ausblick über die bizarre Trümmerlandschaft zusammengefallener Häuser. Vor allem jedoch hatte man eine ungehinderte Sicht in die Gutemannstraße und die Schaufenster des Sperrbezirks mit den leicht geschürzten „Damen". Da es ein warmer Tag war, standen darüber hinaus viele Fenster offen und so wehten die leichten Vorhänge immer wieder ein wenig zur Seite und gaben für einen kurzen Moment den Blick auf das mehr oder weniger lustvolle Geschehen frei, das sich in den Schlafzimmern abspielte.

Gut getarnt durch die Schutthaufen lagen sie auf dem Bauch und begutachteten ausgiebig alles das, was sich da unten abspielte. Sie machten ihre Witze, geilten sich auf und genossen die angenehmen Gefühle, die sie beim Zusehen überkamen, auch wenn besonders die Kleineren am Abend mit feuchten Hosen zurückkamen.

An diesem Nachmittag war in der Gutemannstraße nicht allzu viel los. Wenig Kundschaft war unterwegs. Die deutschen Männer hatten zumeist kein Geld fürs Freudenhaus und den Amerikanern war es verboten, in deutsche Bordelle zu gehen. An der Pension „Astoria" und fast allen anderen Häusern war die Aufschrift „off limits" zu lesen.

Wenn man die Gutemannstraße eingehender betrachtete, konnte man feststellen, dass sie durchaus etwas Beschauliches hatte. Die Frauen hatten fast alle jetzt in der wärmeren Jahreszeit Blumentöpfe auf ihre Fensterbretter gestellt, zumeist waren es rote Geranien. Auch schienen sie eine Vorliebe für Kanarienvögel zu haben, denn fast an jedem Fenster hing außen ein Käfig, in dem mehrere dieser munteren Gesellen hin und her hüpften und laut durcheinanderzwitscherten. Doch genau diese Idylle schienen die Neckar-Geier wenig zu schätzen, vielmehr hatten die Kanarienvögel ihren Jagdinstinkt geweckt.

Horst holte das Luftgewehr heraus und reichte es Adolf. „So, jetzt kannst du uns beweisen, dass du ein ganzer Kerl bist. Du musst einfach nur zweimal abdrücken!"

Adolf, der gerade zu einem Fenster blickte, wo eine vollbusige Dame mit hochtoupierten, zerzausten schwarzen Haaren, die augenscheinlich gerade ihren Kunden verabschiedet hatte, zum Fenster herausschaute und mit ihrem Kanarienvogel um die Wette tirilierte, erschrak und stieß das Gewehr weg.

„Du hast wohl nicht alle Tassen im Schrank!", zornig blickte er Horst an. „Ich schieße doch nicht auf die Nutte."

„Du sollst doch nicht auf die schießen. Guck doch mal, das Fenster daneben, da ist ein Käfig mit zwei gelben Kanarienvögeln", er deutete hinüber, „die sollst du abschießen!"

Adolf war einerseits erleichtert, trotzdem war ihm das alles nicht geheuer. Nicht nur, dass ihm die Vögel leidtaten, zwei Schüsse mitten am Nachmittag würden die ganze Nachbarschaft in Aufruhr versetzen und erst die Nutten! Die würden wahrscheinlich mit ihrem Geschrei sogar noch die Militärpolizei auf den Plan rufen.

„Sagt mal, kann ich euch nicht anders meinen Mut beweisen?" Er schaute die vier Neckar-Geier fragend an. Doch die schüttelten fast gleichzeitig den Kopf. „Entweder du drückst ab oder du bist die längste Zeit ein Geier gewesen. Und außerdem sind wir ja auch hier und stehen das mit dir gemeinsam durch." Horst ließ nicht mit sich verhandeln.

„Einer für alle, alle für einen!", meinte nun Volker und jeder legte die Hand in die des anderen. Zögernd legte Adolf seine Hand als Letzter oben drauf.

Dann nahm er das Gewehr in die Hand. Er legte an, visierte den ersten Vogel an, zielte und ... peng! Schon fiel der von der Stange. Und wieder ...peng! Auch der andere klatschte auf den Boden des Käfigs.

Wie Adolf vermutet hatte, ging augenblicklich ein wildes Geschrei los, ein lautes Heulen und schrilles Gekeife. Kurz darauf stürzten zwei leicht geschürzte Damen, die eine im roten Unterrock, die andere hatte sich nur einen durchsichtigen schwarzen Morgenmantel übergestreift, aus der Haustür. Fluchend und einen Stock in der Hand schwingend rannten sie auf das gegenüberliegende Trümmergrundstück zu, wo sich die Bande verschanzt hatte. Nun galt es Fersengeld geben. Horst schnappte sich das Luftgewehr und wickelte es im Rennen in die Decke ein. Dann seilten sich die fünf über die Ackerstraße ab und waren längst über alle Berge, als die Frauen endlich dorthin kamen, von wo aus Adolf geschossen hatte.

Nun war Adolf einer von ihnen. Obwohl ihm die Mutprobe zuwider gewesen war und er in diesem Augenblick schon fast bereut hatte, sich auf die Bande eingelassen zu haben, war er froh, dass er sich dazu hatte durchringen können.

Nach und nach fühlte er sich immer wohler bei den Jungs. Die fünf standen zueinander wie Pech und Schwefel und den Spruch, den sie von den Musketieren übernommen hatten, hielten sie tatsächlich ein.

Somit war klar, dass alle anderen sofort zur Stelle waren, wenn einer von ihnen in Schwierigkeiten geriet.

Eines Tages meinte der Anführer der „Erlenhofbande", sich mit Karlheinz anlegen zu müssen. Er hatte ihn im Flussschwimmbad an der Diffenébrücke wegen seiner schlechten Schwimmkünste gehänselt und einen Streit vom Zaun gebrochen. Bei der nachfolgenden Wasserschlacht hatte er Karlheinz so lange unter Wasser getunkt, bis dieser blau angelaufen war. Diesen Vorfall hatte Horst zum Anlass für eine Kriegserklärung gegenüber der Erlenhofbande genommen. Man hatte die Straßenschlacht auf Samstagnachmittag festgelegt, stattfinden sollte sie auf dem Erlenhofplatz, dort wo die von den Frauen abgeklopften Backsteine gelagert wurden.

Da die Erlenhofbande wesentlich mehr Mitglieder hatte, holte Horst sich Verstärkung aus der Filsbach. Er stammte aus dem Stadtteil und seine Familie wohnte noch immer dort. Damit hatte die Erlenhofbande jedoch nicht gerechnet und darum, als sie das kleine gegnerische Heer herannahen sahen, in ihrer Verzweiflung damit begonnen, die aufgestapelten Backsteine in Wurfgeschosse zu verwandeln. Die Neckar-Geier und die Filsbachler hatten einige Blessuren davongetragen und sich schon bald zurückgezogen. Doch der vermeintliche Sieg sollte der Erlenhofbande nicht gut bekommen. Denn die Tatsache, dass sie sich an den Backsteinen und somit an städtischem Eigentum vergriffen hatten, rief die Schutzpolizei auf den Plan, die schon wenige Minuten später eintraf, sie umzingelte und in Gewahrsam nahm.

Für Adolf war diese Straßenschlacht jedoch in ganz anderer Weise von Bedeutung gewesen, weil er plötzlich mitten in den Kampfhandlungen einen Verwandten neben sich entdeckte. Paul Legrand, Paulines Ältester, war nämlich Mitglied der Filsbach-Bande und hatte somit an diesem Mittag Seite an Seite mit seinem Cousin gekämpft.

Je länger Adi, wie er sich nun nannte, bei den Geiern war, desto besser ging es ihm. Die Wut und Traurigkeit, die ihn ein Leben lang beherrscht hatten, wichen immer mehr einem Gefühl der Zufriedenheit. Zum ersten Mal wusste er, dass er sich auf andere verlassen und ihnen vertrauen konnte, dass es Menschen gab, die zu ihm standen und dass er nicht mehr allein war. Wie verloren war er sich oftmals vorgekommen! Die Geier waren jetzt für ihn seine Familie. Und so verwandelte er sich mit der Zeit von einem verbitterten Einzelkämpfer in einen jungen Mann, dem das Leben wieder anfing, Spaß zu machen. Und so, wie er den Namen Adolf abgelegt hatte, legte er auch bald alles andere ab, was damit verbunden war.

15

Das Leben in dem Schuppen war nicht immer ganz einfach. Die Enge war ein Problem, aber vor allem auch die Sauberkeit ließ sehr zu wünschen übrig. Auch die persönliche Hygiene machte besonders Adi zu schaffen, denn darauf hatte er stets geachtet. Das hatten ihm die Tanten im Schifferkinderheim von klein auf anerzogen.

Irgendwann meinte Horst zu Rüdiger und Volker: „Ihr stinkt wie die Eber!" Die beiden widersprachen nicht, denn sie wussten, dass es keine Beleidigung sein sollte, sondern der Wahrheit entsprach. Allerdings konnten sie sich nicht verkneifen, Horst klar zu machen, dass seine Körperausdünstungen und die von Karlheinz und Adi auch nicht besser waren. Da die Neckar-Geier jedoch zum einen keine Lust und zum anderen auch nicht das Geld hatten, um im Herschelbad ein Wannenvollbad zu nehmen, fanden sie bald eine billigere und vergnüglichere Möglichkeit, ihrem Bedürfnis nach Körperpflege nachzukommen.

Die Kauffmannsmühle im Jungbusch war kaum zerstört und nahm darum schon kurz nach Kriegsende wieder ihre Arbeit auf. Da sie dampfbetrieben war, wurde jede Menge warmes Wasser erzeugt, das man über große Rohre unterhalb der Mühle in den Verbindungskanal ausleitete. Die Kinder, besonders aber die Buben aus dem Jungbusch, hatten schon sehr früh erkannt, dass sich hier eine ideale Möglichkeit bot, eine warme Dusche zu nehmen. Mit der Zeit hatte sich das rumgesprochen und so hatte auch Horst davon erfahren und war ab diesem Zeitpunkt einmal in der Woche zusammen mit seinen Geiern, einem Stück Kernseife und einem Handtuch in den Jungbusch zum Baden gezogen.

Auf der Suche nach Essen machte die Bande auch vor größeren Lebensmitteldiebstählen nicht Halt. Da sie wussten, dass sie an die Care-Pakete, die seit Mitte des Jahres aus Amerika nach Deutschland geschickt wurden und in denen sich Köstlichkeiten wie Rindfleisch, Speck, Zucker und Schokolade befanden, sowieso nie rankommen würden, beschlossen sie, sich die Lebensmittel selbst zu besorgen. Sie waren der Meinung, dass sie sich nur das nehmen würden, was ihnen sowieso zustand.

Horst machte sich in einer dunklen Nacht mit Volker auf den Weg zum Luisenpark, wo sich das riesige amerikanische Camp befand.

Die Amerikaner hatten gleich nach Kriegsende neben den Villen und Wohnhäusern in Feudenheim, Neuostheim und der Oststadt unter anderem auch das ‚Defaka-Gebäude‘ in P 5, das Vetter-Kaufhaus in N 7 und das Palasthotel Mannheimer Hof in der Augusta-Anlage sowie das gesamte Luisenpark-Gelände bis hin zum Amicitia-Bootshaus beschlagnahmt. In Letzterem waren seither sogenannte displaced persons untergebracht, Menschen, die das NS-Regime aus ihrer meist osteuropäischen Heimat zur Zwangsarbeit nach Deutschland verschleppt hatte und die nun dort auf ihre Rückführung warteten.

Das Camp im Luisenpark erstreckte sich von den Tennisplätzen am Ring bis hinüber zum seit 1943 schwer beschädigten Planetarium. In dem Lager waren nicht nur die Soldaten untergebracht, sondern auch Waffen und vor allem Vorräte. Darum war es auch mit einem hohen Maschendrahtzaun gesichert. Doch für die beiden Neckar-Geier würde der kein Hindernis sein, zumal das Gelände nachts auch schlecht beleuchtet war.

Von seiner Schwester Susanne wusste Horst, dass die Amerikaner die Mädchen, mit denen sie sich vergnügen wollten, immer wenn sie Nachtwache hatten, an den Zaun im hinteren Teil des Luisenparks neben dem Planetarium bestellten. Horst hatte außerdem herausgefunden, dass sich dort ganz in der Nähe auch das Zelt mit den Lebensmittelvorräten befand. Dieses Wissen würden sie sich nun zunutze machen. Es war die Gelegenheit, mit der kleinen scharfen Zange, die er organisiert hatte, ein paar Drähte zu zertrennen. Volker, der klein und schmächtig war, würde gut durch die Lücke passen und ihm dann die Dosen mit Schinken, Würstchen, Schweinefleisch und Speck vorsichtig zuwerfen, die er sofort in die Rucksäcke packen würde.

Sie schlichen sich im Halbdunkel an das Gitter heran und blickten vorsichtig hinüber.

„Guck mal, das ist doch mindestens ein Dutzend Amis, die sich da innen an den Zaun gelehnt haben. Und schau mal die Mädchen! Warum sind die denn alle so klein?" Horst konnte wegen der Entfernung und der Dunkelheit nur ganz vage etwas erkennen. Aber irgendwie wirkte das seltsam. Auch wenn er kaum etwas sah, so hörte er jedoch umso mehr. Die Geräusche waren unverkennbar: Stöhnen, dann Keuchen und kleine unterdrückte Schreie, das sich teilweise wie ein Wimmern anhörte. Da ging mordsmäßig was ab. Das war gut so, denn dadurch waren die Amis abgelenkt.

Horst achtete darum auch nicht weiter darauf, denn er musste sich beeilen. Mit der Zange begann er an einer Stelle, die im Dunkel lag, den Maschendraht zu durchtrennen. Dann ging alles wie am Schnürchen, genau so, wie sie es geplant hatten.

„So jetzt aber nichts wie weg!" Volker rannte am Zaun entlang in Richtung Hildastraße. Doch Horst blieb plötzlich stehen. Er gab ihm seinen Rucksack. „Lauf schon mal vor, ich komme gleich nach. Wir treffen uns unter der Ebert-Brücke." Volker verschwand in der Dunkelheit.

Das, was sich da am Zaun zwischen den deutschen Mädchen und den Amis abspielte, hatte Horsts Neugierde erweckt. Das wollte er sich genauer anschauen. Und so schlich er sich hinter den Büschen, die das Gelände zwischen Planetarium und Luisenpark säumten, näher an diese Stelle ran. Plötzlich musste er sich zur Seite ducken, denn da kam in hohem Bogen eine Stange „Pall Mall" über den Zaun geflogen. Trotz des wenigen Lichts erkannte er sie an der auffälligen roten Farbe, gleich folgte eine „Lucky Strike". Er hätte nur die Hand ausstrecken müssen, doch stattdessen kroch er schnell zwei Meter zurück, denn schon kamen zwei der Mädchen auf ihn zugerannt, sammelten die Zigaretten ein und verschwanden in der Nacht. Die Zigaretten hatten anscheinend die Amis rausgeworfen. Horst kroch weiter hinter der schützenden Hecke entlang und näherte sich nun immer mehr der Stelle, wo die Mädchen mit den Amerikanern standen. Jetzt war er schon ganz nahe dran. Er schob ein paar Äste zur Seite und blinzelte erneut in die Dunkelheit. Doch was er da sah, konnte er fast nicht glauben. So etwas hatte er noch nie gesehen, denn die Soldaten hatten alle ihre Hosen heruntergelassen und sich ganz eng an den Zaun gedrängt, während die Mädchen auf der anderen Seite vor ihnen knieten und sie mit ihrem Mund bedienten. Wieder andere Mädchen hatten sich tief nach unten gebeugt, standen rücklings ganz nahe am Zaun und streckten den Männern ihren entblößten Unterleib entgegen.

Horst musste grinsen. Er fand, dass das schon irgendwie komisch aussah. Er selbst hatte zwar noch nie mit einer Frau geschlafen, kannte sich jedoch aus, wie er glaubte, durch seine zahlreichen Observierungen in der Gutemannstraße und auf der Neckarwiese. ‚Mensch, müssen die Amis aber lange Pimmel haben, dass die die Mädels durch den Zaun vögeln‘, dachte er sich und schmunzelte.

Das Lachen sollte ihm jedoch fast im selben Augenblick vergehen, denn plötzlich fiel ihm das letzte Mädchen in der Reihe ins Auge, denn ein zarter Lichtstrahl der ein paar Meter weiter befindlichen Zaunbeleuchtung streifte ihr Gesicht. Er erschrak und sein gerade noch lachendes Gesicht verzerrte sich. Da er sich jedoch nicht sicher war, schlich er sich hinter der Hecke noch etwas näher an sie heran, bis er höchstens noch eineinhalb Meter von ihr entfernt war. Er lugte vorsichtig durch die Zweige und erstarrte.

Horst hatte sich nicht getäuscht, denn es war Susanne, die hier an den Zaun gebeugt stand und ihren Rock nach oben gewickelt hatte. Ihre geblümte Unterhose lag neben ihr auf dem Boden. Und während der dunkelhäutige kräftige Amerikaner, der in sie eingedrungen war, immer und immer wieder zustieß, schaute Horst seiner Schwester in ihr schmerzverzerrtes Gesicht und sah, wie sie lautlos weinte.

Er biss sich in die geballte Faust, um nicht zu schreien. Am liebsten wäre er aus dem Gebüsch gestürzt, um dieses makabre Schauspiel zu beenden und seine Schwester von diesem Mann wegzuziehen ... Aber er musste sich jetzt beherrschen, er würde sonst alles nur noch schlimmer machen. Und so zog er sich vorsichtig zurück und lief in Richtung Ebert-Brücke.

In seinem Kopf tobte es. Susanne hatte ihm zwar gesagt, dass sie anschaffen müsse, um die Familie zu ernähren. Doch er hatte sich unter „anschaffen" immer etwas ganz anderes vorgestellt, dass Susanne ein Stelldichein mit einem Amerikaner auf der Neckarwiese oder im Waldpark habe, dass sie miteinander flirten und schmusen und sich auch lieben würden und der Ami ihr dafür eine Stange Zigarette schenken würde. Er hatte immer gedacht, es würde ihr Spaß machen und das sei leicht verdientes Geld. Doch dass sie so etwas, wie er es gerade beobachtet hatte, über sich ergehen ließe, daran hatte er keine Sekunde gedacht.

Wie demütigend musste das sein, sich so benutzen zu lassen, wie der letzte Dreck. Wer weiß, wie oft sie das hatte schon erleiden müssen? Susanne nahm das alles auf sich, nur um ihre Mutter und ihre kleinen Geschwister, die ja auch seine Mutter und seine Geschwister waren, durchzubringen. Und was machte er? Er lungerte herum, lebte in den Tag hinein und hatte seine Familie im Stich gelassen. Er hasste sich dafür!

Als Horst unter der Ebert-Brücke ankam, nahm er Volker den Rucksack ab.

„Hör zu", meinte er zu Volker, „ich komme nicht mit, du musst allein zurück auf die Friesenheimer Insel!"

Volker blickte ihn verwundert an. „Was heißt, du kommst nicht mit? Wo willst du denn noch hin um die Uhrzeit?"

Er hielt einen Moment inne, dachte nach. Dann schaut er Volker tief in die Augen und meinte ruhig: „Da, wo ich schon längst hätte hingehen sollen. – Nach Hause!"

„Aber dein Zuhause ist doch bei uns, du kannst uns nicht einfach im Stich lassen. Wir brauchen dich. Was sollen wir ohne dich anfangen?" Volkers Stimme klang traurig, als würde er jeden Moment zu weinen anfangen.

169

„Ihr braucht mich nicht. Du, Rüdiger, Karlheinz, ihr kommt gut ohne mich klar. Und Adi soll euer Anführer werden. Der wird auf euch aufpassen. Ich werde morgen mit ihm reden."

Horst umarmte Volker, der einen Kopf kleiner war als er und nun zu schluchzen anfing. „Komm schon! Ein Neckar-Geier weint nicht! Seid mir nicht böse, aber ich kann nicht anders. Sag den anderen, dass ich unsere gemeinsame Zeit nie vergessen werde, aber sie ist zu Ende. Leb wohl!" Mit diesen Worten wandte er sich schnell ab und rannte die Treppen der Brücke hinauf.

Tränen liefen ihm über die Wangen, er fühlte sich wie ein Verräter gegenüber den anderen Jungs. Aber er musste endlich Verantwortung übernehmen. Er hatte sich viel zu lange davor gedrückt. Als er seine Schwester Susanne dort hatte weinend am Zaun stehen sehen, hatte er sich geschworen, alles daran zu setzen, dass sich das niemals mehr wiederholen würde. Er war schuld daran, dass es überhaupt so weit gekommen war. Und nun würde er versuchen, es wieder gutzumachen.

16

Als die vier Cousinen sich mit ihren vollen Taschen und Rucksäcken aus dem überfüllten Zug quälten, glaubten sie ihren Augen nicht zu trauen.

„Was ist denn hier los?" Irma schaute sich nach allen Seiten um, „der Bahnhof ist ja beinahe wie ausgestorben!"

„Keine Ahnung!" Annerose schüttelte den Kopf.

Auch Helena blickte erstaunt hinüber zu den anderen Gleisen: „Unser Bahnsteig ist der einzige, wo was los ist."

„Das kommt mir fast vor, als hätten die den Rest des Bahnhofs gesperrt?", mutmaßte Irma. „Aber warum?"

Kurz darauf stiegen sie, eingekreist von den vielen, die ebenfalls in den Odenwald gefahren waren, um dort ihre letzten wertvollen Habseligkeiten bei den Bauern gegen Fleisch, Butter, Speck, Wurst und Käse einzutauschen, hinunter in die Unterführung. Da alle Taschen, Koffer, Körbe und Rucksäcke dabei hatten, war es ein einziges Gedränge. Man musste fast gar nicht selbst gehen, man wurde im Pulk bis zum Ausgang geschoben.

Unzählige Menschen bevölkerten den gesamten Bahnhofsvorplatz. Hauptsächlich waren es Frauen, die sich nach vorne an ein Absperrungsgitter lehnten und zu ihnen hinaufstarrten.

„Wenn ich es nicht besser wüsste, würde ich mutmaßen, das ist unser Empfangskomitee", witzelte Irma. „Der Willkommensgruß für die ‚Hamsterfahrer' aus dem ‚Kalorienzug' sozusagen", ergänzte Betty schelmisch.

„Warum eigentlich nicht, wenn man überlegt, was für Risiken wir auf uns nehmen!", fand Annerose.

„Du hast Nerven! Ich bin immer froh, wenn ich wieder daheim bin. Ich habe jedes Mal eine Heidenangst, wir könnten geschnappt werden." Helenas einziges Bestreben war es, die Lebensmittel aus dem Odenwald so schnell wie möglich in Sicherheit zu bringen.

„Eine Razzia ist überhaupt nicht lustig", bestätigte nun Irma. „Ich bin mit meiner Mutter mal in eine reingekommen. Ich kann euch sagen, die gehen nicht gerade sachte mit einem um. Aber das Schlimmste ist, die nehmen dir alles ab. Da fährst du stundenlang in den Odenwald und wieder zurück, schleppst dich ab, lässt alles dort, was irgendwie einen Wert hat, um es gegen Essen zu tauschen und dann knöpfen die da oben dir bei deiner Ankunft alles ab. Eine ganz schöne Scheiße ist das."

„Außer Spesen nichts jewesen!", kommentierte Betty, während sie die Stufen hinabstiegen.

„Lustig finde ich das nicht, ich kann mir vorstellen, dass das für dich und Tante Pauline schlimm war." Helena fühlte mit den beiden.

„Aber trotz allem, ich verstehe das nicht. Was wollen bloß alle die Leute hier?" Irma betrachtete erneut die Menge.

„Vielleicht kommt ja irgendjemand Berühmtes?", warf Betty ein. „Die Evelyn Künneke oder die Marika Rökk?"

„Quatsch! Die Rökk hat doch Berufsverbot und die Künneke wahrscheinlich auch, die hat doch in den letzten Kriegsjahren sogar Truppenbetreuung gemacht!" Irma konnte ihre Genugtuung nicht ganz verbergen, dass diejenigen, die von dem Nazi-Regime profitiert hatten, nun ihre Quittung bekamen.

Plötzlich wurden sie durch Schreien und Pfeifen der Menge aus ihrem Gespräch gerissen. Die Leute blickten alle in ihre Richtung, was die Cousinen zunächst verunsicherte. Helena drehte sich schließlich um und blickte nach oben zum Treppenabsatz. Da sah sie, dass hinter ihnen eine riesige Schar Kinder mit Köfferchen im großen Portal des Haupteingangs erschienen war.

„Die meinen die Kleinen da oben."

Mittlerweile drängte die Menschenmenge immer weiter nach vorne und riss nun beinahe die Absperrung um. Die Leute waren außer Rand und Band, schwangen Fähnchen und hatten Spruchbänder in der Hand.

„Willkommen Zuhause!", las Helena. „Was sind das für Kinder?"

Die ältere Frau, die schon die ganze Zeit vor ihnen ging, drehte sich nun um. „Die kommen aus den umliegenden städtischen Kindererholungslagern. Die Amis haben doch zusammen mit den Wohlfahrtsverbänden überall in der Gegend solche Heime eingerichtet."

„Und wo gibt es solche Erholungslager?" Helena hatte noch nie davon gehört.

„Ach, da gibt es unzählige, schon seit dem letzten Winter. Das Bekannteste ist, glaube ich, das ‚Viktor-Lenel-Stift' in Neckargemünd. Da werden die kleinen hungrigen Mäuler so richtig aufgepäppelt. Meine Enkelin haben sie auch schon einmal dahin geschickt, die kam nach zwei Monaten als richtiges kleines Moppelchen zurück." Die Frau lachte zufrieden.

Nun mischte sich der Mann neben ihr ein. „Also eins muss man den Amis lassen, für die Buben und Mädchen tun sie was. Ich weiß nicht, wie die Kinder den Unterricht mit leerem Magen überstehen sollten, wenn es die ‚Hoover-Speisung' in der großen Pause nicht gäbe. Seit sie das vor Kurzem eingeführt haben, gehen unsere Kinder immer mit ihrem Essenkännchen in die Schule."

„Ja, und was kriegen die da?", wollte Irma nun wissen.

„Ach, das ist ganz unterschiedlich. Meistens irgendeinen Brei, der angereichert ist mit Nüssen und Rosinen. Am liebsten mögen sie jedoch die Nudelsuppe, da ist sogar richtiges Fleisch drin."

Die Cousinen waren angenehm überrascht.

Die Leute auf dem Vorplatz hatten eine schmale Gasse gebildet, durch die sich die Reisenden nun nach draußen schoben. Als sie die Menschenmenge durchquert hatten, blickten sich die Cousinen nochmals um. Da sahen sie, wie die Mütter die Absperrung durchbrachen und auf ihre Kinder zuliefen. Die Obrigkeit hatte sie zwar von den Bahnsteigen fernhalten können, aber nachdem sie jetzt ihre Kleinen erkannt hatten, gab es kein Halten mehr. Sie rannten auf sie zu, schlossen ihre Kinder in die Arme, küssten und herzten sie und vergaßen alles um sich herum. In einer

Zeit, die durch Trennung und Verlust gekennzeichnet war, wurde jedes Wiedersehen mit einem geliebten Familienmitglied zu einem bewegenden Glücksmoment.

„Ach, ist das schön!", seufzte Betty und wandte sich um. Als ihr Blick jedoch auf das Plakat an der Litfaßsäule auf der gegenüberliegenden Straßenseite fiel, änderte sich der Ton ihrer Stimme von einem Augenblick zum anderen. Sie las:

„Geschlechts-Krankheit (VD) ist das gleiche in allen Sprachen.
Blicke können täuschen. Ist Deine Freundin sauber?
Sei vorsichtig!

Veneral Disease (VD) is the same in all languages.
Looks are deceiving. Is your friend clean?
Be careful!

El mal venereo (VD) es igual en todas las idiomas.
Las miradas son engañadoras!
¿Esta su amiga sana? Tenga cuidado!"

Das Plakat war nicht nur in Deutsch, Englisch und Spanisch abgefasst, sondern auch in Niederländisch, Italienisch und Russisch. Es sollte Männer aller Nationen, jedoch in erster Linie die amerikanischen Soldaten, vor den Gefahren des Geschlechtsverkehrs mit deutschen Frauen warnen.

Die Plakat-Aktion war nur eine von mehreren Maßnahmen, welche die Militärregierung ab 1946 in Zusammenarbeit mit den zuständigen Behörden der Mannheimer Stadtverwaltung eingeleitet hatte, nachdem sich immer mehr amerikanische Soldaten Geschlechtskrankheiten zugezogen hatten.

„Das ist doch eine Frechheit!" Betty war empört. „Die tun ja gerade so, als wären alle deutschen Frauen Huren und geschlechtskrank. Dabei leisten wir Schwerstarbeit, beseitigen Trümmer, klopfen Steine, stoppeln Kartoffeln und fahren aufs Land, um alles Essbare zu organisieren, nur damit unsere Familien nicht verhungern."

„Diese Plakate sind ja nur die Spitze des Eisberges", meldete sich nun Helena zu Wort, während sie mal wieder die schwere Tasche von der einen Hand zur anderen wechselte, „die holen ja mittlerweile die Frauen sogar zu Hause ab, nur auf den Verdacht hin, sie könnten geschlechtskrank sein. Ich kenne so einen Fall in unserem Haus."

„Wer?" Betty war wie immer neugierig. Sie kannte alle Mieter aus der Beilstraße 22, da sie ja gerade nebenan wohnte.

„Die Jürgens oben in den Gauben! Irgendeiner muss sie verpfiffen haben. Und da kam die Schutzpolizei und hat sie einfach mitgenommen", erklärte Helena ihrer Cousine.

„Ach, du meinst die ‚flotte Lotte'. Na, das wundert mich nicht." Betty hielt nicht viel von Frau Jürgens, denn ihr Ruf war ja schon seit Jahren im Jungbusch hinlänglich bekannt.

„Ich finde das trotzdem nicht in Ordnung. Die haben sie abgeführt als wäre sie ein Schwerverbrecher. Ich finde, dass die Jürgens gar nicht so übel ist. Die hat auch ihre guten Seiten." Seit der Geschichte mit den polnischen Zwangsarbeitern im Keller hatte Helena ihr Bild von der Frau etwas revidiert.

„Sagt mal, können wir mal einen Augenblick stehen bleiben, ich muss meinen Koffer unbedingt mal abstellen", bat Annerose nun die anderen.

„Du hast auch schon ganz lange Arme", lachte Betty, „hast wohl mal wieder nicht genug hamstern können!"

„Deine sind auch nicht kürzer", konterte Annerose. „Aber um noch einmal auf diese Plakate zurückzukommen, ich finde schon, dass es manche Frauen ganz schön bunt treiben. Wenn ich morgens nach Heidelberg in die Druckerei fahre, da sehe ich manchmal so ein Ami-Flittchen mit seinem ‚Bimbo'. Die zwei genieren sich überhaupt nicht. Frühmorgens, wenn unsereins zur Arbeit geht, da knutschen die im Bus rum", Anneroses Empörung war nicht zu überhören.

„Aber ich denke trotzdem, dass das eine Minderheit ist. Sieh doch mal uns an! Von uns vier Cousinen hat keine einen Ami und wir hätten doch wirklich fast alle Gelegenheit, uns mit einem einzulassen", erklärte Helena nüchtern.

„Also ich finde, manche Amerikaner sind doch ganz schnuckelig, ich könnte mir schon vorstellen, mal mit einem auszugehen. Leider hat mich nur bis jetzt noch keiner gefragt", Irma schien nicht abgeneigt zu sein.

„Womöglich noch mit einem Neger! – Du hast Nerven!" Obwohl Annerose immer ein eher unpolitischer Mensch gewesen war, spürte man doch, dass das Aufwachsen im Nationalsozialismus nachdrückliche Spuren in ihrer Denkweise hinterlassen hatte. An ihrer Sprache war deutlich zu erkennen, dass sie, wenn auch unbewusst, noch immer eine tiefe Verachtung gegenüber Menschen mit anderer Hautfarbe empfand. Aber mit dieser Einstellung war sie im Nachkriegsdeutschland in guter Gesellschaft.

Während sie weitergingen, meinte Helena: „Also, ich weiß nicht, ich könnte mich in gar keinen Ami verlieben, egal ob weiß oder schwarz. Wenn ich mir die bei uns in der Lüttich-Kaserne anschaue, irgendwie sehen die komisch aus. Und die, die ich bis jetzt kennengelernt habe, waren auch nicht besonders freundlich. Da sind unsere deutschen Schneidermeister viel netter, bloß sind die leider schon alle verheiratet."

„Vielleicht bist du ja an die Falschen geraten. Die Amis, mit denen ich in der Snackbar oben im ‚Vetter-Haus‘ zu tun habe, sind fast alle sehr nett. Aber ich finde sowieso ausländische Männer viel interessanter. Wenn ich an meinen Jean oder an den Nikos denke, dagegen sind die deutschen Männer doch stinklangweilig." Irma machte keinen Hehl aus ihren Gefühlen.

„Sieh mal an, unsere Cousine? Ich glaube, Irma will sich ernsthaft einen Ami angeln!" Betty stellte erneut ihre Tasche und ihren Korb ab und drohte Irma spielerisch mit dem Zeigefinger. Die anderen lachten.

„Ach, ihr seid doof! Kümmert euch doch um eure eigenen Liebschaften!" Irma gefiel es nicht, dass sich die anderen über sie lustig machten und deshalb gab sie den Ball zurück: „Betty, was läuft bei dir denn so? Gibt es neue Nachrichten von Kurt aus England?"

Betty wurde ernst. Sie schüttelte den Kopf. „Wir schreiben uns hin und wieder, aber es sieht nicht so aus, als würde er in der nächsten Zeit freigelassen. Er arbeitet auf einer Farm und sie scheinen ihn auch nicht schlecht zu behandeln, aber ich habe den Eindruck, er hat ganz furchtbares Heimweh."

Nun tat es Irma fast leid, dass sie Betty so angegangen war. Darum legte sie den Arm um ihre kleine Cousine und meinte: „Komm, Kopf hoch! Früher oder später lassen die ihn gehen. Du musst einfach noch ein bisschen Geduld haben!"

„Schau mal, ich habe doch auch niemanden", versuchte Helena sie zu trösten.

„Und mir geht es doch noch schlechter als dir", warf Annerose nun ein. „Ich habe keine Ahnung, wo Hans gelandet ist. Ich weiß bis heute nur, dass ihn die Engländer in Dänemark gefangengenommen haben, als unsere Soldaten sich letztes Jahr im Mai dort ergeben mussten."

„Hast du denn nicht mal versucht, mit den Eltern von Hans zu reden? Die müssen doch wissen, wo er ist?" Betty hatte sich wieder beruhigt.

„Natürlich. Ich war einmal drüben in E 7, wo die Jäckels ihre kleine Fabrik haben. Sein Vater hat mir aufgemacht. Ich sagte ihm, ich sei eine ehemalige Kollegin von Hans aus der Papierfabrik und wüsste gerne, wie es ihm geht. Da hat der mich vielleicht angefahren. Das gehe mich überhaupt nichts an und ich solle mich um meinen eigenen Kram kümmern. Und dann hat er mir die Tür vor der Nase zugeschlagen." Annerose war noch immer ganz außer sich, wenn sie nur daran dachte. Sie konnte sich gar nicht erinnern, dass irgendjemand jemals so barsch mit ihr umgegangen war.

„Ich sag's ja, suche dir lieber einen netten Ausländer. Hast du nicht auch mal erzählt, dass der Vater von Hans ein großes Tier in der NSDAP war?", hakte Irma nach. „Wieso läuft der Alte überhaupt noch frei rum?"

Annerose zuckte die Achseln, es war ihr ausgesprochen unangenehm, dass Irma die NS-Vergangenheit von Hans' Vater ansprach.

„Also das wäre für mich schon mal ein Grund, zu diesem Hans auf Abstand zu gehen." Irma hasste die Nazis. Sie hatten Jean auf dem Gewissen und wer weiß, was sie mit Nikos angestellt hatten,

177

der damals von heute auf morgen verschwunden war. Irma hatte viel von ihrem Vater Gustav und verehrte ihn sehr, weil er damals im Keller Flugblätter gegen Hitler gedruckt hatte und für seine Überzeugung sogar in Schutzhaft gegangen war. Über ein Jahr war er eingesperrt gewesen. Für sie war er ein Held.

„Ach, der Hans ist doch ganz anders als sein Vater. Der ist genauso wenig Nazi wie du oder ich", beteuerte nun Annerose.

„Na, wenn du dich da bloß nicht irrst." Irma hatte ihre Zweifel daran.

„Und wer weiß, ob ich ihn überhaupt jemals wiedersehe", meinte Annerose traurig.

„Jetzt lass doch nicht du auch noch den Kopf hängen! Das mit Hans wird sich zeigen. Aber dafür hast du bei der Arbeit Glück. Hast du es den anderen denn überhaupt schon erzählt?" Helena versuchte sie aufzumuntern.

Annerose schüttelte den Kopf. „Sag du es ihnen!"

„Stellt euch vor, unsere Cousine Annerose fängt im nächsten Monat hier in Mannheim beim ‚Morgen' an, dann muss sie nicht mehr jeden Tag nach Heidelberg fahren und sich diese unanständigen Liebespaare anschauen", Helena kicherte, „und sie kann morgens länger schlafen und ich vor allem auch. Denn wenn Annerose sich morgens in unserem Wohnzimmer fertig macht, bin ich auch jedes Mal hellwach."

„Na so was", Betty war ganz erstaunt, „dann wird es also in Mannheim wieder eine Tageszeitung geben! Das finde ich richtig gut!"

„Mensch, erzähl doch mal ein bisschen!", forderte Irma Annerose auf.

„Ach, da gibt es nicht viel zu erzählen. Als es drüben bei der ‚Rhein-Neckar-Zeitung' bekannt wurde, da habe ich mich gleich beworben. Und ich hatte Glück, die haben mich genommen. Ich fange am 1. Juli in der Druckerei an. Und der ‚Morgen', so soll die Zeitung heißen, wird am 6. Juli zum ersten Mal erscheinen. Aber nur dreimal in der Woche und er wird auch höchstens vier bis sechs Seiten haben", erklärte Annerose den anderen nun doch etwas ausführlicher.

„Mensch, hast du es gut und ich muss den ganzen Tag Steine klopfen!", stellte Betty nachdenklich fest, „ich habe schon überall dicke Hornhaut an den Fingern."

„Und ich muss die blöden blauen Drillich-Anzüge flicken", klagte Helena, „wahrscheinlich habe ich bereits eine Staublunge."

„Rund um die Uhr für die Amis Würstchen und Frikadellen oder wie die sagen ‚Hot Dogs' und ‚Hamburger' zu braten, ist auch nicht das Gelbe vom Ei, besonders dann nicht, wenn du selbst nicht viel zu futtern hast. – Wenn ich mir vorstelle, was die alles so wegfressen und was da oben in der Snack-Bar an Lebensmitteln weggeschmissen wird! Und draußen hungern die Leute. Ich könnte manchmal zu viel kriegen", brauste Irma auf.

„So, und damit ihr mich jetzt nicht zu sehr beneidet, ratet mal, wer jeden Abend mit schwarzen Händen und Trauerrändern unter den Fingernägeln aus der Druckerei nach Hause kommt?"

„Die Annerose!" riefen die anderen im Chor. Alle lachten.

Wenigstens einmal waren die Cousinen sich einig.

17

Am 17. Oktober 1946 titelte die „Frankfurter Rundschau": „Zehn Hauptschuldige gehängt – Selbstmord Görings".

Die Tatsache, dass man an den zehn verurteilten Kriegsverbrechern die Todesstrafe vollzogen hatte, erregte an diesem Morgen weniger die Gemüter als die Meldung, dass der ehemalige Reichsmarschall und Reichsluftfahrtminister Hermann Göring durch Selbstmord seiner Hinrichtung zuvorgekommen war.

„Das hätte denen so gepasst, alle unsere Regierungsmitglieder wie räudige Hunde abzuschlachten, diese Barbaren! Das waren alles tapfere Soldaten, wahrhafte Patrioten, die unsere deutsche Heimat verteidigt haben und diese Schweine hängen sie einfach auf, als wären sie gemeine Strauchdiebe. Sie geben ihnen nicht einmal die Gelegenheit, wie ehrenvolle Männer durch eine Kugel zu sterben. Aber der Göring, der hat's denen gezeigt. Der hat sie alle an der Nase rumgeführt. Ein Jahr lang hat der die Zyankalikapsel in einer Cremedose aufbewahrt und die haben sie nicht entdeckt. So ein gewiefter Hund! Nein, so leicht gibt ein Deutscher nicht auf!" Richard Jäckel hatte die Zeitung zur Seite gelegt. Er war einerseits verbittert, andererseits verschaffte ihm die Nachricht auch eine gewisse Genugtuung. „Und den Bormann, den kriegen die auch nicht, da kann ihn dieses ‚Tribunal der Sieger' tausendmal in Abwesenheit zum Tode verurteilen! Das ist doch nichts weiter als ein Rachefeldzug gegen uns", meinte er entrüstet zu seiner Frau.

„Es ist wirklich empörend, was die sich anmaßen! Diese selbsternannten Richter!" Sophie Jäckel war der Meinung ihres Mannes.

„Internationaler Gerichtshof, dass ich nicht lache!" Richard Jäckel nahm einen Schluck Kaffee und biss in den Rosinenkuchen.

„Jetzt haben die uns endlich da, wo sie uns immer haben wollten. Ganz unten. Das ist doch nur Neid, weil wir besser sind als alle anderen. Unsere Wissenschaftler, unsere Künstler, unsere Industrieanlagen, alles nehmen die uns weg!" In Sophie Jäckels Stimme lag eine große Verdrießlichkeit.

„Noch ist nicht aller Tage Abend, Sophie! Die werden uns noch kennenlernen. Und dann gnade ihnen Gott! Wer weiß, vielleicht waren die Leichenreste, die die Russen in Berlin gefunden haben, ja gar nicht vom Führer. Vielleicht ist ja unser Adolf mit dem U-Boot nach Südamerika geflohen und bereitet schon seine Rückkehr vor." Richard Jäckels Augen bekamen einen verklärten Glanz bei dieser Vorstellung.

„Meinst du wirklich?" Sophie schaute ihn verunsichert an.

„Wo ist eigentlich der Hans?" Richard blickte von seinem Teller hoch.

„Der schläft noch. Heute ist doch Sonntag und der muss doch unter der Woche immer so früh raus, weil die in der Druckerei mitten in der Nacht anfangen", erklärte Sophie ihrem Mann. Sie wusste genau, dass es ihm missfiel, dass sein Sohn nicht am Frühstückstisch erschienen war.

„Außerdem hat der Junge eine schwere Zeit hinter sich. Über ein Jahr in englischer Kriegsgefangenschaft, das war sicher kein Zuckerlecken!" Sophie setzte sich für Hans ein. Sie liebte ihren einzigen Sohn abgöttisch und war überglücklich gewesen, als er Anfang September nach Hause gekommen war.

„Erinnere mich bloß nicht daran. Die Scheiß-Tommies bomben unsere Städte zusammen, verschleppen unsere Kinder nach England und lassen sie dort Zwangsarbeit leisten." Allein diese Vorstellung reichte, um Richard Jäckel die Zornesröte ins Gesicht zu treiben.

„Vater, du sollst dich doch nicht so aufregen. Du weißt, du hast ein schwaches Herz, das ist nicht gut für dich!" Hans stand plötzlich im Türrahmen.

„Du bist ja doch schon auf!" Seine Mutter gab ihm einen Kuss auf die Stirn und Hans setzte sich an den Tisch.

„Und wie gefällt dir die Arbeit beim ‚Morgen'?", wollte Richard Jäckel von seinem Sohn wissen.

„Gut! Nur dass ich schon wieder morgens so früh raus muss. Das ist hart. Auf der englischen Farm musste ich jeden Morgen um vier Uhr aufstehen und in den Stall", klagte Hans.

„Sei froh, dass ich die Stelle beim ‚Morgen' für dich gefunden habe, das war gar nicht so einfach."

„Bin ich doch, Vater! – Übrigens heißt der ‚Morgen' nicht mehr ‚Morgen'."

„Wieso denn das?" Richard Jäckel schaute Hans ungläubig an.

„Seit dem 8. Oktober heißt er ‚Mannheimer Morgen'", erklärte Hans, „in der sowjetischen Besatzungszone gibt es nämlich bereits eine Zeitung, die ‚Morgen' heißt, und deshalb mussten wir ihn umbenennen."

„Also ich finde ‚Mannheimer Morgen' eigentlich schöner", meinte seine Mutter.

„Ich nicht! Wenn ich mir vorstelle, dass dieses Russenpack uns den Namen unserer Zeitung vorschreibt. Das ist doch allerhand! Armes Deutschland!" Richard Jäckel stieg erneut das Blut ins Gesicht.

„Beruhige dich, Vater! Das ist doch nur ein Name. Und Namen sind Schall und Rauch!" Hans versuchte seinen Vater zu besänftigen.

„Hast du das schon gelesen?" Richard Jäckel hielt seinem Sohn die Zeitung hin.

„Ja, das ist schrecklich!", erwiderte Hans erschüttert, „alles ehrenwerte Männer: der Ribbentrop, der Frick und der Julius Streicher. Das ist ganz furchtbar, dass sie so ein tragisches Endes nehmen mussten."

„Es ist schön, dass du das auch so siehst, mein Sohn, und dass ‚unsere Befreier' dich nicht auch schon deformiert haben. Du bist halt aus demselben Holz wie ich. Ein Deutscher durch und durch. Versprich mir, dass du das nie vergisst und auch nie den Glauben an unser deutsches Vaterland aufgibst."

„Ich werde immer stolz darauf sein, ein Deutscher zu sein", Hans lächelte seine Eltern an und die blickten glücklich zurück.

„Übrigens", fuhr Hans nach einer Weile fort, „ ich hätte eine große Bitte an euch." Er zögerte, während seine Eltern ihn gespannt anblickten.

„Du feierst doch in vierzehn Tagen deinen Geburtstag", er wandte sich an seine Mutter. Dann zögerte er ein wenig, fuhr jedoch gleich darauf fort: „Darf ich jemanden mitbringen?"

Das Gesicht seiner Mutter erhellte sich. „So, hast du denn jemanden kennengelernt?"

Hans nickte. „Ja, mehr oder weniger. Genau genommen kenne ich sie schon aus der Zeit, bevor ich eingezogen wurde. Wir haben zusammen in der Papierfabrik in der Akademiestraße gearbeitet."

Sein Vater schaute auf. „Du meinst jetzt aber hoffentlich nicht die aus dem Jungbusch, oder?" Sein Blick verhieß nichts Gutes.

„Doch! Annerose wohnt im Jungbusch. Aber sie ist ein anständiges Mädchen, ganz anders als die anderen, die dort herkommen."

„Das glaube ich jetzt nicht. Also so eine kommt mir nicht ins Haus, hast du mich verstanden?" Sein Vater schaute ihn eindringlich an.

„Aber Vater, Annerose ist ein ganz liebes Mädchen, sie hat einen guten Charakter, ist fleißig und ausgesprochen liebenswürdig. Sie wird dir bestimmt gefallen." Hans verteidigte sie.

„Ich weiß, wer sie ist. Als du in Kriegsgefangenschaft warst, war sie mal hier und hat sich nach dir erkundigt. Aber von mir hat sie nichts erfahren. Ich will mit dem Gesockse aus dem Jungbusch nichts zu schaffen haben, da ist noch nie was Gescheites hergekommen.

„Aber Annerose ist nicht so, sie hat einen Beruf. Sie arbeitet mit mir zusammen beim ‚Mannheimer Morgen'. Dort sind wir uns im letzten Monat wieder begegnet. Sie ist ein zauberhaftes Mädchen."

„Ja, das mag ja alles sein. Aber sie ist nichts und sie hat nichts. Oder als was ist sie denn beim ‚Mannheimer Morgen' beschäftigt und vor allem, was machen ihre Eltern? Haben sie ein Geschäft, ein Haus oder sonst irgendetwas?"

„Sie arbeitet in der Druckerei", erklärte Hans nun, „ihre Mutter ist tot und ihren Vater", er stockte einen Augenblick, es war ihm zusehends unangenehm, das sagen zu müssen, „ihren Vater hat sie nie gekannt."

„Hab ich es mir doch gedacht. Sie ist Arbeiterin, arm wie eine Kirchenmaus, einen Vater hat sie nicht und ihre Mutter war ein Flittchen. Auch noch ein uneheliches Kind! – Nein, mein Sohn, dafür habe ich dich nicht aufs Gymnasium geschickt und Abitur machen lassen, dass du mir jetzt so eine ins Haus bringst. Und sag mal, ich hab die ja einmal gesehen, wie alt ist die eigentlich?"

Hans zögerte erneut. „Annerose ist vor ein paar Tagen fünfundzwanzig geworden."

„Dann ist sie ja auch noch zwei Jahre älter als du! Was willst du denn mit so einer?" Richard Jäckel stand auf und ging auf seinen Sohn zu. Er legt ihm den Arm um die Schulter. „Junge, ich war auch mal jung, du musst nicht meinen, dass mir das alles fremd ist. Aber ich erwarte von dir, dass du dir eine Frau aus unseren Kreisen suchst, eine, die aus einem Geschäftshaushalt kommt, die zu uns passt. Ich habe ja nichts dagegen, wenn du dir ein paar schöne Stunden mit ihr machst. Du musst halt nur aufpassen, dass sie dir kein Kind unterjubelt. Die Weiber aus dem Jungbusch sind nicht so ohne. Und wenn ihre Mutter so eine war, wird sie nicht viel anders sein. Du weißt ja, ‚der Apfel fällt nicht weit vom Birnbaum ... '" Richard Jäckel schlug Hans auf die Schulter.

„Also, mach ruhig ein bisschen mit ihr rum, aber das mit dem Heiraten schlägst du dir aus dem Kopf. Ich denke, wir haben uns verstanden, mein Sohn!"

Obwohl Richard Jäckel alle Register gezogen hatte, war es ihm nicht gelungen, Hans' Gefühle für Annerose zu zerstören und seine Beziehung zu ihr zu unterbinden. Als sich die beiden einen Monat zuvor beim „Mannheimer Morgen" wiedergetroffen hatten, waren ihre Gefühle von damals erneut entflammt, sie hatten sich gegenseitig ihre Liebe gestanden und einander versprochen, sich nie mehr zu verlassen.

Hans hatte großen Respekt vor seinem Vater, der war eine starke Persönlichkeit und ließ kaum Widerspruch zu. Seine Mutter und er hatten sich stets seinen Wünschen und Anordnungen gefügt. Trotzdem wollte Hans Annerose nicht aufgeben. Er war davon überzeugt, dass seine Eltern ihre Meinung änderten, wenn er sie ihnen erst vorgestellt hätte. Und darum wirkte er so lange auf seine Mutter ein, bis diese endlich einwilligte und ihm erlaubte, Annerose zu ihrem Geburtstagsfest mitzubringen. Sie liebte ihren Jungen abgöttisch und brachte es nicht fertig, ihm etwas abzuschlagen, obwohl sie wusste, dass ihr Mann toben würde. Trotzdem war ihre Mutterliebe in diesem Moment stärker als die Angst vor ihm.

Als Hans mit Annerose ins Zimmer trat, wurde Richard Jäckel blass vor Wut. Er beherrschte sich jedoch, weil noch andere Gäste eingeladen waren. Trotzdem murmelte er seinem Sohn unbemerkt zu: „Wir sprechen uns noch, junger Mann!" Annerose begrüßte er, ohne eine Miene zu verziehen.

Neben ihren nächsten Verwandten hatten die Jäckels noch Richards Jugendfreund Franz und dessen Frau Elisabeth eingeladen. Mit ihnen verkehrten sie seit Jahrzehnten. Vor dem Essen zogen sich die beiden Männer in Richard Jäckels Arbeitszimmer zurück und rauchten zusammen eine Zigarre. Ein Ritual, das sie seit vielen Jahren praktizierten. Sie unterhielten sich über Politik und vor allem über den Ausgang der Nürnberger Prozesse. Sie kannten sich seit ihrer Jugend und waren beide schon früh in die NSDAP eingetreten. Hitlers Weltanschauung hatte sie von Anfang an fasziniert. Sie verschlangen „Mein Kampf" und besonders seine Rassenlehre überzeugte sie. Während Richard Jäckel schon bald einen verantwortungsvollen Posten in der Partei übernahm, trat sein Freund Franz in die Waffen-SS ein und ließ schon früh keine Straßenschlacht aus. Besonders die Sozialisten und Kommunisten hasste er wie die Pest.

„Und wo ist deine Hakenkreuztapete geblieben?" Franz grinste seinen Freund an. Der winkte ihn zu sich und hob den Rand der geblümten Tapetenbahn ein wenig an, der nicht sehr verkleistert war, so dass die darunterliegende noch zu erkennen war. Er lächelte vielsagend.

„Aha, überklebt! Oder besser gesagt ‚verblümt'", Franz lachte und klopfte Richard auf die Schulter, „unsere deutschnationale Gesinnung kann uns keiner nehmen, nicht wahr!"

„Und du? Was hast du mit dem Hitlerporträt gemacht, das der Bode gemalt hat?", fragte nun Richard.

„Gut verstaut! Vielleicht hol ich es ja eines Tages wieder raus! Der Bode ist ein guter Maler. Nur schade, dass er seit dem letzten Jahr nichts mehr zu tun hat und vor allem, dass all die wunderbaren Porträts von unserem Adolf abgehängt und versteckt werden mussten. Ist doch wirklich jammerschade! Übrigens, was kam denn bei euch raus, Richard? Ihr habt doch auch diese Blätter zur Entnazifizierung ausfüllen müssen", wollte Franz nun wissen.

Richards Mund formte sich zu einem breiten Grinsen, während er an seiner Zigarre zog. „Wir hatten gute Fürsprecher und somit schnell unsere ‚Persilscheine' in der Tasche."

Franz streckte ihm die Hand hin. „Lief bei uns genauso. Es ist einfach schön, wenn man sich in Notzeiten auf die alten Kameraden verlassen kann."

„Na ja, und nicht nur wegen der ‚Persilscheine'. Auch sonst lässt sich über die ehemaligen Parteifreunde so einiges organisieren. Der Sophie und mir geht es nicht schlecht. Gott sei Dank!" Richard lehnte sich zurück und zog erneut an seiner Zigarre.

„Wir können auch nicht klagen, wir haben meist alles, was wir brauchen. Es gibt immer irgendwelche Kanäle, über die man was beziehen kann. Es kostet zwar ein bisschen was, aber wir haben ja genug Zeug zum Tauschen, du verstehst schon! Geht euch ja wahrscheinlich nicht anders!" Franz spielte auf die wertvollen Möbel und den Hausrat an, die sich beide im Zuge der „Arisierung" unter den Nagel gerissen hatten.

Als sie zurück in das Esszimmer kamen, hatten schon fast alle an der langen Tafel Platz genommen. Der Tisch war festlich gedeckt mit einer weißen Tischdecke mit passenden Servietten aus feinem Damast, die in aus Silber geschmiedeten filigranen Ringen steckten. Silbernes Besteck mit ziselierten und elegant geschwungenen Griffen und Teller mit goldenen Rändern schmückten die Tafel. Besonders edel wirkten die schweren geschliffenen

Kristallgläser, in deren Kelche schwungvoll die Buchstaben A und G geschliffen waren. Wahrscheinlich die Initialen der ursprünglichen Besitzer. Franz setzte sich neben seine Frau Elisabeth. Kurz darauf ließen sich Hans und Annerose ihnen gegenüber nieder.

Dann wurde die Markklößchen-Suppe serviert.

Obwohl Annerose ungemein glücklich darüber war, dass Hans sie mit zu seinen Eltern genommen hatte, so war sie doch auch sehr verunsichert. Sie musste sich auf einem Parkett bewegen, das ihr so gänzlich fremd war. Die überaus kühle Begrüßung von Hans' Vater war ihr natürlich nicht entgangen und hatte ihr Unwohlsein noch verstärkt. Doch sie liebte Hans und würde alles für ihn und ihre Liebe tun. Darum hatte sie sich auch in die Höhle des Löwen begeben.

Die Markklößchen-Suppe schmeckte ausgezeichnet. Wie lange hatte sie keine mehr gegessen! Sie erinnerte sich, dass, als sie klein gewesen war, ihre Großmutter Luise mitunter an Weihnachten eine Grünkernsuppe mit Markklößchen gemacht hatte. Das war immer etwas ganz Besonderes gewesen. Während sie nun gedankenversunken ihre Suppe vor sich hin löffelte und den wunderbaren Geschmack genoss, bemerkte sie plötzlich, dass der Mann, der ihr gegenübersaß, sie anstarrte. Sie wagte kaum hochzublicken und wurde noch unsicherer. Machte sie etwas falsch? Vielleicht hielt sie ja den Löffel nicht richtig oder hatte ihre Serviette nicht richtig drapiert. Schließlich schaute sie verlegen zu dem Mann hinüber, der den Blick noch immer nicht von ihr ließ. Was wollte er von ihr? Sicher hatte er bemerkt, dass sie aus keiner vornehmen Familie, sondern aus einfachen Verhältnissen stammte. Benahm sie sich wirklich so schlecht? Annerose wurde von allen möglichen Zweifeln geplagt.

„Ich glaube, wir sind uns noch gar nicht vorgestellt worden", meinte nun die Frau, die ihr gegenübersaß, zu Hans.

„Ach, Entschuldigung, Tante Elisabeth, Onkel Franz, darf ich euch meine Freundin Annerose vorstellen!" Sie begrüßten sich und wieder ließ der Mann seinen Blick nicht von ihr. Warum schaute er sie nur so an? Kannten sie sich? Aber woher?

„Ich finde das schön, dass du eine so bezaubernde Freundin hast, Hans", meinte Elisabeth und zu Annerose gewandt fügte sie hinzu, „unsere älteste Tochter ist etwa in Ihrem Alter. Seltsam, sie sieht Ihnen sogar ein wenig ähnlich."

„So, meinen Sie? – Was für ein Zufall! Wann hat denn ihre Tochter Geburtstag?", fragte nun Annerose.

„Unsere Tochter kam am 3. September 1921 auf die Welt", antwortete Elisabeth.

„Dann bin ich eineinhalb Monate jünger", rechnete Annerose aus.

„Hab ich doch richtig geschätzt, dass sie beide fast gleich alt sind." Elisabeth lächelte sie freundlich an.

„Jetzt, wo du das sagst, Tante Elisabeth", mischte sich nun Hans ein, während er Annerose von der Seite betrachtete„ fällt mir das auch auf. Annerose hat tatsächlich Ähnlichkeit mit Martha. Vielleicht seid ihr ja tatsächlich weitläufig miteinander verwandt?"

„Wer weiß? Wie heißen Sie denn mit Nachnamen?", forschte Elisabeth nun weiter.

„Legrand", antwortete Annerose, „meine Familie kommt aus Frankreich! Sie waren Hugenotten."

In dem Augenblick, als Annerose ihren Nachnamen nannte, machte Franz eine ungeschickte Bewegung und so ergoss sich der Inhalt seines Rotweinglases über die weiße Tischdecke. Die Frauen sprangen auf, um ihre Kleider zu schützen, während Franz sich ebenfalls erhob und fluchtartig den Raum verließ.

Nachdem sie sich gefangen hatte, meinte Elisabeth zu Annerose: „Sie müssen vielmals entschuldigen, ich weiß gar nicht, was in meinen Mann gefahren ist." Ihr war die Situation überaus peinlich.

Indes war Franz in Richards Arbeitszimmer geflüchtet, wo er wie ein Tiger im Käfig auf und ab ging. Sein Herz raste, er war außer sich. Was sollte er bloß tun? Wenn er jetzt nicht aufpasste, würde eine Katastrophe passieren. Wie kam er aus dieser Situation bloß unbeschadet wieder heraus? Schon als er Annerose im Esszimmer zum ersten Mal gesehen hatte, war er von einer großen Unruhe befallen worden. Dieses Gesicht, diese großen blauen Augen, die lockigen Haare und dieses überaus reizende Lächeln, das kam ihm so bekannt vor. Mein Gott, wie lange war das her! 25 Jahre, ein Vierteljahrhundert! Er hatte das alles vergessen, vielleicht auch verdrängen wollen. Wie froh war er damals gewesen, dass sich die Legrands nie mehr bei ihm gemeldet hatten. Und er hatte auch in den ganzen Jahren nie mehr einen Fuß in den Jungbusch gesetzt. Doch als er nun den Nachnamen „Legrand" hörte, war er zutiefst erschrocken. Die junge schöne Frau, die ihm, Franz Brandstetter, gegenübersaß, war somit niemand anders als das Kind von Marlene Legrand. In die hatte er sich damals, als er bei ihren Eltern in Untermiete wohnte, unsterblich verliebt, doch er hatte von Anfang an gewusst, dass es nie mehr als eine Liebelei sein würde. Und dann hatte ihre Schwester auch noch behauptet, Marlene würde ein Kind von ihm erwarten.

Diese Offenbarung war zum denkbar ungünstigsten Zeitpunkt gekommen, denn fast zur selben Zeit hatte er erfahren, dass auch Elisabeth guter Hoffnung war. Marlene war zwar ein süßes Mädchen, aber Elisabeths Eltern hatten das Schreibwarengeschäft am Messplatz, das er, so war es der Wunsch seiner künftigen Schwiegereltern, einmal übernehmen sollte. Das war seine Chance, sich etwas aufzubauen, die würde er sich doch nicht von Marlene kaputtmachen lassen. Denn wenn Elisabeth oder seine zukünftigen Schwiegereltern von diesem Kind erführen, wäre alles vorbei gewesen. Sie hätten ihm das nie vergeben. Und so hatte er sich geweigert, Marlenes Kind als das seine anzuerkennen.

Und dieses ungeliebte, verstoßene Kind saß ihm nun gegenüber. Diese Annerose war zweifelsohne seine uneheliche Tochter, sein eigen Fleisch und Blut. Daran bestand kein Zweifel.

18

Wie recht Gregor im Frühjahr doch gehabt hatte, als er meinte, der nächste Winter komme bestimmt und Helenas Vater könne den Wintermantel noch gut gebrauchen! Der zweite Winter nach Kriegsende würde in die Annalen als Jahrhundertwinter eingehen. Schon Anfang November sanken die Temperaturen auf minus zwanzig bis dreißig Grad. Und die Kältewelle hielt an, schien nicht enden zu wollen. Zunächst trieben nur riesige Eisschollen auf Neckar und Rhein. Nach und nach fügten sie sich jedoch zusammen und Mitte Dezember 1946 waren Flüsse und Kanäle gänzlich zugefroren und nicht mehr schiffbar, so dass auch keine Lebensmittel auf dem Wasserweg transportiert werden konnten. Das hatte dramatische Auswirkungen auf die ohnehin schon miserable Nahrungsmittelversorgung. Besonders der Mangel an Kartoffeln setzte allen schwer zu, denn diese wunderbare Knolle hatte sie in der Vergangenheit zumindest vor dem schlimmsten Hunger bewahrt. Jetzt waren Magenknurren und Zähneklappern ihre ständigen Begleiter.

Die Versorgungslage der Bevölkerung hatte sich 1946 nicht verbessert. Im Gegenteil, alles war schlechter geworden. Der tägliche Kalorienbedarf eines Erwachsenen war auf 812 Kalorien zurückgestuft worden, was weit unter dem vom Völkerbund 1938 errechneten Bedarf von 3.200 Kalorien für einen erwachsenen Menschen lag. Da jedoch vieles von dem, was auf den Lebensmittelmarken abgedruckt war, sowieso nicht erhältlich war, spielte das keine große Rolle mehr und man musste versuchen, auf anderen Wegen an Lebensmittel heranzukommen.

Auch Brennholz gab es schon lange keines mehr, denn alles Brennbare hatte man aus den Kellern und Trümmergrundstücken bereits herausgeholt und verfeuert. Einige hatten sogar schon begonnen, die hölzernen Wand- und Deckenverkleidungen und ihr edles Mobiliar zu verheizen. Ob Chippendale-Stühle oder Biedermeierkommode, ob Art-Déco-Tischchen oder Gründerzeitschränkchen, alles ging in Flammen auf.

Die Schwarzmarktgeschäfte blühten und der Kohlenklau hatte wieder Hochkonjunktur. Ob das Ganze gesetzeswidrig war oder nicht, kümmerte im Grunde keinen, denn es ging ums blanke Überleben. Sogar die Katholische Kirche erteilte den Kohlenklauern eine Absolution, indem der Kölner Kardinal Frings in seiner Silvesterpredigt 1946/47 eine beinahe revolutionäre Auslegung des Gebotes „Du sollst nicht stehlen" fand: „Wir leben in Zeiten, da in der Not auch der Einzelne das wird nehmen dürfen, was er zur Erhaltung seines Lebens und seiner Gesundheit notwendig hat, wenn er es auf andere Weise durch seine Arbeit oder durch Bitten nicht erlangen kann." Dies war die Geburtsstunde des Begriffes „fringsen" für „Kohlen klauen".

Zigtausende starben an den Folgen dieser erbarmungslosen Kälte, die bis in den April 1947 hineinreichte. Auch die Legrands hatten zu kämpfen, der eine mehr, der andere weniger. Amelie hatte frühzeitig alles, was ihnen der Garten im Laufe des Jahres 1946 geschenkt hatte, eingeweckt, so dass sie immer wieder auf eines dieser Einmachgläser, die sich im Keller und auf dem Kleiderschrank türmten, zurückgreifen konnten. Neben Bohnen und Erbsen ernährten sie sich hauptsächlich von Karotten und in Essig eingelegten roten Rüben, so dass Carlo einmal meinte: „Ich schwöre, wenn es uns jemals wieder besser gehen sollte, werde ich bis zu meinem Lebensende keine Roterübe und keine Gelberübe mehr anrühren. Ich kann die Dinger nicht mehr sehen."

„Du sollst sie ja auch nicht ansehen, sondern essen", hatte seine Frau ihn belehrt und dabei gelacht. Das Einzige, was Amelie immer auf den Tisch bringen konnte, waren eingemachte Mirabellen, Kirschen und Zwetschgen. Die liebten alle und keinem waren sie jemals über.

Was sich in diesen schweren Monaten als sehr hilfreich erwies, war die Tatsache, dass Helena sich Ende 1946 selbstständig gemacht hatte. Endlich hatte man ihr dafür eine Genehmigung erteilt. Als sie an ihrem letzten Arbeitstag die Lüttich-Kaserne für immer verließ, war sie der glücklichste Mensch auf Gottes Erden. Sie hatte am Ende nicht nur die Tage, sondern auch die Stunden gezählt.

„Du wirst mir sehr fehlen", hatte ihre Kollegin Irene gemeint. „Mit wem laufe ich denn jetzt abends immer nach Hause?"

„Ich bin doch nicht aus der Welt", hatte Helena erwidert, „du kannst mich doch jederzeit zuhause in der Beilstraße besuchen. Da kann ich dann nähen und wir können uns dabei unterhalten und Musik hören. Nicht wie in der Kaserne, wo man wortlos wie ein Ölgötze hinter der Maschine sitzen muss und ständig von so einem Uniformierten in diesem Barras-Ton angeraunzt wird. Ich kann dir gar nicht sagen, wie sehr ich das gehasst habe!"

„Ich finde es zwar auch nicht schön in der Kaserne, aber es belastet mich auch nicht besonders. Ich glaube, ich bin da dickhäutiger als du. Auf der anderen Seite, muss ich dir ehrlich sagen, hätte ich Angst davor, mich selbstständig zu machen. Was machst du denn, wenn keine Kundschaft kommt oder Leute sich etwas von dir nähen lassen und dann nicht zahlen wollen oder es vielleicht auch nicht können? Bei den Amis haben wir immerhin ein sicheres Einkommen, auch wenn es nicht viel ist."

Irenes Bedenken waren unnötig, denn Helena konnte sich vor Aufträgen kaum retten. Besonders in der Vorweihnachtszeit waren unzählige Nachbarn zu ihr gekommen, hatten alte Tischdecken und Vorhänge mitgebracht und ihr den Auftrag gegeben, daraus Blusen, Röcke, ja sogar Kleider zu nähen. Im Januar war dann eine ehemalige Schulkollegin aus der Filsbach mit einem Ballen cremefarbener Fallschirmseide vor der Tür gestanden und hatte sie gebeten, ihr ein Brautkleid daraus zu schneidern. Helena hatte sich sogleich hingesetzt und ein Modell entworfen. Sie konnte gut zeichnen, wahrscheinlich hatte sie das künstlerische Talent von ihrem Vater geerbt. Carlo hatte, nachdem er aus der amerikanischen Kriegsgefangenschaft zurückgekommen war, sein altes

Hobby wieder aufgenommen. In jeder freien Minute griff er zu Pinsel und Farbe, setzte sich an seine Staffelei und malte: für Amelie einen prächtigen Rosenstrauß in einer antiken Vase und für Helena die „Musizierenden Kinder" von Anselm Feuerbach. Schon lange vor dem Krieg hatte er damit begonnen, Zigarettenbildchen zu sammeln, die ihm nun als Vorlage dienten. Carlo liebte besonders die Maler des 19. Jahrhunderts. Anselm Feuerbach, aber auch Arnold Böcklin beeindruckten ihn. Er hatte schon viele ihrer Gemälde auf seinen Leinwänden verewigt. So hingen über dem Legrand'schen Ehebett die „Badenden Kinder" von Feuerbach und „Das Urteil des Paris" schmückte die Wand über dem Sofa. Er hatte auch einige Motive von Arnold Böcklin nachgemalt, sie jedoch größtenteils verschenkt. Nur eines wollte er unbedingt behalten. Amelie hatte es nur sehr ungern aufgehängt. Es war ein Selbstbildnis Arnold Böcklins, auf dem er sich beim Malen darstellt, während direkt hinter ihm der fiedelnde Sensenmann steht. Das Bild hatte etwas Beklemmendes. Man glaubte, die Melodie des Todes vernehmen zu können und man fühlte, dass, wenn er sein Spiel beendete, er den Dargestellten mit ins Reich der Toten nehmen würde. Helena hatte immer Angst vor diesem Bild gehabt; besonders wenn sie abends im Halbdunkel an dem Kunstwerk vorbeigehen musste, hatte sie stets befürchtet, der grüne Knochenmann könne aus dem Rahmen herausgreifen und sie ins Jenseits entführen. Amelie hatte es zwar in die Ecke neben dem Schrank verbannt, aber allein das Wissen, dass es da hing, hatte schon Helenas Fantasie beflügelt. Amelie fiel es schwer, nachzuvollziehen, warum ihr Mann so etwas malte. Und als Carlo Amelie auf ihr Nachfragen auch keine plausible Antwort geben konnte, versuchte sie sich selbst einen Reim darauf zu machen. Je mehr sie darüber nachdachte, desto mehr war sie zu dem Schluss gekommen, dass wohl der Krieg und seine jahrzehntelange Arbeit auf dem Mannheimer Hauptfriedhof damit zu tun hatten. Anscheinend war seine Einstellung zum Tod durch die immer wiederkehrende Konfrontation mit dem Sterben geprägt worden. Wollte er den Tod auf die Leinwand bannen, ihn mit Pinsel und Farbe beherrschen, damit er ihm nichts anhaben konnte? Fürch-

tete Carlo den Tod oder war es vielmehr so, dass er ihm nichts
mehr anhaben konnte, weil er ihm zu oft begegnet war? Vielleicht
war ja Carlos Verhältnis zum Sterben viel weniger von Angst geprägt als das ihre!

Anfang Februar saßen Carlo und Helena am Küchentisch, wo
sie Skizzen für mehrere Fastnachtskostüme zeichneten. Ein paar
Tage zuvor hatte der „Mannheimer Morgen" berichtet, dass die
seit April 1946 wieder ins Leben gerufene traditionelle Karnevals-
gesellschaft „Feuerio" am Fastnachtsonntag, den 16. Februar 1947,
um 15 Uhr einen „Pfälzer Nachmittag" veranstalten würde.

„Da gehen wir hin! Ich habe schon seit Jahren nicht mehr Fastnacht gefeiert", hatte Carlo gemeint, der von Kindesbeinen an die
närrischen Tage geliebt hatte.

„Oh ja, Papa! Das machen wir. Lass uns gemeinsam unsere
Kostüme entwerfen und ich werde sie dann nähen!" Helena war
von der Idee begeistert. „Wir können ja noch Betty, Annerose
und Irma mitnehmen und vielleicht auch die Katharina!" Sie
schaute ihre Mutter an. „Und als was möchtest du dich maskie-
ren, Mama?"

„Ich! Nee, das macht ihr mal schön ohne mich. Ich kann mit
diesem Humbug nichts anfangen. Ich zieh mir doch keine Papp-
nase auf und bin auf Kommando lustig, bloß weil das so im Kalender steht." Amelie hatte noch nie etwas mit Fastnacht anfangen
können. In Fürstenwalde, wo sie herkam und wo alle evangelisch
waren, gab es keine Fastnachts-Tradition und obwohl sie nun schon
so lange in Süddeutschland lebte, hatte sie nie einen Zugang zu
diesem Brauchtum gefunden.

„Ach Mama, sei doch kein Spielverderber!" Helena machte einen letzten Versuch, Amelie aus der Reserve zu locken. Doch die
winkte nur ab.

„Das ist zwecklos. Was meinst du, wie oft ich versucht habe, mit
deiner Mutter zum Karneval zu gehen." Carlo hatte aufgegeben.

„Aber wir gehen doch, Papa, oder?" Helena hatte nun Angst,
dass auch er zuhause bleiben wollte.

„Natürlich gehen wir zum ‚Feuerio'! Endlich wird wieder Fastnacht gefeiert! Ich habe schon fast Entzugserscheinungen nach

so vielen Jahren Abstinenz." Carlo lachte und nahm Helena in den Arm. „Erstens lass ich es mir nicht entgehen, mit einem so schönen Mädchen, das dazu noch meine Tochter ist, zum Karneval zu gehen und zweitens wird uns beim Tanzen wenigstens warm und wir müssen für ein paar Stunden ein bisschen weniger frieren. Wenn das kein Grund ist!"

„Ihr wisst aber, dass es auch einige Leute gibt, die sehr daran Anstoß nehmen, dass man in Deutschland wieder Fastnacht feiert, nach allem, was war und auch noch immer ist. In Mainz gibt es eine richtige Kampagne dagegen, mit Plakaten und Ansprachen."

„Das kommt dir ja sehr entgegen, meine Liebe", entgegnete Carlo mit ironischem Unterton. „Aber eigentlich kann dir das ja sowieso egal sein, denn du feierst doch sowieso nicht Fasching, ganz egal, ob die Zeiten gut oder schlecht sind."

„Da hast du ausnahmsweise mal recht, mein lieber Carlo. Aber geht ihr ruhig. Ich habe wirklich nichts dagegen."

Doch es sollte alles ganz anders kommen, denn die Veranstaltung wurde kurzfristig wegen Kohlenmangels abgesagt. Und so stand der stolze Torero Carlo mit der rassigen Zigeunerin Helena, der bezaubernden Chinesin Annerose, der aufreizenden orientalischen Haremsdame Irma und dem kleinen Matrosen Betty vor verschlossenen Türen.

„Und was machen wir jetzt?", fragte Irma, die in ihrem dünnen Kostüm aus Gardinenstoff jämmerlich fror.

Alle schauten ihren Onkel Carlo erwartungsvoll an. Und da er als gestandener Fastnachter nicht so leicht aufgab, entschied er spontan: „Mädels, dann gehen wir jetzt zu uns nach Hause. Dort machen wir das Radio an und dann feiern wir Fastnacht, bis die Fetzen fliegen."

„Oh ja, Onkel Carlo!" Betty strahlte. In ihrem Matrosenanzug hüpfte sie quietschvergnügt auf und ab. Dann hakten sich alle unter und marschierten leichtfüßig und gut gelaunt, fast wie eine kleine Karnevalsgarde, in Richtung Jungbusch.

Als Amelie die Tür öffnete, traf sie fast der Schlag, denn die fünf stürmten, ohne zu fragen, herein und nahmen die ganze Wohnung in Beschlag. Und als sie dann noch das Radio laut aufdrehten, und auf „Rosamunde, schenk mir dein Herz und sag ja" wie wild durch die Wohnung tanzten, glaubte Amelie ihren Augen nicht zu trauen. Am liebsten hätte sie alle rausgeschmissen, aber dann hätte sie es sich mit der Hälfte der Familie verscherzt. Darum versuchte sie, gute Miene zum bösen Spiel zu machen. Sie setzte sich auf ihr Sofa und schaute und hörte dem wilden Treiben zu. Obwohl sie die Fastnacht ablehnte, spürte sie, wie sich nach einiger Zeit ein Gefühl in ihr breit machte, über das sie sich nun selbst wunderte. Denn sie begann die jungen Leute, aber auch ihren Mann, um ihre Ausgelassenheit zu beneiden. Warum hatte sie nicht auch etwas von dieser Unbeschwertheit und dieser Leichtigkeit? Dabei war sie nicht immer so gewesen. Sie erinnerte sich, wie sie damals, als Helena gerade ein paar Monate alt gewesen war, mit Carlo die Aufführung von „Frau Luna" im Apollo-Theater besucht hatte. Sie waren damals so unbefangen, so glücklich und so verliebt gewesen. Doch was war davon übrig geblieben? Was war aus ihnen und ihrer Liebe geworden?

Es war, als würde Carlo ihre Gedanken lesen, denn plötzlich tanzte der stolze Torero auf sie zu, zog sie von dem Chaiselongue und bevor sie „nein" sagen konnte, hatte er Amelie mit festem Griff umklammert und wirbelte mit ihr auf den beschwingten südamerikanisch anmutenden Titel „Sassa, Sassa" der Mainzer Hofsänger durch die Wohnung. Das Lied war gerade neu erschienen und sofort zum Gassenhauer geworden. Jeder summte die Melodie vor sich hin.

Amelie ergab sich zunächst etwas widerwillig ihrem Schicksal. Was würden denn die anderen von ihr denken, wenn sie jetzt plötzlich doch Fasching feiern würde? Doch dann bemerkte sie, wie wunderbar es sich anfühlte, endlich einmal wieder in den Armen ihres Mannes zu liegen. So nahe war sie ihm schon lange nicht mehr gewesen. Carlo blickte Amelie an, schaute ihr tief in die Augen, dann legte sich ein Lächeln um seinen Mund. Es war ein anderes Lächeln als das der letzten Jahre. Nicht verkrampft, nicht gezwungen oder verbittert, nein, es war offen und herzlich und vor allem ehrlich. Es war das Lächeln, in das sie sich vor vielen, vielen Jahren in Heidelberg verliebt hatte und das sie so lange vermisst hatte. Sie umarmte ihn nun genauso fest wie er sie und tanzte schwungvoll mit ihm am Chaiselongue, am Wohnzimmertisch und an der Kredenz vorbei. Die Cousinen hatten sich um sie herumgestellt, klatschten und feuerten Tante Amelie und Onkel Carlo an, die sich schließlich atemlos aufs Sofa fallen ließen.

„Mensch, Mama, ich wusste ja gar nicht, dass du so gut tanzen kannst!" Helena hatte ihre Mutter kaum wiedererkannt.

„Deine Mutter war immer eine wunderbare Tänzerin", meinte Carlo und legte den Arm um seine Frau.

„Du hast ja richtig Temperament, Tante Amelie!", stellte Betty fest, während sie ihr Matrosenkäppi abnahm und es auf den Tisch legte, „wenn ich da an meine Mutter denke", sie verzog das Gesicht, „mit der kann man überhaupt nichts unternehmen."

Amelie und Carlo schwiegen, dachten sich jedoch ihren Teil.

„Dann gefällt dir Fastnacht also doch?", fragte Annerose ihre Tante und grinste dabei.

„Langsam! So schnell schießen die Preußen nicht! Die Tatsache, dass ich schon immer gerne getanzt habe, hat mit Fastnacht überhaupt nichts zu tun. Und außerdem ist das gar kein Fastnachtslied!" Amelie begann zu singen und ihre Arme und Hände rhythmisch dazu zu bewegen:

„Sassa, Sassa, mein Herz, dein Herz,
es lockt dich und mich, ja dich und mich, ins Blau der Nacht.
Sassa, Sassa, mein Lied, dein Lied,
es hat dir und mir, ja dir und mir, das Glück gebracht.
Sassa, Sassa, mein Herz, dein Herz,
ich fühle mit dir und du bist bei mir,
Sassa, Sassa, wir tanzen heut hier,
im nächtlichen Schein in den Himmel hinein."

Alle applaudierten und brüllten: „Zugabe!"

„So seht ihr aus, ihr Rasselbande!" Amelie lachte laut heraus. „Aber Spaß beiseite, dieses Lied stammt wirklich aus einer Operette, und zwar aus ‚Maske in Blau' von Fred Raymond. Ich habe sie ein paar Mal gesehen. Ich glaube sogar, einmal drüben in der Filsbach im Apollo-Theater. Eine wunderbare Operette!"

„Dann ist das gar ja kein Fastnachtslied", stellte Irma enttäuscht fest.

Amelie nickte. „Nein, eigentlich nicht, aber es eignet sich hervorragend zum Tanzen und vor allem, es macht so richtig gute Laune."

„Seht ihr, was für eine kluge Tante ihr habt. Jetzt habt ihr wieder etwas gelernt", sagte Carlo voller Stolz.

Amelie lächelte ihn an. Sie freute sich über Carlos Kompliment. Sie erinnerte sich gar nicht mehr daran, wann er das letzte Mal so zuvorkommend zu ihr gewesen war und so liebevoll von ihr gesprochen hatte. Wie gut das tat!

Sie tanzten und feierten den ganzen Abend und die halbe Nacht. Sie sangen, blödelten herum und lachten. Für ein paar Stunden streiften sie die ganze Wehmut, die Sorgen und die Schwere ab, die nun schon seit so vielen Jahren auf ihnen lasteten, und vergaßen dabei sogar ihren Hunger. Amelie ließ ihre Vorbehalte hinter sich und feierte. Sie tanzte so beschwingt, dass sie zum ersten Mal seit langer Zeit nicht fror, sondern ganz im Gegenteil, sogar ein wenig ins Schwitzen geriet.

Es war schon lange nach Mitternacht, als Annerose und Betty hinüber ins Nachbarhaus gingen und Irma, die man nicht mitten in der Nacht allein durch die Quadrate laufen lassen wollte, das Feldbett neben Helenas Chaiselongue im Wohnzimmer aufschlug.

„Wo ist eigentlich Katharina?", fragte Irma, nachdem sie das Licht gelöscht und sich hingelegt hatte.

„Stell dir vor, die ist in der Schauburg, wo sie als Garderobiere arbeitet, über eine Kulisse gefallen und hat sich ein Bein gebrochen. Wir haben sie nach Rimbach zu ihrer Schwester Agathe gebracht. Die pflegt sie jetzt gesund", erklärte Helena.

„Und wann kommt sie wieder?", wollte Irma wissen.

„Das wird bestimmt noch einen Monat dauern, wenn nicht mehr", mutmaßte Helena, „der Bruch scheint ziemlich kompliziert zu sein."

Auch im Schlafzimmer nebenan waren die Lichter ausgegangen. Amelie und Carlo lagen in der Mitte des Ehebettes, jeder in seiner Hälfte. Sie hatten ihre Gesichter einander zugewandt und konnten sich durch das wenige Licht, das die Straßenlaterne durch die dünnen Vorhänge in den Raum warf, nur schemenhaft erkennen.

Schweigend lagen sie eine ganze Weile so da. Keiner sprach auch nur ein einziges Wort. Nur ihr gleichmäßiger Atem war zu hören. Dann plötzlich streichelte Amelie mit ihren Fingerspitzen über Carlos Wange. Zu ihrer Verwunderung spürte sie, dass ihre Hände plötzlich feucht waren.

„Was ist mit dir, Carlo? Geht es dir nicht gut? Kann ich irgendetwas für dich tun?", flüsterte sie ihm zu. Sie wandte sich halb um und versuchte mit der anderen Hand den Knopf ihrer Nachttischlampe zu erreichen.

Carlo griff jedoch nach ihrem Arm und rückte näher an sie heran. „Bitte lass das Licht aus. Ist schon gut. Es ist halt gerade ein bisschen über mich gekommen. Aber das ist gleich wieder vorbei", meinte er leise.

Erneut streichelte Amelie sein Gesicht.

„Darf ich mich zu dir legen?", fragte Carlo sie fast schon ein bisschen schüchtern. Sie hob wortlos ihr Plumeau hoch und er schlüpfte hinüber zu ihr unter ihre Bettdecke. Carlo schloss Amelie in seine Arme und sie wärmten sich gegenseitig.

„Es war so ein schöner Abend. Der schönste seit Jahren", schwärmte Amelie. „Aber sag mir, was macht dich so traurig?"

„Vielleicht ist es ja genau diese Tatsache, dass es so ein besonders schöner Abend war. Mir ist klar geworden, wie sehr ich das alles vermisst habe. Wie sehr ich vor allem dich vermisst habe."

„Aber Carlo, ich war doch immer da", versuchte Amelie ihn zu trösten.

„Das weiß ich und ich war ja auch da. Körperlich waren wir da. Wir haben nebeneinander hergelebt. Aber unser Herz und unsere Seele, die waren uns abhandengekommen." Carlo seufzte und fuhr fort. „Ich habe heute das erste Mal seit ewiger Zeit überhaupt wieder etwas gefühlt, habe gespürt, dass ich noch lebe und dass ich auch wieder glücklich sein will und zwar mit dir. Du warst mir in letzter Zeit so fremd geworden. Seit ich aus dem Krieg zurück bin, wurde ich das Gefühl nicht los, dass du mich nur wieder aufgenommen hattest, weil ich dir leid tat."

„Aber das stimmt doch gar nicht", widersprach Amelie, „ich, und das gilt auch für Helena, wir haben dich aufgenommen, weil wir dich lieben und weil wir dich brauchen. Wir sind doch eine Familie."

„Eine Familie, die ich beinahe zerstört hätte. Ich habe allen nur Unglück gebracht. Ich habe überhaupt nicht verdient, dass ich wieder bei euch sein darf."

„Bitte sage doch so etwas nicht", nun musste Amelie ihre Tränen unterdrücken und war froh, dass die Nachttischlampe nicht brannte. „Als du in Wiener Neustadt warst, habe ich mir nichts sehnlicher gewünscht, als dass du zu uns zurückkommst. Das musst du mir glauben."

„Was hat dieser Krieg nur aus uns gemacht? – Verlorene kleine Menschenkinder, die, sofern sie überhaupt überlebt haben, krank an Körper und Seele sind", stellte Carlo fest und die Melancholie in seiner Stimme war nicht zu überhören.

„Aber wir gehören zu den wenigen Familien, in denen alle überlebt haben. Helena, du und ich, wir sind mehr oder weniger gesund, haben ein Dach überm Kopf und Arbeit. Im Verhältnis geht es uns doch ganz gut", fasste Amelie ihre Situation zusammen. „Aber vor allem, Carlo, und das ist doch das Wichtigste, wir haben uns endlich wiedergefunden."

„Liebst du mich denn wirklich noch, nach allem, was war?", fragte Carlo unsicher.

„Ich habe dich immer geliebt und daran wird sich auch niemals was ändern, hörst du?" Erneut streichelte Amelie seine Wange.

Er nahm ihre Hand und küsste jede einzelne ihrer Fingerkuppen. Dann beugte er sich über sie und küsste ihren Mund.

„Ich liebe dich auch und wünsche mir nichts mehr, als in Frieden mit dir alt zu werden, Amelie", flüsterte Carlo ihr zu.

Sie umarmten sich innig und waren in dieser Nacht seit vielen Jahren zum ersten Mal wieder Mann und Frau.

19

Fastnacht war seit einer Woche vorbei, geblieben war jedoch die Kälte. Immer wieder kamen Leute zu Helena und baten sie, etwas für sie zu nähen. Anscheinend hatte es sich herumgesprochen, dass es in der Beilstraße eine junge Schneiderin gab, die gut und preisgünstig arbeitete. Mitte Februar kamen ihre Kunden zumeist mit alter Konfirmations- und Kommunionskleidung und baten sie, dass sie diese ausbessern, abändern oder auffrischen solle. Es waren fast ausschließlich die abgelegten Kleider und Anzüge der großen Geschwister, die nun von den Kleinen aufgetragen werden sollten. Helena bemühte sich, die Kleidung den neuen Trägern passgenau auf den Leib zu schneidern, so dass man hätte glauben können, sie seien nur für sie neu angefertigt worden. Dadurch zauberte sie in so manches betrübte Gesicht ein glückliches Lächeln. Denn die Mädchen und Buben waren von dem Gedanken, die alten Klamotten der großen Schwestern und Brüder anziehen zu müssen, verständlicherweise nicht sonderlich angetan gewesen.

Helena hatte zweifellos ein Händchen dafür, aus Alt Neu zu machen. So bekam sie Aufträge wie am Schnürchen und verbrachte fast Tag und Nacht an ihrer Nähmaschine. Sie verdiente zwar gutes Geld mit ihrer Arbeit und sicherte damit das Grundeinkommen der Familie, aber Amelie machte sich doch ein bisschen Sorgen um ihre Tochter, weil sie fast nie mit ihren Cousinen oder Freundinnen ausging. Sie würde nun bald 23 werden, hatte also das richtige Alter, um einen Mann kennenzulernen. Doch wie sollte ihr der begegnen, wenn sie immer nur an ihrer Nähmaschine saß?

„Geh doch mal mit deiner Freundin Irene aus oder mit der Irma und der Betty! Du musst unter die Leute, mein Kind!", hatte sie ihre Tochter aufgefordert. Doch die hatte keine Anstalten gemacht, den Rat ihrer Mutter zu befolgen.

„Mama, lass mich! Ich bin glücklich auch ohne Freund. Ich fühle mich am wohlsten, wenn ich zu Hause bin und nähen kann. Das macht mir am meisten Spaß." Dann hatte sie wieder ihre „Singer" angeworfen und die weiteren guten Ratschläge ihrer Mutter waren im Geratter der Nähmaschine untergegangen.

Am 4. März flatterte den Legrands ein Schreiben ins Haus, auf das sie sich zunächst überhaupt keinen Reim machen konnten. Amelie hatte wie immer, wenn sie von ihrer Arbeit bei der „Felina" nach Hause kam, in den Briefkasten geschaut und hatte einen Brief darin gefunden. Während sie die Treppe hinaufstieg, betrachtete sie den Umschlag. Das Schreiben war an den Begräbnisordner Carlo Legrand gerichtet. Absender war der Oberbürgermeister der Stadt Mannheim. Sie reichte Carlo, der schon zu Hause war und am Küchentisch saß, den Brief und stellte sich hinter ihn, während er ihn öffnete.

Mannheim, den 1. März 1947

DER OBERBÜRGERMEISTER
Der Stadt Mannheim
Abteilung II/P
Urkunde

Unter Berufung in das Beamtenverhältnis auf Lebenszeit wird Herr Carlo Legrand, geb. 8.1.1899
rückwirkend zum 1. März 1938 ernannt.

In Vertretung:
Trumpfheller
Erster Bürgermeister

Amelie und Carlo konnten ihr Glück nicht fassen. Sie schauten sich lächelnd an, hatten jedoch beide Tränen in den Augen.

Carlo stand auf und sie umarmten sich. „Siehst du, Carlo", meinte Amelie, „es gibt doch eine ausgleichende Gerechtigkeit und es war gut, dass du damals nicht in die Partei eingetreten bist."

„Aber es war nicht einfach, du weißt das. Ich kann dir gar nicht sagen, wie ich diese Arbeit gehasst habe. Tag für Tag Gräber auszuheben und das fast zehn Jahre lang. Seit sie mich letztes Jahr zum Bestattungsordner befördert haben, ist mir das erst so richtig klar geworden."

„Ich habe dich immer für deine Entscheidung bewundert. Du hast damals wirklich Größe bewiesen. Sieh mal, du kannst dir jetzt wenigstens noch in die Augen sehen und es gibt nichts, wofür du dich schämen müsstest. Das kann kaum einer von sich sagen. Schau dir doch unsere Zeitgenossen an. Fast alle sind sie ohne Skrupel in die NSDAP eingetreten, wenn es um ihren eigenen Vorteil ging. Sie haben das Regime dadurch gestärkt und nur allzu gern über seine Verbrechen hinweggesehen. Aber jetzt rächt sich das."

Amelies Vorstellung über die ausgleichende Gerechtigkeit war sehr idealistisch, denn die Mehrheit der ehemaligen Parteimitglieder zeigte weder Reue noch Scham und hatte auch keine Probleme damit, in den Spiegel zu schauen. Im Gegenteil, viele hatten es nur zu gut verstanden, sich mit den „Siegern" zu arrangieren und auch im jungen Nachkriegsdeutschland ihre Pfründe zu sichern.

Annerose profitierte davon, denn im Hause Jäckel fehlte es an nichts.

Und Hans war großzügig und besorgte ihr alles, was sie brauchte. Natürlich machte er das hinter dem Rücken seines Vaters, denn dessen Begeisterung für Annerose hielt sich noch immer in Grenzen. Er hatte zwar damit aufgehört, Hans seine Freundin madig machen zu wollen, aber sein Verhalten gegenüber dem Mädchen aus dem Jungbusch war doch sehr kühl. Annerose fühlte sich nicht wohl bei den Jäckels, beiden Elternteilen fehlte es an Herzenswärme, zumindest ihr gegenüber.

Am liebsten war Annerose mit Hans allein. Wie liebevoll und zärtlich er dann mit ihr umging! Waren seine Eltern zugegen, zeigte er sich wesentlich distanzierter und war mitunter fast schon ein bisschen arrogant. Vor seinem Vater hatte er großen Respekt, er fürchtete dessen Dominanz. Seine Mutter liebte er genauso abgöttisch wie sie ihn, was wiederum dazu führte, dass Frau Jäckel nicht selten argwöhnisch dreinblickte, um nicht zu sagen Annerose eifersüchtig beobachtete. Auch sie dominierte ihren Sohn, wenn auch auf eine ganz andere Weise als ihr Mann.

Da Annerose schon seit Beginn des Jahres bei Marie, Valentin und Betty eingezogen war, weil Helena, seit sie sich selbstständig gemacht hatte, mehr Platz im Wohnzimmer für ihre Nähmaschine und ihre anderen Schneiderutensilien brauchte, profitierten auch Marie, Valentin und Betty von Anneroses Wohlstand. Sie brachte immer Kohlen und etwas zu essen mit und manchmal beneidete Betty sie um ihren reichen Freund.

Eines Tages zeigte Annerose ihrer kleinen Cousine den goldenen Ring an ihrem linken Finger. „Sieh mal, den hat Hans mir geschenkt. Wir haben uns heimlich verlobt. Aber das musst du für dich behalten, das darf niemand wissen, besonders nicht die Eltern von Hans. Er will es ihnen später behutsam beibringen."

Betty hatte den Ring mit den zwei kleinen Perlen und dem genauso kleinen Rubin in der Mitte bewundert. „Der ist wirklich schön. Ich wünsche dir von Herzen alles Gute, vor allem aber, dass du mit seinen Eltern auskommst und sie dir das Leben nicht schwer machen."

Betty sorgte sich ein bisschen um Annerose. Sie hatte Hans kennengelernt und fand ihn nett, aber sie hatte ihre Zweifel, ob er, wenn es hart auf hart käme, wirklich genügend Rückgrat besäße, sich gegen seine Eltern aufzulehnen.

So sehr Betty sich für Annerose freute, so sehr haderte sie doch mit der Tatsache, dass ihr Kurt noch immer in England war. In seinem letzten Brief hatte er geschrieben, dass er nicht glaube, dass er vor dem Herbst entlassen würde.

Im April bekam Annerose unerwarteten Besuch von ihrem Halbbruder Adolf.

„Wo kommst du denn her, Adolf?"

„‚Adi‘, bitte! Alle meine Freunde nennen mich jetzt so!“, verbesserte er seine Halbschwester.

„Ja, klar, wenn du lieber ‚Adi‘ genannt werden willst. Mir gefällt das auch besser als Adolf!“ Annerose bat ihn herein.

„Wie geht es dir denn? Und wo warst du die ganze Zeit?“, wollte Annerose wissen, als sie am Küchentisch saßen.

Und nun erzählte ihr Adi von den Neckargeiern, wobei er manche Begebenheiten, insbesondere seine Mutprobe, ausließ. Seine Schwester brauchte nicht alles zu wissen.

„Ja, und wo wohnst du jetzt? Und vor allem, was machst du denn?“ Annerose fand es beachtlich, wie ihr kleiner Bruder sich durchgeschlagen hatte. Sie hatte es schon nicht leicht gehabt, aber Adi hatte es noch schlechter getroffen. Annerose war noch immer wütend auf ihre Mutter Marlene und deren Unfähigkeit, sich ein gesichertes Leben aufzubauen. Ihr hatte sie den Vater ganz vorenthalten und Adi hatte in Alfred ein Scheusal zum Vater bekommen. Marlene hatte nicht nur ihr eigenes Leben, sondern auch das ihrer Kinder ruiniert und darum würde sie ihrer Mutter auch nie wirklich vergeben können, auch wenn Helena und Tante Amelie immer wieder versuchten, ihr die Mutter schönzureden.

„Na ja, das war gar nicht so einfach, von den Neckargeiern wegzugehen. Nachdem nämlich der Horst, unser Anführer, zu seiner Familie zurückgekehrt war, dachten sie, ich würde seinen Platz einnehmen, schon deshalb, weil ich der Älteste war. Aber das wollte ich nicht. Und so hat sich die Bande aufgelöst. Karlheinz, Rüdiger und Volker haben sich bei den Amis gemeldet und die haben sie unter die Fittiche genommen, denn die drei waren ja damals noch nicht einmal 15. Aber für mich kam das nicht in Frage. Ich arbeite doch nicht für die Amis! Ich habe dann mein Bündel gepackt und hatte eigentlich vor, nach Freiburg zu fahren, denn da kann man sich für die Fremdenlegion bewerben. Aber dann kam alles anders.

Denn als ich den Hauptweg durch den Kleingärtnerverein auf der Friesenheimer Insel entlang marschiert bin, da hat mich plötzlich eine Frau, die da unten wohnt, angesprochen und gefragt, ob ich ein bisschen Zeit hätte und ihr im Garten und im Haus helfen könne. Natürlich würde sie mich auch für meine Arbeit entlohnen. Na ja, da habe ich natürlich nicht nein gesagt. Wir sind dann ein bisschen ins Gespräch gekommen und da meinte sie, ob ich nicht Lust hätte, immer für sie zu arbeiten. Sie hätte unten neben der Küche einen leerstehenden Raum, den könne ich mir herrichten und sie würde auch für mich mitkochen und mich verpflegen. Dafür solle ich den Garten versorgen und die anfallenden Reparaturen im Haus machen. Da habe ich nicht lange gezögert. Ja und jetzt wohn' ich schon fast ein Dreivierteljahr bei der Frau Klupcek!"

„Das freut mich für dich, dass du es so gut getroffen hast. Ich bin ehrlich gesagt sogar richtig erleichtert, denn ich habe mir schon ein bisschen Sorgen gemacht und mich oft gefragt, wie es dir wohl nach dem Krieg ergangen ist", Annerose stand auf und legte ihren Arm um seine Schulter, „du bist ja schließlich mein kleiner Bruder."

„So klein nun auch wieder nicht. Immerhin bin ich mittlerweile schon 18!", verbesserte er sie.

„Ja, ich weiß. Du bist jetzt ein richtiger Mann", die Ironie in Anneroses Stimme war unüberhörbar.

„Du brauchst dich gar nicht über mich lustig zu machen", fuhr er nun fast schon ein wenig gekränkt fort, „denn ich werde spätestens in drei Jahren heiraten und eine Familie gründen."

Annerose staunte nicht schlecht über Adis Entschlossenheit. Vor allem beeindruckte sie die Art und Weise seiner Ankündigung, auch die Bestimmtheit, mit der er den Termin so genau festlegte.

„Ja, hast du denn eine Braut? Wer ist denn deine Zukünftige?", forschte Annerose nach.

„Das süßeste Mädel der Welt", kam es wie aus der Pistole geschossen, „Trudchen heißt sie. Sie ist die Tochter von Frau Klupcek."

„Und warum willst du noch drei Jahre warten? Mit einer Sondergenehmigung kannst du sie auch jetzt schon heiraten und musst nicht bis zu deiner Volljährigkeit mit 21 warten."

„Das weiß ich doch alles. Trudchen ist leider erst 15. Aber das tut nichts zur Sache. Wir lieben uns beide von ganzem Herzen. Ich werde auf sie warten und an ihrem 18. Geburtstag wird sie meine Frau." Adis Augen glänzten. Er war fest entschlossen, seine Pläne in die Tat umzusetzen.

Annerose erkannte, dass aus ihrem kleinen Halbbruder mittlerweile ein erwachsener junger Mann geworden war, der sein Leben in die Hand genommen hatte und sehr genau wusste, was er wollte. Auch wenn sie nur Halbgeschwister waren, schienen sie sich doch in mancher Hinsicht ähnlich zu sein. Denn auch sie wusste genau, wie sie ihr Leben gestalten wollte, nämlich an der Seite von Hans.

20

Für Ende Juni war es unglaublich schwül. Auf den langen eisigen Winter schien nun ein umso heißerer Sommer zu folgen.

Irma litt ganz besonders unter der Hitze, denn hinter der Theke der Snack-Bar, in der sie arbeitete, köchelten Maiskolben in großen dampfenden Töpfen, schwammen Kartoffelschnitze in heißem Öl und brutzelten Würste und – wie die Amerikaner sie nannten – „Hamburger" auf großen heißen Blechen.

„What do you like?", fragte Irma den nächsten Amerikaner, der in der Schlange vor ihr stand. Es war eine der Fragen, die sie auf Englisch gelernt hatte und die sie schon seit Monaten täglich Hunderte von Malen stellte. Sie schaute dabei schon gar nicht mehr hoch, weil es schnell gehen musste, denn meist hatten die Militärangehörigen wenig Zeit.

„Einen Cheeseburger und eine große Portion French Fries mit viel Ketchup und ...", die Stimme zögerte, bevor sie leise in gebrochenem Deutsch fortfuhr, „ein Rendezvous mit dir heute Abend um sieben hinter dem Wasserturm."

Irma traute ihren Ohren nicht und war zunächst so verwirrt, dass sie gar nicht hochschaute. Erst als sie den Cheeseburger und die Pommes frites auf den Teller legte und über die Theke reichte, blickte sie den Soldaten zum ersten Mal richtig an.

Hat der schöne blaue Augen, dachte sie, und lächelte ihn an.

Er zwinkerte ihr zu: „Okay?!"

„Okay", antwortete sie mit einem koketten Augenaufschlag.

Irma konnte es gar nicht glauben, so lange hatte sie es sich schon gewünscht, dass sie mal einer der Amerikaner einladen

möge. Und jetzt war es endlich so weit und dazu noch ein Wei-
ßer und was für ein gutaussehender!

*

Eigentlich hatte sie das alles ihrer Mutter und ihrem Bruder Guntram zu verdanken. Denn schon kurz nachdem Pauline als Köchin
bei den Amerikanern im Luisenpark-Camp angefangen hatte, hatte
sie ihrer Tochter ständig in den Ohren gelegen: „Du muschd der
en Ami angle, Irma, dann ham mer ausgsorgt! Du bischd doch ä
schänes Mädel. Des werd doch net so schwer soi, so em Jänki de
Kopp zu verdrehe", hatte ihre Mutter fast schon vorwurfsvoll gemeint, nachdem Irma nach einem halben Jahr noch immer keinen
amerikanischen Freund mit nach Hause gebracht hatte.

Dabei unternahm sie wirklich alles Mögliche, um einen Besatzungssoldaten näher kennenzulernen. Sie ging ja schon dorthin,
wo sich die Amerikaner aufhielten. So stolzierte sie in ihrem
schönsten Kleid unzählige Male am „Officers Club" in P 5 vorbei,
blieb sogar immer ein wenig davor stehen und tat so, als würde
sie dieser jazzigen Musik zuhören, die aus allen Fenstern drang.
Oder sie spazierte um das „Palasthotel Mannheimer Hof" am Anfang der Augustaanlage herum, ging immer weiter und näher heran,
bis schließlich eine Begrenzung aus hohen Stacheldrahtrollen sie
am Weitergehen hinderte. Doch jedes Mal war ihr Unterfangen
ohne Erfolg.

Schließlich wurde Pauline selbst aktiv. Im Frühjahr 1946 versuchte sie, mit Irma in den amerikanischen Tanzclub „Storchen-
nest" in Feudenheim hineinzukommen. Doch damit nicht genug,
sie kehrte auch mit ihrer Tochter in eine der Gaststätten ein, von
der sie gehört hatte, dass sich hier Deutsche und Amerikaner trä-
fen. Doch die hatten die beiden Frauen schnell wieder verlassen,
weil dort ein Riesengerangel zwischen mehreren angetrunkenen
Deutschen und Amerikanern losgegangen war.

Es war seltsam, je mehr Pauline versuchte, Irma auf Teufel komm
raus mit einem Amerikaner zusammenzubringen, desto weniger
funktionierte es. Schließlich hatte Irma entnervt dem Ganzen

ein Ende gesetzt und ihrer Mutter klipp und klar gesagt, dass sie endlich damit aufhören solle, sie verkuppeln zu wollen. „Du weißt ja hoffentlich, dass du dich damit strafbar machst, Mama!", hatte sie ihr gedroht und auf den Kuppelparagraphen verwiesen. Pauline hatte daraufhin beleidigt gemeint: „Weeschd, dass du ä ganz freschi Orschel bischd! Du muschd net glei mit solsche Geschitze uffahre, schließlisch hab ischs bloß gut gemeent! Aber des hot mer vun seina Gutmiedischkeit!" Danach war der Haussegen erst einmal schief gehangen, aber zumindest hatte die Auseinandersetzung bewirkt, dass Pauline Irma nicht weiter bedrängte.

Doch dann hatte ein ganz anderes Familienmitglied Irma den Weg zu den Amerikanern gebahnt.

Innerhalb der Umerziehungsprogramme der Alliierten nahmen die deutschen Kinder und Jugendlichen einen ganz wichtigen Platz ein. Ab Anfang 1946 waren die Schulen in Betrieb genommen worden. Da fast zwei Drittel der Lehrer wegen ihrer Mitgliedschaft in der NSDAP entlassen worden waren, hatte man als Verstärkung bereits pensionierte Lehrer wieder in den Schuldienst zurückgerufen und sogenannte „Schulhelfer" eingestellt, die in einem Schnellkurs zum Hilfslehrer ausgebildet worden waren. Das Unterrichten wurde jedoch auch dadurch erschwert, dass man alle Schulbücher aus der NS-Zeit aus dem Verkehr gezogen hatte und es darum so gut wie kein Arbeitsmaterial gab.

Trotzdem wollte man versuchen, die Kinder und Jugendlichen nach zwölf Jahren Diktatur und sechs Kriegsjahren an die Demokratie heranzuführen und ihnen die Augen für die Vielfalt und die Wunder der Erde zu öffnen.

Darum verfrachtete man alle zwei bis drei Monate mehrere Schulklassen in große amerikanische Trucks und beförderte sie ins UFA-Palast-Theater im Vetter-Haus, wo man ihnen in dem Lichtspieltheater Filme über Abraham Lincoln und Naturfilme über die faszinierende Weite und Schönheit der Vereinigten Staaten von Amerika zeigte.

Im Frühsommer 1946 sollten auch die Schüler der Sickinger-Schule in U2 dem Kino einen Besuch abstatten. Es ist schwer zu sagen, worüber sich Guntram und sein Freund Edde mehr freuten, über die Fahrt im Truck oder den Besuch im UFA-Filmtheater. Jedenfalls war es das erste Mal in ihrem Leben, dass die beiden ein Kino besuchten. Der Film sollte über zwei Stunden dauern und nach der Vorstellung würden die Kinder wieder im Truck zurück zur Schule gefahren werden. Da Guntram jedoch an diesem Nachmittag beim Zahnarzt Gerber einbestellt war, weil zwei seiner Milchzähne schon seit Tagen heftig wackelten, aber keine Anstalten machten, von alleine herauszufallen, hatte Pauline den Lehrer darum gebeten, dass seine Schwester Irma ihn direkt vom Kino abholen dürfe.

Irma hatte sich jedoch in der Uhrzeit geirrt und war darum über eine Stunde zu früh nach N7 aufgebrochen. Als sie nun vor dem Vetter-Haus stand, war sie unschlüssig, was sie tun sollte. Nach Hause zu gehen rentierte sich nicht und so ging sie gelangweilt auf und ab und versuchte dabei herauszufinden, wo der Eingang zum Kinosaal war.

Vor dem Vetter-Haus standen jede Menge Vertreter der Militärpolizei. Einer von ihnen hatte Irma schon eine ganze Weile beobachtet und sie schließlich zu sich gerufen. Er fragte sie auf Englisch, was sie denn hier suche und wohin sie überhaupt wolle. Mit Händen und Füßen versuchte Irma ihm daraufhin klarzumachen, dass sie ihren Bruder nach der Kinovorstellung abholen wolle, weil sie mit ihm zum Zahnarzt müsse. Zur Verdeutlichung zeigte sie auf ihre Zähne. Dies wiederum interpretierte der Soldat falsch, denn er dachte, sie wolle in die Snack-Bar. Und somit schickte er sie zu dem entsprechenden Eingang.

Irma stieg die Treppe hinauf. Sie wunderte sich, denn sie hatte stets geglaubt, der Kinosaal befinde sich im Erdgeschoss. Doch wer weiß? Seit die Amis alle möglichen Wohnungen, Läden, Kaffeehäuser, Hotels, Wirtschaften und vieles mehr beschlagnahmt hatten, war sowieso nichts mehr so, wie es einmal war.

Sie hatte kaum den Treppenabsatz des letzten Stockwerks erreicht, als sie schon von einer älteren Frau empfangen wurde, die nervös hin- und hersprang und sie sichtlich verärgert anfuhr: „Na, da sind Sie ja endlich! Das haben wir besonders gern, wenn jemand gleich am ersten Tag zu spät kommt!"

Irma wusste gar nicht, was die Frau von ihr wollte. Sie versuchte sich zu erklären, aber die andere ließ sie gar nicht zu Wort kommen, sondern drückte ihr eine Schürze, ein Häubchen und dünne Plastikhandschuhe in die Hand und deutete auf einen Turm von dünnen quadratischen Weißbrotscheiben und einen Berg von Schinken, Käse, Tomaten und Gurkenscheiben sowie auf zwei Gläser mit kalter Tomatensoße und Mayonnaise.

„Die hundert Sandwiches da drüben müssen in einer halben Stunde fertig sein, sonst gibt's Ärger!"

Wieder versuchte Irma, etwas zu sagen, aber da war die Frau schon hinter der Schwingtür verschwunden. Zuerst wollte Irma ihr nachlaufen und alles aufklären. Doch plötzlich hielt sie inne. Warum eigentlich? Vielleicht war ja das ihre Chance! Ein Fingerzeig des Himmels! Und darum begann sie, die Brote zu schmieren und sie mit Schinken und Käse zu belegen.

Was für ein Überfluss hier herrschte! Sie konnte sich gar nicht erinnern, dass sie jemals in ihrem Leben so viel Wurst und Käse auf einen Schlag gesehen hatte. Nicht vor dem Krieg und nach dem Kriegsende sowieso nicht.

Irma tat alles, was man ihr aufgetragen hatte, und eine halbe Stunde später lagen hundert belegte Sandwiches vor ihr auf der Platte.

„Das haben Sie wirklich gut gemacht! Mit der Pünktlichkeit hapert es zwar noch ein bisschen, aber Sie scheinen ja tüchtig zu sein. Leute wie Sie können wir hier gebrauchen. Übrigens, ich bin Sally!" Die Frau mit den kurzen mittelblonden Locken streckte ihr die Hand entgegen und lachte sie nun zum ersten Mal freundlich an.

„Ich bin Irma. Irma Legrand!", antwortete diese. „Aber ich muss ihnen jetzt doch etwas sagen." Und im Folgenden klärte Irma nun die Verwechslung auf, ließ jedoch gleichzeitig durchblicken, dass sie sich vorstellen könnte, diese Arbeit auch in Zukunft zu machen.

Sally war von Irma sehr angetan. Als dann eine Viertelstunde später die tatsächliche Anwärterin auf die Stelle im Türrahmen stand, schickte Sally sie kurzerhand wieder nach Hause. Sie gab

Irma an diesem Nachmittag sogar frei, damit sie wie geplant mit Guntram zum Zahnarzt gehen konnte.

Irma war überglücklich. Und als ihr kleiner Bruder kurze Zeit später aus dem Lichtspielhaus herauskam, drückte und herzte sie ihn. Guntram fand es ungemein peinlich, dass seine große Schwester ihn vor all seinen Schulkameraden abknutschte. Aber Irma war das egal, denn sie war dem „Kleinen" unendlich dankbar. Denn in gewisser Weise hatte er ihr die Stelle bei den Amerikanern besorgt.

*

Punkt sieben stand Irma hinter dem Wasserturm. Gerade als sie anfing, daran zu zweifeln, ob er überhaupt kommen würde, bog er um die Ecke.

„Hi, schön dass du gekommen bist", er sprach ganz gut Deutsch, obwohl er einen starken Akzent hatte.

Irma strahlte ihn an. „Danke für die Einladung!"

„Ich habe dir etwas mitgebracht", er griff in die Brusttasche seiner Uniform, zog mehrere Schokoladenriegel von Cadbury heraus und reichte sie ihr. „Du magst doch sicher Schokolade! Alle deutschen Fräuleins mögen Schokolade."

Was für eine Frage! dachte Irma bei sich. Wenn ihr wüsstet, was für einen Kohldampf wir schieben. Da isst man doch alles, was man in die Finger kriegt! Sie bedankte sich und steckte die Schokoladenriegel ein. Daheim würden sie sich darüber freuen.

„Wollen wir ein bisschen am Neckar spazieren gehen?", fragte er sie nun und fast im selben Augenblick meinte er: „Ach, entschuldige, ich habe mich ja noch gar nicht vorgestellt, ich heiße Daniel. Daniel Hayden aus Wisconsin. Und du?"

„Irma Legrand, aus Mannheim", scherzte sie.

Er lachte. „Dein Name klingt so gar nicht deutsch. Bist du Französin?"

Irma schüttelte den Kopf. „Nein, wir stammen von Hugenotten ab. Meine Vorfahren sind vor ein paar hundert Jahren aus

Frankreich geflohen. Aber sag mal, dein Name klingt auch nicht gerade amerikanisch!"

„Stimmt! Wir haben deutsche Vorfahren. Die Eltern meiner Mutter waren Einwanderer aus Bremen. Meine Mutter spricht darum auch noch recht gut deutsch. Übrigens haben fast die Hälfte der Einwohner von Wisconsin deutsche Wurzeln. Das will bloß seit 1939 niemand mehr zugeben. Verständlich, oder?"

„Nur allzu gut!", stimmte Irma ihm zu. „Wenn ich es mir aussuchen könnte, wäre ich auch lieber keine Deutsche." Dann fuhr sie fort: „Also wenn du möchtest, können wir gerne unten am Neckar entlanggehen. Nur bitte nicht am Luisenpark vorbei!" Irma hatte keine Lust, dass ihre Mutter sie von der Küche des Camps aus sehen und vielleicht sogar noch herübergerannt kommen würde. Der war doch alles zuzutrauen!

„Es ist so ein schöner Abend!", schwärmte Irma, während sie am Friedrichsring nebeneinander her spazierten.

„Noch schöner wäre er, wenn du dich bei mir einhängen würdest." Er hielt ihr den angewinkelten Arm hin.

„Sehr gerne!" Sie schob ihren Arm hindurch und genoss es an der Seite dieses gutaussehenden Amerikaners den Ring entlangzuflanieren.

Er strahlte sie an: „So geht es sich doch gleich viel besser, mein Fräulein, oder?"

Als sie auf der Höhe der ehemaligen Friedrichsbrücke ankamen, blieb er einen Moment stehen. „Siehst du", er zeigte auf die andere Uferseite in Richtung Feuerwache, „da bin ich vor zwei Jahren mit meinen Kameraden der 44. Division der US-Army übergesetzt. Als wir da drüben an den Fluss kamen, hatte eure Wehrmacht schon alle Brücken gesprengt. Diese Verrückten dachten, sie könnten uns aufhalten", er lachte, „wir sind dann mit unseren Kampfbooten mit je zwölf Mann hinübergepaddelt."

„War das denn nicht gefährlich, so ungeschützt über den Neckar zu rudern?" Irma stellte sich das als gewagtes Unterfangen vor, denn es hatte einige deutsche Soldaten gegeben, die versucht hatten, die Stadt bis aufs Blut zu verteidigen. Insbesondere die ganz Jungen, die man zuletzt eingezogen hatte, wollten der Realität bis zum Schluss nicht ins Auge sehen und nicht begreifen, dass dieser Krieg verloren war.

„Ich muss gestehen, ich habe mich schon wohler gefühlt. Meine Kameraden und ich, wir kamen uns schon wie lebende Zielscheiben vor", gestand Daniel. „Aber viel gefährlicher war die Situation da drüben beim zerstörten Straßenbahndepot", er deutete hinüber, „da hatten sich tatsächlich einige mit Gewehren verschanzt und die haben dann, als wir dort vorbeimarschiert sind, das Feuer eröffnet."

„Ist jemand verletzt worden?", fragte Irma besorgt.

„Wir konnten alle noch rechtzeitig in Deckung gehen, aber die drei Angreifer haben es nicht überlebt." Er machte eine Pause. „Warum müsst ihr Deutschen auch nur immer so stur sein?!" Er blickte sie nachdenklich an. „Bist du eigentlich auch so hartnäckig, mein kleines Fräulein?"

Sie lächelte tiefgründig: „ Kommt drauf an, worum es geht?"

„Na, zum Beispiel, wenn ich dir jetzt einen Kuss geben würde", meinte er und beugte sich ein wenig zu ihr.

„Dann würde ich dir eine Ohrfeige geben, denn das gehört sich nicht, wenn man sich gerade erst kennengelernt hat", meinte Irma im wahrsten Sinne des Wortes schlagfertig.

Daniel schaute sie verwundert an. Sie war anders als die deutschen Mädchen, die er bisher kennengelernt hatte. Die Kleine hatte zweifellos Courage und sie war nicht auf den Mund gefallen. Wahrscheinlich war das der Augenblick, in dem er beschloss, dass er dieses Mädchen näher kennenlernen wollte.

Irmas anfängliche Zurückhaltung war bald verflogen, dafür gefiel ihr Daniel viel zu gut. Sie kannte ihn nun schon über zwei Monate und sie trafen sich, wann immer es ihre Zeit erlaubte. In der Snack-Bar versuchten sie sich nicht allzu viel anmerken zu lassen. Irma war sich jedoch sicher, dass es Sally nicht entgangen war, dass sie miteinander gingen. Aber das war auch nicht schlimm, denn früher oder später würde sie sich ihr sowieso anvertrauen.

Sally war ihr nämlich mittlerweile zur mütterlichen Freundin geworden. Obwohl die Halbamerikanerin zweimal verheiratet gewesen war, hatte es zu ihrem Leidwesen mit dem Kinderkriegen nie geklappt. Als sie dann Irma im Vetter-Haus begegnet war, hatte sie sich gleich zu ihr hingezogen gefühlt. So eine Tochter hatte sie sich immer gewünscht. Die Sympathie beruhte auf Gegenseitigkeit, denn auch Irma baute recht schnell eine sehr vertrauensvolle Beziehung zu Sally auf. Sie war so ganz anders als ihre Mutter. Sie konnte zuhören, mitfühlen und Sallys Ratschläge hatten Hand und Fuß im Gegensatz zur ihrer Mutter, die nur herumkrakeelte, dumm herausschwätzte und stets nur auf den eigenen Vorteil bedacht war. Natürlich hatte ausgerechnet Pauline es als Erste spitzgekriegt. Schon am ersten Abend, als Irma die Schokoladenriegel mit nach Hause brachte, hatte sie unverblümt gefragt: „Na, hots endlich geklappt.“

„Ich weiß nicht, wovon du sprichst“, hatte Irma zunächst geantwortet, aber genau gewusst, dass Pauline ihr kein Wort glaubte. Und irgendwann hatte sie ihr dann gesagt, dass sie tatsächlich einen Amerikaner zum Freund hatte. Sie hatte es nicht länger verbergen können, denn Daniel war überaus großzügig und brachte Irma Kaffee, Dosenwurst und Schokolade mit, vor allem aber Zigaretten, die sie natürlich mit nach Hause nahm, damit auch ihre Mutter und die kleinen Brüder davon profitierten.

In einer Zeit, als das durchschnittliche Monatseinkommen bei 200 Reichsmark lag und man für diese Währung so gut wie nichts mehr bekam, waren Daniels Geschenke wahre Schätze. Insbesondere Zigaretten waren heiß begehrt. So sehr, dass man sogar von der „Zigarettenwährung“ sprach. Für eine einzelne Zigarette konnte man auf dem Schwarzmarkt im Schnitt zwischen fünf und zehn Reichsmark und für ein Pfund Kaffee bis zu 400 Reichsmark erzielen, wobei die Preise auch immer wieder, meist nach oben, schwankten.

„A bring en doch ämol mit, dein Dänjel, isch deet en zu gern ämol persänlich kennelerne“, hatte Pauline ihre Tochter gedrängt, aber Irma hatte genau das zu vermeiden versucht. Sie wollte, dass sich ihre Mutter da raushielt. Darum traf sie sich meist mit Daniel auf der Neckarwiese, so wie viele andere Liebespaare auch. Sie schmusten, tauschten Zärtlichkeiten aus und liebten sich, wenn die Sonne untergegangen war, im Schutz der Dunkelheit.

„Meenscht net, Irma, dass des jetzt drauße zu kalt werd. Es is immerhin schun Mitte Septemba", meinte Pauline eines Tages. „Also wenn de deheem bei uns mit em ins Bett willschd, isch kann schun defier sorge, dass de ä sturmfreii Buud hoschd. Versuch bloß, der den bei de Stang zu halte. Denn wenn der disch hocke losst, do kenne mer widda gugge, wo mer bleiwe. Wer weeß, wann dein Vadder endlich aus Russland hääm kummt, wenn iwwerhaupt!"

Irma hasste ihre Mutter mitunter. „Wenn die könnte, würde sie mich wahrscheinlich sogar verkaufen. Die hat doch überhaupt keine Skrupel!"

Trotzdem nahm Irma Paulines Angebot an, aber nicht, weil sie Daniel ausnehmen wollte, sondern weil sie ihn von ganzem Herzen liebte und das Gefühl hatte, dass er ihre Gefühle gleichermaßen erwiderte.

Sie lagen sich in Paulines Ehebett in den Armen. Daniel hatte sich ein wenig über Irma gebeugt, streichelte sie, streifte spielerisch eine Haarsträhne aus ihrem Gesicht und betrachtete sie. „Du bist ein wunderschönes Mädchen mit deinen schwarzen Locken und deinen schwarzen Augen, man könnte dich glatt für eine Spanierin halten, wenn man es nicht besser wüsste."

Irma genoss seine Komplimente. Sie war so unsagbar glücklich mit Daniel. Nach Jean und Nikos hatte sie schon gedacht, sie hätte überhaupt kein Glück in der Liebe. Trotzdem gab es auch jetzt Momente, in denen sie eine Traurigkeit überkam, denn sie fürchtete sich vor dem Tag, an dem Daniels Militärdienst in Deutschland endete und er wieder nach Amerika zurückkehren würde.

Daniel streichelte ihre Stirn. „Was sind das hier für dicke Sorgenfalten, Darling?"

Irma schwieg.

„Also, heraus mit der Sprache!" Er spürte, dass sie etwas bedrückte und so gestand sie ihm ihre Ängste.

Schweigend ließ er sich neben Irma auf das Kopfkissen sinken, sie noch immer im Arm haltend. Seine Gedanken wanderten nach Hause.

Er sah die weiten Ebenen Wisconsins: Ackerland und Weide-fläche so weit das Auge reichte, Windräder und vereinzelte Farm-häuser. Und er hatte den Himmel vor Augen, der unendlich zu sein schien, bis er weit hinten am Horizont mit der Erde verschmolz.

Er würde, wenn er nach Hause käme, die Farm übernehmen müssen. Er hatte es seiner Mutter auf ihr Drängen hin nach dem Tod seines Vaters versprochen. Aber nicht nur sie hatte er mit großen Erwartungen zurückgelassen, sondern auch Marylou, die Nachbarstochter, die er von klein auf kannte, mit der er durch die Felder gestreift und über die Wiesen geritten war, mit der er die High-School absolviert und dreimal den Boogie-Woogie-Wett-bewerb gewonnen hatte. Bevor er von der Army nach Deutsch-land geschickt worden war, hatte er sich mit ihr verlobt.

Die ganzen letzten Monate hatte er das ausgeblendet. Die Liebe zu Irma hatte ihn wie ein Blitz getroffen. Sie war das genaue Ge-genteil von Marylou, nicht nur äußerlich, sondern in ihrem ganzen Wesen. Sie war temperament- und trotzdem gefühlvoll und zärt-lich. Sie wirkte ungemein weiblich in ihren hübschen Kleidern, war anziehend und verführerisch. Sie liebte ihre Rolle als Frau und schaute zu ihm hoch. Auch wenn sie ihm gelegentlich wider-sprach, so zeigte sie ihm doch stets, wie sehr sie ihn verehrte und gab ihm immer von Neuem das Gefühl, ein richtiger Mann zu sein. So eine Frau hatte er sich immer gewünscht.

Nicht nur Daniel, sondern viele amerikanische Soldaten wa-ren von den „deutschen Fräuleins" hingerissen, denn sie waren ganz anders als die amerikanischen Frauen.

Diese Entwicklung schlug sich sogar in einem Artikel des Jour-nalisten Victor Dallaire nieder, der lange Zeit Korrespondent in Deutschland gewesen war. Im Frühjahr 1946 schrieb er folgenden Artikel in der New York Times: „ ... amerikanische Frauen sind zu dominant und haben ein Problem damit, sich dem Mann zu fügen und ihren ‚richtigen Platz' einzunehmen. Die Frauen jen-seits des Atlantiks hingegen ordnen sich ihrem weiblichen Natu-rell entsprechend dem Mann unter ..."

Dieser Artikel löste in den USA große Diskussionen aus und führte dazu, dass die Amerikanerinnen nicht sonderlich gut auf ihre Geschlechtsgenossinnen in Deutschland zu sprechen waren. Dieses „Fräuleinwunder" erschien ihnen äußerst suspekt.

„Könntest du dir denn vorstellen, dass wir für immer zusammenbleiben?", riss Irma ihn plötzlich aus seinen Gedanken.

„Ja, schon", meinte er etwas zögerlich, „aber du weißt ja, dass das nicht geht. Es ist amerikanischen Soldaten verboten, deutsche Frauen zu heiraten."

„Eben nicht!" Irma strahlte ihn an. „Sie haben das geändert, ich habe im ‚Mannheimer Morgen' gelesen, dass am 10. Oktober der erste amerikanische Militärangehörige ein deutsches Mädchen geheiratet hat. Ist das nicht wunderbar? Endlich haben die da oben kapiert, dass sie ihr Fraternisierungsverbot vergessen können. Man kann eben Liebende nicht trennen."

Irma machte eine kurze Pause, bevor sie die entscheidende Frage stellte: „Könntest du dir denn vorstellen, mich zu heiraten und mit in die Staaten zu nehmen?"

Als sie ihn so direkt fragte und ihn mit ihren großen Augen derart erwartungsvoll ansah, wurde Daniel klar, dass er nichts lieber tun würde, als für immer mit Irma zusammenzubleiben. Was ihn mit Marylou über die vielen Jahre, die sie sich kannten, verband, war eigentlich mehr eine tiefe Freundschaft als Liebe. Irma jedoch hatte sein Herz erobert.

„Ich werde dich mit rüber nehmen, wenn du das willst", er küsste sie und meinte dann ganz ruhig, „und ich werde dich drüben auch gerne heiraten."

Irma war in diesem Augenblick das glücklichste Mädchen der Welt.

Die Zukunftspläne der beiden waren jedoch nicht so einfach umzusetzen, wie sie sich erhofft hatten. Denn zwei Monate später kehrte Daniel nicht mit ihr in die USA zurück, sondern wurde von der Army zunächst für ein weiteres Vierteljahr auf einen Stützpunkt im Pazifischen Ozean geschickt.

„Sei nicht traurig, Darling, es sind doch nur drei Monate", tröstete er die weinende Irma.

Diese war am Boden zerstört. So oft hatte sie sich in den letzten Wochen ausgemalt, wie sie zusammen mit ihm ihren Fuß auf amerikanischen Boden setzten würde, um kurz darauf Mrs. Hayden zu werden und nun zerplatzte das alles wie eine Seifenblase.

„Hör zu, sowie ich zurück in Wisconsin bin, kommst du nach und dann heiraten wir! Okay?" Er schloss sie in die Arme und begann, ihre Tränen wegzuküssen.

„Und was ist mit meiner Aussteuer? Wie soll die jetzt nach Amerika kommen? Ich habe so schöne Handtücher von meiner verstorbenen Tante Marlene. Und meine Cousine Helena hat mir wunderbare Paradekissen genäht; die hat sie mir damals zur Konfirmation geschenkt. Und was mache ich mit den Kaffeelöffeln von meiner Großmutter Luise? Das sind alles Erinnerungen – ich kann doch nicht einfach alles hier zurücklassen. Ich möchte schließlich da drüben etwas haben, was mich an die Heimat und an meine Familie erinnert. Kannst du das denn nicht verstehen?"

„Natürlich verstehe ich das." Daniel dachte einen Augenblick nach. Plötzlich erhellte sich sein Gesicht. „Pass auf, das ist ganz einfach. Deine ganze Aussteuer gibst du einem meiner Kameraden mit. Das ist ja nicht so viel. Das passt alles in einen großen Karton. Der nimmt das dann mit rüber und schickt es meiner Mutter. Ich werde mich vor meiner Abreise darum kümmern, damit das alles klappt. Und sowie ich zurück bin aus Südostasien, kommst du nach."

Irma nickte traurig, aber der Vorschlag, den er ihr gemacht hatte, schon einmal die Aussteuer hinüberzuschicken, beruhigte sie auch wiederum. Das war ein sicheres Zeichen dafür, dass er es ernst meinte.

Irma lächelte ihn an. „Bitte pass auf dich auf. Und schreibe mir gleich, wenn du dort bist."

„Ich werde mich so schnell wie möglich bei dir melden. Vertrau mir!" Mit diesen Worten und einem langen innigen Kuss verabschiedete er sich von ihr.

Weihnachten war bereits vorüber und der Jahreswechsel stand bevor. Daniel war nun schon über zwei Monate weg, aber noch immer hatte Irma keine Nachricht von ihm erhalten. Jeden Tag hatte sie in den Briefkasten geschaut, aber meistens war er leer gewesen und wenn etwas darin steckte, waren es Rechnungen für

Gas, Strom oder Wasser gewesen. Ihre Aussteuer hatte sie, wie vereinbart, bereits Anfang November Daniels Kameraden mitgegeben. Sie hatte gehofft, dass Daniels Mutter ihr vielleicht schreiben und den Empfang der Sachen bestätigen würde. Nachdem diese sich jedoch auch nicht gemeldet hatte, war Irma zu Sally gegangen und hatte sich ihr anvertraut, worauf diese ihr vorgeschlagen hatte, Daniels Mutter einen Brief zu schreiben. Sally sprach durch ihre amerikanische Mutter perfekt Englisch und so war es für sie kein Problem, einen kleinen Brief aufzusetzen. Aber es war vergebliche Liebesmühe gewesen, denn Frau Hayden hatte ihnen nicht geantwortet.

Sally machte sich große Sorgen um Irma, denn es entging ihr natürlich nicht, dass Irma von Tag zu Tag niedergeschlagener wurde und häufig mit verweinten roten Augen zur Arbeit kam. Es war zum einen die Tatsache, dass kein Lebenszeichen aus Amerika kam, was Irma plagte. Der Gedanke, Daniel könnte in Südostasien etwas zugestoßen sein, raubte ihr in so mancher Nacht den Schlaf. Zum anderen waren es jedoch auch die Nachfragen ihrer Cousinen, die sie immer wieder fragten, was denn los sei und wann sie denn nun ihren Amerikaner endlich heiraten würde. Sie wusste schon gar nicht mehr, was sie denen noch antworten sollte und las in ihren Blicken, dass sie dem Frieden misstrauten. Am schlimmsten setzte ihr jedoch die Reaktion ihrer Mutter zu, die mit ihren gehässigen Kommentaren die qualvolle Situation nur noch verschlimmerte. „Gebs doch zu, der hot disch hockelosse. Des wer mia net bassiert. Du bischd monschmol ä rischdischi Zimperliese. Du weeschd doch, was die Männa mege, do hettschd dich halt ämol ä bissel meer um dein Ammi bemieht! Jetzt kenne mer widda gugge, wo mer bleibe!"

Pauline verstand überhaupt nichts. Dagegen bemühte sich Sally umso mehr, Irma beizustehen.

„Mädchen, so geht das nicht weiter. Du musst dir unbedingt Gewissheit verschaffen. Ich denke, du solltest rüber nach Wisconsin fliegen! Du hast die Adresse, sprichst ein bisschen Englisch. Du wirst dich schon zurechtfinden, um dich mach ich mir da keine Sorgen", hatte Sally sie ermuntert.

„Aber ich kann doch nicht allein nach Amerika fliegen! Ich war noch nie in einem anderen Land. Ich würde mich da gar nicht zurechtfinden. Ich weiß doch gar nicht, was ich da machen muss, um nach Amerika zu fliegen. Darf ich denn als Deutsche dort überhaupt allein einreisen? Die weisen mich doch bestimmt an der Grenze zurück." Irma fühlte sich mit diesem Vorschlag total überfordert. Nie und nimmer würde sie im Stande sein, eine Reise nach Amerika vorzubereiten, geschweige denn sie anzutreten.

„Ich könnte das für dich regeln", warf Sally nun ein, „mein Bruder Harry ist Pilot bei der ‚PAN AM'. Das ist eine große amerikanische Fluggesellschaft. Ich könnte mit seiner Hilfe versuchen, einen günstigen Flug zu buchen und ihn bitten, dass er dir auch ein Visum besorgt und dir drüben in New York bei der Einreise hilft. Harry hat gute Verbindungen und vor allem wärst du bei ihm in guten Händen. Und in New York setzt er dich dann in den Greyhound-Bus nach Wisconsin."

„Das alles würdest du für mich tun?" Irma staunte nur noch. Sie konnte fast nicht glauben, was Sally ihr da vorschlug.

„Du kannst es ruhig annehmen. Für dich mach ich das gerne! Außerdem war ich mal in einer ganz ähnlichen Situation. Aber das ist lange her." Sally seufzte, lächelte jedoch gleich darauf.

Vier Wochen später saß Irma im Greyhound nach Wisconsin. Sally hatte ihr nicht zu viel versprochen. Harry hatte bei der Vorbereitung der Reise mitgeholfen und war nach der Landung nicht von ihrer Seite gewichen, bis sie im Bus gesessen war. Dort hatte er ihr die Fahrkarte nach Wisconsin, seine Telefonnummer in New York und zu ihrem Erstaunen nochmals 300 Dollar in die Hand gedrückt.

„Wie kann ich Ihnen bloß für alles danken, was Sie für mich getan haben?"

Er lachte. „Wenn du in Wisconsin erst mal Farmersfrau bist, dann werde ich euch besuchen und mich von dir gut bekochen lassen. Also, kleines Fräulein, mach's gut!"

Irma saß nun schon über elf Stunden im Bus. New York lag von Wisconsin fast tausend Kilometer entfernt und die Busfahrt würde neunzehn Stunden dauern. Sie fühlte sich unendlich einsam. Sie kannte keinen Menschen hier, sprach nur ein paar Brocken Englisch und tat wohl auch besser daran, den Mund zu halten. Denn beim Bus-Stopp in Cleveland hatte sie bereits ihre erste schlechte Erfahrung gemacht. Als sie dort mit ihrem nicht überhörbaren deutschen Akzent eine Tasse Kaffee bestellte, hatte die Frau hinter der Theke sich abrupt von ihr abgewandt und sich bei Irmas erneuter Bestellung umgedreht und Irma angegiftet: „I hate Germans!" Sie hatte noch etwas hinzugefügt, von dem Irma nur ‚Nazis' verstanden hatte. Wahrscheinlich hatte sie ihr erklärt, dass sie keine Nazis bediene. Hoffentlich würden nicht alle Amerikaner so abweisend gegenüber Deutschen sein. Was konnte sie dafür, dass Hitler einen Krieg angezettelt hatte? Doch das schien hier niemanden zu interessieren.

Sie musste einige Stunden geschlafen haben, denn als sie die Augen öffnete, hatte sich die Landschaft verändert. Auf beiden Seiten waren Felder und Äcker, so weit das Auge reichte. Vereinzelt sah man Kühe und weidende Pferde und Schafe. Was für ein Wohlstand! Und was für eine Idylle im Vergleich zu den Trümmerlandschaften zu Hause in Deutschland!

Am Abend kamen sie schließlich in Appleton an. Es war die Endstation. Da die Dunkelheit schon hereingebrochen war, suchte Irma sich ein kleines Zimmer in einem billigen Motel. Sie war hundemüde. Sie wollte jetzt erst einmal ein paar Stunden schlafen, damit sie morgen frisch und ausgeruht aussehen würde.

Als sie nun in dem Bett lag, konnte sie trotz ihrer Müdigkeit nicht einschlafen, denn in ihrem Gehirn begann es zu rattern. Zweifel überkamen sie. Hatte sie wirklich gut daran getan, hierher zu reisen? Was erwartete sie eigentlich? Und wie sollte sie sich verhalten? Was wohl die Ursache für sein Schweigen und das seiner Mutter war? War Daniel vielleicht noch in Südostasien? War er verwundet? Oder vielleicht sogar gefallen? Bei dem erneuten Gedanken, er könne tot sein, überfiel sie wieder eine beklemmende Angst. Und seine Mutter? War sie vielleicht krank oder sogar gestorben, weil sie nicht geantwortet hatte? – Und wenn alles ganz anders war? Wenn er vielleicht seine Meinung geändert hatte und sie gar nicht mehr sehen wollte? Was sollte sie dann tun? Irma wusste in diesem Augenblick nicht, was schlimmer für sie wäre, die Nachricht, dass er tot sei oder die Mitteilung, dass er sie verlassen habe? Mit bangem Herzen schlief sie erschöpft von der Reise ein.

Die Hayden-Farm lag im Norden von Appleton. Sie musste zweimal in einen anderen Bus umsteigen, der sie schließlich an einer gottverlassenen Kreuzung herausließ. Nichts als Felder. Nur ganz hinten am Horizont ein einsames Gehöft. Das musste nach der Beschreibung des Busfahrers die Hayden-Farm sein. Während sie mit ihrem kleinen Koffer die Straße entlanglief, waren die einzigen Geräusche, die sie vernahm, das Säuseln des Windes und das Geklapper und Quietschen der Windräder. Ansonsten herrschte Totenstille. Kein Baum, kein Haus, kein Auto, keine Menschenseele. Nichts!

Die Straße schien nicht enden zu wollen. Mehrfach stellte sie ihren Koffer ab. Der metallene Griff schnitt ihr in die Hände, die wie Feuer brannten. Endlich hatte sie ihr Ziel erreicht. Sie ging durch das große Tor der Farm.

Irma klopfte an die Tür und wartete. Niemand öffnete. Erneut klopfte sie, dieses Mal wesentlich heftiger. Plötzlich hörte sie Schritte und schließlich ging die Tür auf. Vor ihr stand eine große Frau mit zurückgesteckten grauen Haaren, die sie verwundert anblickte.

„Entschuldigung", stammelte Irma auf Deutsch, „ich möchte zur Hayden-Farm. Bin ich hier richtig?"

„Kommt drauf an, was Sie wollen!" Die alte Frau antwortete ihr in gebrochenem Deutsch.

Das musste Daniels Mutter sein, denn sie sprach, wie er ihr berichtet hatte, ganz gut Deutsch. Irma wollte keine Umschweife machen und deshalb fragte sie die Frau: „Sind Sie die Mutter von Daniel Hayden?"

Sie nickte wortlos: „Ich bin Irma Legrand. Die Verlobte ihres Sohnes." Sie streckte ihr die Hand entgegen.

Die Frau machte keine Anstalten, ihr die Hand zu reichen, sondern meinte nur: „Ich weiß, wer Sie sind!"

Was für ein seltsamer Empfang! Warum war die Frau so kalt, fast schon abweisend ihr gegenüber? Will sie mich denn nicht hereinbitten? ging es Irma durch den Kopf. „Sind meine Sachen denn angekommen?" Irma wollte versuchen, die Frau in ein Gespräch zu verwickeln.

Doch wieder nur ein stummes Nicken.

„Ist Daniel noch in Südostasien?", fuhr sie fort. „Haben Sie Nachricht von ihm. Geht es ihm gut?" Sie war der Verzweiflung nahe, weil die Frau einfach nicht den Mund aufmachte.

„Es geht ihm gut und ich soll Ihnen etwas von ihm geben." Die Frau zog ein Paket hinter der Tür vor.

Irma erkannte es sofort. Es war die Schachtel mit ihrer Aussteuer, die sie Daniels Kameraden mitgegeben hatte.

„Was, aber wieso denn? Warum gibt er mir meine Aussteuer zurück? Ist er noch in Südostasien? Will er, dass ich mit den Sachen zu ihm dorthin reise?" Irma verstand das alles nicht. Daniel hatte sie doch gebeten, die Aussteuer hierher zu schicken, warum wollte er sie ihr nun zurückgeben?

„Mein Kindchen, ich glaube, Sie wollen nicht verstehen. Mein Sohn hat befürchtet, dass Sie eines Tages hier vor unserer Tür stehen würden. Ich hätte Ihnen das nicht zugetraut. Aber na ja, ihr Deutschen seid ja immer gut für Überraschungen. Aber auch Ihre Reise hierher wird nichts an der Sache ändern, denn mein Daniel ist seit Weihnachten mit seiner großen Jugendliebe, mit Marylou, verheiratet. Die beiden sind sehr glücklich. Sie sollten das auch respektieren und sich meinen Sohn besser aus dem Kopf schlagen."

„Und warum kommt er nicht und sagt mir das selbst?" Irma war total verstört. Gleichzeitig stieg eine unbeschreibliche Wut in ihr hoch. Sie benötigte all ihre Kraft, um ruhig zu bleiben.

„Machen Sie es doch nicht noch schlimmer, als es schon ist." Die alte Frau zog einen Geldschein aus der Tasche ihres Kleides. „Hier, nehmen Sie!" Die Frau steckte ihr eine Hundert-Dollar-Note in die Hand. „Ich bestelle Ihnen jetzt ein Taxi, damit Sie die Schachtel mit Ihrer Aussteuer besser transportieren können und dann fahren Sie zurück nach Appleton. Und wenn ich Ihnen einen guten Rat geben darf, fliegen Sie so schnell wie möglich zurück in Ihre Heimat. Sie passen nicht hierher und schon gar nicht zu meinem Sohn." Die Frau wollte sich gerade zum Telefon begeben, um ein Taxi zu bestellen, als Irma die Beherrschung verlor. „Sie scheinheilige alte Hexe, tun Sie doch bloß nicht so. Sie sind es doch, die einen Keil zwischen Daniel und mich getrieben hat. Was habe ich Ihnen denn getan?"

Die Frau reagierte nicht und darum schimpfte Irma weiter: „Und Ihr Taxi können Sie sich an den Hut stecken, das brauche ich nicht. Und sagen Sie Daniel, meine Aussteuer kann er behalten. Sie würde mich in Zukunft immer daran erinnern, an was für einen niederträchtigen Hund ich meine Liebe verschleudert habe." Sie blickte auf die Hundert-Dollar-Note in ihrer Hand. „Das Geld behalte ich. Sozusagen als Aufwandsentschädigung oder als kleine Gegenleistung für meine Aussteuer."

Die Alte zuckte pikiert mit den Achseln. Irma nahm ihren Koffer, drehte sich auf dem Absatz um und lief los. Es war seltsam, eigentlich hatte sie erwartet, in Tränen auszubrechen. Aber nichts dergleichen. Es kam ihr alles so unwirklich vor. Sie fühlte nur eine unendliche Wut und Enttäuschung in sich. Wer weiß, vielleicht hatte sie es ja in ihrem tiefsten Inneren längst gewusst und es nur nicht wahrhaben wollen. Als sie auf halber Strecke zum Tor war, drehte sie sich noch einmal um und blickte zu dem Farmerhaus zurück. Für einen Augenblick hatte sie den Eindruck, dass sich im oberen Stockwerk der Vorhang bewegte. Stand da jemand oder bildete sie sich das nur ein? Und selbst wenn. Wenn Daniel nicht Manns genug war herauszukommen, dann sollte er zum Teufel gehen!

Irma hatte sich nicht getäuscht. Hinter dem Vorhang war Daniel gestanden, der vom oberen Treppenabsatz aus mit blutendem Herzen das ganze Gespräch zwischen seiner Mutter und Irma verfolgt hatte.

Als sie eine halbe Stunde zuvor auf das Haus zugekommen war, hatte er zu ihr hinauslaufen wollen, aber seine Mutter hatte ihn zurückgehalten.

„Wenn du jetzt hinausgehst, verlieren wir alles. Du musst Marylou heiraten und dich von diesem Mädchen trennen, sonst machst du alles zunichte, was dein Vater über Jahrzehnte mühsam aufgebaut hat. Ohne das Geld von Marylous Eltern sind wir erledigt. Und außerdem muss ich dich hoffentlich nicht daran erinnern, was du mir versprochen hast!" Daniel hatte sich gefügt und als die Tür ins Schloss gefallen war, hatte er vom Fenster des oberen Stockwerks aus Irma hinterhergeschaut. Er hatte Tränen in den Augen, denn er wusste, er würde sie nie mehr wiedersehen.

Irma ging die Straße entlang. Was sollte sie nur tun? Wo sollte sie hin? Sie hatte zwar den Flugschein für den Rückflug in der Tasche, aber wollte sie wirklich zurück? Heim nach Mannheim?

Mit ihrer Mutter hatte sie sich endgültig entzweit. Sie war gegen diese Reise gewesen und hatte gewettert: „Wenn du jetzt gehschd, dann isses fa imma. Hier kummscht du ma nimmer roi!" Irma kannte ihre Mutter nur zu gut und wusste, dass sie ihre Drohung auch in die Tat umsetzen würde. Aber das war nicht das Einzige. Wie würde sie vor ihren Cousinen dastehen, vor ihren Brüdern und Tanten und Onkeln. Alle hatten gewusst, dass sie zum Heiraten nach Amerika gefahren war. Was war sie doch nur für eine Versagerin! Wie hatte sie sich nur so lächerlich machen können? Das war doch eine richtige Schande.

Nein, daheim konnte sie sich nicht mehr sehen lassen. Sie seufzte und setzte sich, als sie weit genug vom Haus entfernt war, am Straßenrand auf einen kleinen blockartigen Meilenstein. Sie stützte ihre Ellbogen auf die Knie und legte ihren Kopf in die Hände, während sie zu Boden schaute. Sie verharrte eine Weile in dieser Stellung und versuchte einen klaren Gedanken zu fassen.

Weit entfernt hörte sie das leise Motorengeräusch eines näherkommenden Autos und kurz darauf das Quietschen der Bremsen. Jemand hatte vor ihr angehalten und kurbelte nun dem Geräusch nach das Fenster herunter.

„Soll ich Sie ein Stück mitnehmen?"

Irma blickte hoch.

Der dunkelhaarige Mann in dem graublauen Chevrolet lächelte sie freundlich an.

Sie zögerte einen Moment, dann meinte sie ernst: „Wo fahren Sie denn hin?"

„Nach Norden über die Grenze, nach Hause. Ich komme aus Kanada. Von da, wo es die vielen Bären gibt", witzelte er, um sie aufzumuntern.

Irma stand auf und ging auf ihn zu. Er sah sympathisch aus und wirkte leger, wie er da hinter seinem Steuer saß.

„Warum eigentlich nicht?", antwortete Irma mit einem kleinen Lächeln, „ich wollte schon immer mal kanadische Bären sehen."

21

„Mein Gott, sind das Geschichten!" Robert schüttelte den Kopf, während er seine Kaffeetasse abstellte. „Und Irma ist wirklich mit diesem Mann nach Kanada? Und ist sie denn auch dort geblieben?"

„Ja, Irma ist nicht mehr nach Deutschland zurückgekehrt. Ich weiß jedoch von meiner Mutter, dass sie ihr Leben lang schreckliches Heimweh nach Mannheim hatte."

„Nach Mannheim schon, aber doch wahrscheinlich weniger nach ihrer Mutter Pauline", mutmaßte Robert.

„Da kannst du recht haben. Pauline war schon ein besonderes Kaliber. In der Familie haben sie nicht viel Gutes über sie berichtet. Die hat sich im Laufe der Jahre noch so einige Bolzen geleistet. Aber das würde jetzt zu weit führen. Wenn du willst, werde ich dir das gerne ein anderes Mal erzählen. Ich selbst habe Pauline nur einmal als Kind bei einer Familienfeier gesehen."

„Sag mal, hat die wirklich so extremes Mannheimerisch gesprochen? Ich finde, dass die mitunter ganz schön ordinär klang", stellte Robert fest.

„Alle meine Familienmitglieder, die in Mannheim geboren waren und besonders auch alle, die aus dem Jungbusch stammten, haben Dialekt geredet. Ich übrigens auch", Charlotte lächelte ihn an.

„Ja, aber bei dir klingt das doch ganz anders, viel charmanter und herzlicher." Robert verstand es, ihr zu schmeicheln.

„Danke für die Blumen! Weißt du, ich mag Dialekte. Ich finde, sie sind etwas Bodenständiges, etwas Gewachsenes, typisch für die Region und die Menschen, die in ihr leben. Sie sind viel aussagekräftiger als dieses sterile Hochdeutsch. Ich bin öfters mal in Lateinamerika und da halten mich die Leute, wenn ich spanisch spreche, immer für eine Französin. Und weißt du, warum?"

Robert schaute sie gespannt an.

„Wegen des Mannheimer Dialekts. Unser Mannheimer ‚Singsang' erinnert sie an die Sprachmelodie des Französischen."

„Die Kurpfalz war ja in der Geschichte oft genug von den Franzosen besetzt, das hat sich bestimmt auch in der Sprache niedergeschlagen."

Charlotte nickte: „Und was Pauline anbelangt, sie hat tatsächlich am extremsten von allen Dialekt gesprochen, aber ich denke, du verwechselst da etwas, denn nicht ihr Dialekt war ordinär, sondern ihre Wortwahl. Und die hätte auf Hochdeutsch sicher nicht vornehmer geklungen und wäre genauso verletzend gewesen."

Robert war nachdenklich geworden. „Ich denke, an dem, was du sagst, ist durchaus etwas dran."

„Trotzdem sollte man nicht zu hart mit Pauline ins Gericht gehen. Sie hatte es sehr schwer. Wenn du dir überlegst, dass man ihren Gustav schon so früh in den Krieg geschickt hat und sie dann allein ihre drei Kinder über die Kriegsjahre bringen musste, da gehört schon einiges dazu. Sie hat eben mit allen Mitteln gekämpft, auch wenn die moralisch manchmal etwas fragwürdig waren." Charlotte musste an die Worte ihres Großvaters Carlo denken: Was hat dieser Krieg nur aus uns gemacht? Vielleicht wäre Pauline in Friedenszeiten ganz anders gewesen.

„Ich wusste zwar, dass die Menschen nach dem Krieg viel mitmachen mussten, aber ehrlich gesagt, so schlimm habe ich mir das nie vorgestellt", stellte Robert fest. „Besonders, dass sich doch so viele Frauen aus purer Not prostituiert haben, das war mir überhaupt nicht klar."

„Das wurde auch immer totgeschwiegen. Dafür gibt es sicherlich viele Gründe. Ich denke, die meisten Frauen haben sich unglaublich geschämt. Vor allem diejenigen, deren Männer später aus der Kriegsgefangenschaft heimkamen, haben alles daran gesetzt, dass sie es nie erfahren würden, wie sie die Familie durchgebracht haben."

„Und was haben die gemacht, bei denen, nennen wir es mal, ‚der körperliche Einsatz' nicht ohne Folgen geblieben ist?"

„Ich denke, wenn das Kind weiß war, haben sie es ihren Männern untergejubelt, Kuckuckskinder sind ja nichts Neues. Das war sicher auch gar nicht so schwierig, denn schließlich waren viele Ehemänner ja immer mal wieder auf Heimaturlaub, so dass eine Schwangerschaft nicht so ganz abwegig war."

„Und wenn das Kind von einem Schwarzen war?" Robert sprach ein brisantes Thema an.

„Das war für alle Beteiligten eine Katastrophe. Kaum ein deutscher Familienvater war bereit, ein dunkelhäutiges ‚Besatzungskind', wie man sie gemeinhin bezeichnete, als sein eigenes anzuerkennen. Aber auch die vielen ledigen Frauen, die dunkelhäutige Kinder zur Welt brachten, waren nicht besser dran, denn den alliierten Besatzungssoldaten war es in den ersten Nachkriegsjahren offiziell untersagt, die Vaterschaft anzuerkennen."

„Das ist ja unglaublich!", empörte sich Robert.

„Die Frauen standen damals ohne einen Pfennig Geld da und waren sozial geächtet. Was glaubst du, was die Spießruten laufen mussten! Viele haben den Druck nicht ausgehalten und ihr Kind ins Heim gegeben. Ein besonders trauriges Kapitel der deutschen Nachkriegsgeschichte."

„Gottseidank waren diese sogenannten ‚Besatzungskinder' ja doch eher die Ausnahme."

„Wie man's nimmt, immerhin wurden bis 1950 allein in Mannheim 1.400 Besatzungskinder geboren. Das sind ja nicht gerade wenige." Charlotte hatte diese Zahlen einmal in einem Artikel mit der Überschrift „Deutsche Fräuleins und Amis" gelesen.

„Wo du das jetzt sagst, fällt mir gerade eine Zeile aus einem Buch von Max Frisch ein, ich glaube es steht in ‚Tagebuch 1945 – 1949'. Da schreibt er, lass mich überlegen …" Und kurz darauf zitierte Robert: „ … Neger mit einem Mädchen, sie liegen an der Isar; der Neger döst gelassen vor sich hin, pflanzenhaft, während die kleine Blonde sich über ihn beugt, trunken, als wären vier Wände um sie."

„Das hat Max Frisch geschrieben, das kann ich fast nicht glauben!" Charlotte war betroffen, denn Frisch war einer ihrer Lieblingsschriftsteller.

„Ich denke nicht, dass Max Frisch ein Rassist war, aber er war eben doch auch ein Kind seiner Zeit und hatte das ein oder andere Gedankengut unbewusst verinnerlicht."

„Wahrscheinlich wird es so sein." Sie bewunderte, wie frei Robert gerade rezitiert hatte.

„Ich lerne öfters mal ein Zitat auswendig, wenn es mich besonders beeindruckt. Ich lese überhaupt sehr gern und auch sehr viel und so manches bleibt dann eben hängen." Er lächelte sie an und fuhr fort. „Da fällt mir gerade eine schöne Anekdote ein. Die wird dir sicher gefallen. Ich habe vor einiger Zeit die Erinnerungen unseres Altbundeskanzlers Helmut Kohl gelesen und da schreibt er, dass er im Juni 1945, als er nach einem riesigen Marsch von über 400 Kilometern endlich nach Mannheim gekommen war, daran gehindert wurde, den Rhein nach Ludwigshafen zu überqueren. Man habe ihn nämlich zunächst ins ehemalige Mannheimer Polizeipräsidium nach L6 gebracht, wo mittlerweile auch die ‚Military Police' ihren Stützpunkt hatte und ihn einer Entlausungsaktion unterzogen, indem man ihn von oben bis unten mit einer Art Mottenpulver einpuderte. Erst dann wäre ihm ein Passierschein hinüber in die französische Besatzungszone ausgehändigt worden."

„Das ist wirklich eine nette Geschichte. So etwas Ähnliches hat mir auch einmal mein Vater erzählt. Aber dass unser ehemaliger Bundeskanzler auch entlaust wurde, das wusste ich nicht." Charlotte musste bei der Vorstellung grinsen.

„Aber jetzt lass uns doch noch einmal über deine Familie reden. Du hast mir zwar so einiges erzählt, aber mindestens genauso viele Fragen offen gelassen. Da gibt es noch ganz vieles, was ich gerne wüsste." Robert fand die Familiengeschichte der Legrands ungemein spannend. Er konnte nicht genug davon bekommen.

232

„Es ist halt eine große Familie und die Zeit vor, während und und nach dem Krieg ist eine Zeit des Umbruchs, wo kein Stein mehr auf dem anderen bleibt. Darum gibt es auch unendlich viele Geschichten", erklärte ihm Charlotte.

„Sicher, das glaube ich dir ja auch alles. Aber ein klein bisschen kannst du mir doch noch verraten, oder?"

Charlotte spürte, dass sie ihm die Bitte nicht abschlagen konnte.

„Also, was möchtest du denn noch wissen?"

„Na ja. Kommt denn der Kurt noch zu der Betty zurück?"

Charlotte nickte.

„Und was ist mit Paulines Mann Gustav. Der bleibt doch nicht auch in Russland wie sein Bruder Erich? Oder ist er etwa gefallen?"

„Nein, er wird zurückkommen, aber erst später, so wie auch Tante Rosemarie und die alten Legrands. Ich habe dir die Geschichten chronologisch bis 1947 erzählt und vieles geschieht eben erst danach."

„Kriegt eigentlich die Annerose ihren Hans?"

Wieder nickte Charlotte.

„Und was passiert mit Adi und Trudchen? Und diese geheimnisvolle Frau, von der du mir mal erzählt hast, die hätte ich schon fast wieder vergessen. Und die Schwestern von Amelie und …?"

„Ich kann dir versichern, sie alle tauchen wieder auf, aber eben erst später. Und ich werde dir das auch alles noch erzählen." Charlotte lächelte ihn geheimnisvoll an.

„Dann muss ich dich wohl noch sehr oft wiedersehen", stellte Robert fest und streckte seine Hand zu ihr herüber, wo er sie auf die ihre legte. Einen Augenblick lang schauten sie sich stumm in die Augen.

„Hast du eigentlich die Augen deines Vaters oder die deiner Mutter geerbt. Und deine hübschen geschwungenen Lippen, sind die von ihm oder von ihr?"

Sie lächelte Robert still an.

„Überhaupt", fuhr er fort, „du schuldest mir sowieso noch die Geschichte deiner Mutter Helena und die deines Vaters. Nach dem, was du zuletzt von ihr berichtet hast, hätte man ja eher annehmen können, Helena würde ins Kloster gehen. Aber Gott sei Dank hat sie das ja anscheinend nicht getan, denn sonst würdest du mir jetzt nicht gegenüber sitzen."

„Das fände ich auch wirklich schade", antwortete Charlotte und beugte sich über den Bistrotisch ein Stückchen zu ihm nach vorne.

„Und was würdest du tun, wenn ich dich jetzt küssen würde?", fragte Robert und kam ihr ebenfalls näher.

„Dann würde ich dir nicht so wie Irma eine Ohrfeige androhen, denn dafür kennen wir uns nun schon zu gut. Ich würde einfach nur die Augen schließen und den Augenblick genießen."

Danke

Mein Dank geht in erster Linie an meine Mutter Eleonore Jung, geb. Noé, und an ihren Cousin Günter Noé, die mir vorbehaltlos ihre eindrucksvollen Erinnerungn anvertraut haben.

Ebenfalls danken möchte ich Heinz Hartmeyer und Barbara Ritter vom Verein für Industriekultur sowie dem Stadtarchiv Mannheim, die mir durch Beiträge, Informationen und Veröffentlichungen dabei geholfen haben, ein anschaulicheres Bild von Mannheim in den unmittelbaren Nachkriegsjahren zu entwickeln.

Und schließlich geht mein ganz besonderer Dank an meine Freunde und Ratgeber Heidi, Hella und Klaus, die stets als Erste mein Manuskript lesen und deren Meinung mir unendlich wichtig ist.

NORA NOÉ

Mitten
im Jungbusch

ROMAN · LINDEMANNS BIBLIOTHEK

BAND 1 · Im ersten Band ihrer erfolgreichen Reihe verarbeitet
Nora Noé die biografischen Erinnerungen ihrer Mutter und
ihre eigenen Kindheitserinnerungen zu einem ergreifenden
Stück Zeitgeschichte. Vor dem Hintergrund regionaler, deutscher und weltpolitischer Ereignisse der Jahre 1900 bis 1970 erzählt sie aus dem Leben der Legrands, die über vier Generati-
onen im Jungbusch wohnten, dem Arbeiterviertel am Mannheimer Hafen mit seiner wechselhaften Geschichte.

5. Auflage · Paperback · 260 Seiten · 14,80 Euro
ISBN 978-3-88190-481-0
www.infoverlag.de

NORA NOÉ

Zwischen Jungbusch und Filsbach

ROMAN · LINDEMANNS BIBLIOTHEK

BAND 2 · Es herrscht Krieg in Deutschland. Nach Marlenes Tod entfernen sich die Legrands immer weiter voneinander, jeder muss nach sich selbst schauen. Doch auch in schweren Zeiten werden Kinder groß – die Cousinen Helena, Irma, Betty und Annerose machen die ersten Schritte in ein eigenes Leben. Während die Erwachsenen mit dem täglichen Überlebenskampf beschäftigt sind, erleben die Mädchen die erste Liebe. Doch der Krieg schert sich nicht um Gefühle ...

3. Auflage · Paperback · 236 Seiten · 14,80 Euro
ISBN 978-3-88190-562-6
www.infoverlag.de